O Homem do 1303

Uma luz que se apaga

Sebastião Pereira Lara

O Homem do 1303

Uma luz que se apaga

Ler Editora

Brasília 2015

SIG Quadra 3 Bloco B Lote 49 Loja 59
CEP 70610-430 – Brasília – DF
Telefone: 61 3362 0008
lereditora@lereditora.com.br
www.lereditora.com.br

Capa
Angelina Maria da Silva

Foto
Jaqueline Carrijo

Preparação do arquivo
Shirley Lemos

Revisão
Maria Conceição Ferreira
José Antônio de Castro e
Waldir Rodrigues Pereira

Diagramação
Samuel Tabosa de Castro

"Qualquer semelhança entre a realidade e os nomes, datas, lugares e acontecimentos dessa obra é mera coincidência, pois, trata-se de uma obra fictícia e todos os dados são provenientes da imaginação do autor. Assim como os fatos narrados podem não ser como a perfeita realidade".

Dados Internacionais de Catalogação na Publicação (CIP)

Lara, Sebastião Pereira
O homem do 1303 — Uma luz que se apaga / Sebastião Pereira Lara. — Brasília: LER Editora, 2015.
240 p. 22 cm.

ISBN: 978-85-64898-79-0

1. Literatura brasileira. 2. Romance. I. Título.

CDU 82-31

Obra em conformidade com o Acordo Ortográfico da Língua Portuguesa.

Ao primo João Teófilo (in memoriam),
agradecido pelos sábios conselhos
que me deu ao longo da vida.

Para Armantino (Pereira),
exemplo de superação.

Para Jane, companheira e amiga,
e para nossos filhos, Janiara, Beto, Hebert
e Angelina, bem como às minhas noras.

Aos doutores Marcio Dias, Meireles e Jeferson pela dedicação, profissionalismo e carinho a mim dispensados.

Ao amigo Ramilo Simões e a todos aqueles que, direta ou indiretamente, me proporcionaram e me proporcionam a felicidade de repetir todas as noites:
– Obrigado, Senhor, por mais um dia de vida.

Sumário

Apresentação	11
Capítulo 1	15
Capítulo 2	23
Capítulo 3	33
Capítulo 4	55
Capítulo 5	87
Capítulo 6	123
Capítulo 7	233

Apresentação

Muitas pessoas não habituadas a apreciar um bom livro costumam folhear algumas páginas do começo e, movidas pela curiosidade de se inteirar logo do assunto, correm para as últimas.

Acredito que dois motivos as levam para proceder dessa maneira: a ânsia de saber o que resultou finalmente do comportamento dos personagens, ao final das história e segundo: a preguiça e sensação de perda de tempo, deixando de saborear as deliciosas narrativas que podem estar no miolo do livro.

Pensando nisso, decidi oferecer pequena resenha, que abrange tudo o que aconteceu. Assim, talvez consiga induzir o leitor, deixando-o à vontade para esmiuçar todo o calhamaço para, no final, tirar suas conclusões, possivelmente convicto de que valeu a pena ter paciência.

Há cinco anos vivo enclausurado em um convento dos padres jesuítas, fincado em plena selva amazônica. Estudei teologia e hoje sou um ministro de Deus. Nosso trabalho consiste em assistir a população das aldeias da região, dando-lhes educação, saúde, espiritualidade e ensinamentos de como usar a terra, de modo a proporcionar-lhes a fartura na produção de alimentos destinados a servi-los de maneira racional, respeitando a natureza.

Não me considero um fugitivo. Pelo contrário, escolhi este lugar porque acredito que aqui poderei continuar a prestar algum tipo de ajuda ao próximo. Penso que o tenha prestado, no que pude, enquanto pude. Muito gratificante enquanto tinha forças suficientes. Realizei serviços que de maneira geral preencheram o vazio que atormentava minha alma.

Minha experiência de vida facilitou o trabalho que prestei com prazer, acreditando ter sido útil para essa gente, desprovida das benesses de que desfruta o homem moderno, sem que, todavia, deixem de viver felizes dentro do padrão que a sorte lhes reservou. A convivência irmana a todos em um objetivo maior: defender o território para que o homem branco não extermine a raça, para que continuem a ser filhos legítimos da mãe natureza.

Hoje, infelizmente, me encontro moribundo. Estou mais para ser servido do que servir. Fogem-me as forças físicas. Nas minhas andanças pelas matas, no cumprimento de minha missão, fui acometido de uma doença rara, para qual a medicina, até hoje, não descobriu a cura. Segundo o médico que de tempos em tempos visita o mosteiro, minha perspectiva de vida não ultrapassa os seis meses.

O que vivi até agora torna-me, contudo, uma pessoa realizada. Passei por muitos caminhos e acredito piamente: poucos tiveram a oportunidade de percorrê-los. Mas, advirto, se puder evitá-los, melhor.

Tudo já providenciei pós-morte. Meu corpo será enviado à Universidade de São Paulo para que possa estudar a *causa mortis*. Quem sabe, ali algum jovem estudioso possa encontrar a maneira de, futuramente, poupar vidas.

Caro leitor, se sua curiosidade foi despertada, fico grato em saber de alguém interessado em conhecer detalhadamente a história deste homem que teve o privilégio de chamar-se:

MAXIMILIANO DE CASTRO SILVA
JORGE DIAS DO NASCIMENTO
ANTONIO DE PÁDUA BOA MORTE.

E, em diferentes momentos, amei e fui amado por três mulheres:

EVELLIN NÓBREGA E SILVA
SAIURY KOIÊ
ÍSIS PESONNI DO NASCIMENTO.

Procure uma poltrona confortável e embarque comigo neste voo. Seja bem-vindo a bordo e boa leitura!

Capítulo 1

O homem do 1303

Recebi, na pia batismal, o pomposo nome de MAXIMILIANO DE CASTRO E SILVA. Nome de um dos vultos famosos do passado. Maximiliano fora um imperador germânico que viveu nos anos 1493-1515. De uma coisa tenho certeza: meu pai não me colocou este nome para homenagear o grande imperador, pois ele era um homem de poucas letras, como se diz. Contudo, seja qual for o motivo da escolha, não deixou de ser um nome diferente, bonito e que não se usava para batizar qualquer um. Na verdade, acabei sendo chamado apenas de Max, mesmo assim, não deixava de ser diferente. Quando criança, sentia imensa vaidade por ser o 'MAX'. Mas, como tudo vai mudando na vida, hoje não sou mais Maximiliano de Castro e Silva e tampouco o Max. Vivemos sempre nos transformando. Às vezes para melhor, outras, para pior, depende do comportamento que escolhemos para seguir, usando o famoso *livre arbítrio.*

Sou natural de Suzano, cidade do interior, a 70 km da capital de São Paulo. Pertenço a uma família de classe média baixa. Meu pai, homem simples e trabalhador, minha mãe, de prendas domésticas. Com uma *Kombi* velha, fazendo fretes na cidade, conseguiram pagar meus estudos e colocar-me às portas do vestibular. Não foi tão difícil, porque era filho único. Mas, manter-me na universidade custaria caro, mesmo que fosse federal. Foi então que meu tio, irmão de meu pai, que acompanhava a luta de meus velhos na minha educação e reconhecia em mim um grande empenho em ser alguém na vida, resolveu ajudar. Também me achava inteligente, com um QI acima do normal. Eu, pessoalmente, acreditava mesmo que tudo se devia ao meu esforço e total dedicação, em reconhecimento à preocupação da minha família em tornar minha vida menos difícil, ante aquela que eles sempre tiveram. Aliás, esse rótulo de QI elevado é para filho de gente abastada. Pobre tem filho que se sobressai porque, ao ver a luta e o sofrimento daqueles menos instruídos, procura outros caminhos para escapar do infortúnio de ser escravo da miséria. Dizer que o homem é produto do meio é filosofia medíocre, pois o homem tem capacidade de modificar o meio. É questão apenas de decisão pessoal e coragem para ir à luta. Às vezes, nascer em berço de ouro não significa futuro brilhante. É preciso perceber que a fortuna financeira tem de ser administrada com competência e aproveitá-la para acumular a fortuna do saber. Só assim o conjunto de bens materiais e intelectuais nos levará a uma vida plena de felicidade. Mas, infelizmente, a maioria das pessoas tem a visão curta para enxergar em tempo essa realidade.

Tio Orlando já havia formado o seu casal de filhos. Já estavam casados e independentes. Tio Orlando e minha tia Iracema moravam numa bela residência nos Jardins, em São Paulo, onde o casal era servido por um motorista e uma doméstica. Ele era industrial, na área ligada ao ramo de celulose e papel. Homem muito rico.

Numa tarde de domingo, tio Orlando e tia Iracema apareceram em Suzano para uma visita inesperada. Depois de longo bate-papo regado a cafezinho acompanhado de biscoitos caseiros, meu tio voltou-se para mim e perguntou:

— E aí Maximiliano, como vão os estudos? Já entrou para a universidade?

— Não, tio, na verdade nem ainda fiz o vestibular.

— Por que, meu rapaz? Está perdendo o seu precioso tempo. Viemos até aqui para visitá-los e ao mesmo tempo propor-lhe ajuda. Posso financiar seus estudos. Depois que se formar e estiver ganhando dinheiro, poderá me ressarcir. Receberei, mas, se não tiver condições, não fará diferença. O que acha?

— Eu só pretendo continuar meus estudos se for em uma universidade federal, não só porque é gratuita, como também o nível de ensino é bem superior.

— Ótimo. Assim você vai para São Paulo e poderá morar em minha casa e servirá de companhia para mim e Iracema.

Dito isso, o casal levantou-se e despediu-se.

Os dias foram seguindo na rotina costumeira: papai no seu corre-corre, mamãe empenhada nas tarefas caseiras e eu estudando para o vestibular que iria acontecer no mês seguinte, na USP. Passava o dia todo na biblioteca pública da cidade, pesquisando para enriquecer mais os meus conhecimentos. Faltando apenas dois dias para o vestibular, viajei para São Paulo. Até a hora das provas, abstive-me totalmente dos livros. Minha memória tinha que repousar. Na verdade, não me sentia suficientemente preparado para enfrentar o vestibular, até porque nunca me preparei para tal, não imaginando que as coisas caminhassem tão rapidamente.

Finalmente, a hora chegara. Os portões abririam pontualmente às oito horas, com tolerância de meia hora para fechar. Mas, às 7h30, eu já estava a postos, ansioso para entrar. Aliás, era para ter chegado às sete horas, se não fosse a ajuda que dei a uma senhora que encontrei caída na praça em frente à universidade. Ao percebê-la imóvel no chão, vendo que todos passavam apressadamente e não lhe davam socorro, resolvi parar em seu auxílio. Após levantá-la, procurei o banco próximo para colocá-la, até que melhorasse da queda que sofrera. Pareceu-me ter mais de 80 anos e trajava vestes coloridas e bastante compridas.

Após agradecer a minha atitude, ponderou que fui o único a reconhecer que ela precisava de ajuda e seguidamente pediu a minha mão direita para ver. Embora estando com certa pressa, resolvi atendê-la. Com uma mão, segurava a minha com a palma virada para cima, com a outra, seu dedo indicador em riste percorria os traços definidos existentes na minha mão direita e começou a profetizar.

— Meu filho! — falou com certo espanto. — Você vai ser muito, muito, muito rico e poderoso, seu futuro será brilhante, mas estas linhas aqui meio apagadas está parecendo... Parecendo...

— Como não acredito nessas coisas, retirei minha mão sem esperar o final, embora ela insistisse em terminar a leitura. Ponderei que estava atrasado e retirei-me.

A abertura dos portões foi como uma avalanche humana, gente correndo em todos os sentidos à procura das respectivas salas. Aos exatos trinta minutos após as oito horas, as provas foram distribuídas e em seguida já a contagem regressiva de seis horas para o término.

Embora sem muita perspectiva de vencer, comecei a folhear aquele catatau de páginas recheadas de perguntas e de quadrinhos para marcar as respostas. À medida que avançava, meus horizontes iam se abrindo como se tudo aquilo me fosse familiar. Estava concorrendo a uma vaga na área de Ciências Humanas, bastante disputada. Quando o grande relógio, instalado acima do quadro-negro registrou exatas 3h48, já tinha terminado e relido todas as respostas.

Entreguei a prova e caminhei a passos largos pelo extenso corredor que dava ao portão da saída. Tomei o primeiro ônibus e em pouco mais de meia hora já estava na casa do tio Orlando, cansado e faminto.

No dia seguinte cedinho, parti com destino a Suzano. Mesmo com a insistência da tia Iracema para que eu ficasse aguardando o resultado, ponderei que este levaria, em média, dez dias para sair e, diante disso, era melhor esperar em casa. Agradeci pela acolhida, despedi-me, deixando recomendações ao tio. Na hora do almoço, já estava à mesa com os velhos, aflitos para saberem de tudo. Depois de contar, reservei-me o direito de não colocar muitas perspectivas em seus corações, mas também não os deixei sem esperanças.

Os dias foram passando e a ansiedade tomava conta do meu todo. No dia marcado para a exposição dos resultados, pulei cedo da cama e tomei o primeiro ônibus para a Capital. Fui direto para a universidade e plantei-me à frente do mural que afixava a lista com mais de um metro de comprimento. O meu pessimismo recomendou-me que conferisse a relação ao inverso, ou seja, do final para o início, pois o principal não era a colocação, mas ter conseguido.

Pavor! Quanto mais subia conferindo, mais minguavam minhas esperanças. Já chegando ao início e nada de ver o meu nome. Prestes a terminar a pesquisa, senti a derrota. No meio daquele empurra-empurra, corri os olhos nos primeiros nomes. No segundo lugar estava o nome: MAXIMILIANO DE CASTRO E SILVA. Pensei: *o número dois de todos os alunos da universidade?* A princípio pensei estar sendo traído pelos meus olhos, mas, tão logo a ficha caiu, veio um horrível gosto de fel, trazido por uma saliva abundante. Saí imediatamente da agitação do grupo e corri para um gramado próximo e deitei-me a fim de me recuperar do grande susto.

Permaneci ali cerca de uma hora, até que meu juízo atingisse seu estado normal. Levantei-me e me dirigi ao portão principal. Do lado de fora, parei e voltei o meu olhar para aquele complexo de prédios que compunham o *campus* da universidade e tive a grande certeza, falando comigo mesmo: *Maximiliano, o seu futuro está neste lugar, e começou hoje.*

Fui direto para a casa do tio Orlando para dar a grande notícia. Fui recebido por minha tia Iracema que, após minha notícia, abraçou-me e chorou no meu ombro, como se eu fosse um dos seus filhos. Ligou imediatamente para o marido que, feliz, prometeu almoçar em casa para comemorar o grande feito.

No dia seguinte, voltei para Suzano e permaneci em casa até o início das aulas, no mês vindouro. Aproveitei para descansar e curtir com meus amigos e familiares o pouco tempo que me restava de moleza e vida boa. Doravante, meu tempo seria dedicado totalmente aos estudos, à oportunidade única.

Terminado o prazo disponível, voltei para São Paulo de mala e cuia. Encontrei meus tios sempre alegres e disponíveis para me servir. Aos poucos, fui me adaptando à rotina da universidade, procurando um bom relacionamento com os professores e colegas de classe. O primeiro ano decorreu tranquilamente e meu aproveitamento foi total em todas as matérias. Às vezes, virava finais de semanas com alguns colegas com pesquisas ou mesmo revendo as matérias das aulas ministradas por uma equipe de professores altamente gabaritada.

Meu curso de psiquiatria me deixava fascinado. Cada dia que passava estava sempre procurando conhecer novos conceitos através dos grandes pensadores e filósofos do passado, como: Sócrates, Platão e Aristóteles. Meus estudos voltados para a psicanálise me levavam a devorar livros e mais livros referentes ao vasto campo que a matéria oferece. Em particular, firmava mais minha base de conhecimentos nos conceitos freudianos, pois ainda eram, para mim, uma linha moderna e coerente. Sempre lia revistas voltadas para o tema da psiquiatria. Na década de 50, foi criado o DSM 1, pela Associação Americana de Psiquiatria. Tratava-se de um manual diagnóstico e estatístico de transtornos mentais. Minha curiosidade levou-me a me interessar pelo assunto, a ponto de enviar, àquele grupo, sugestões, que poderiam ser de alguma utilidade.

No segundo ano, eu já desfrutava de um considerável prestígio, não somente entre colegas, como também entre o corpo docente. Espontaneamente, já dava aulas de reforço a colegas que não conseguiam absorver satisfatoriamente as aulas. Para mim, era uma oportunidade de reciclagem.

Devido ao meu amplo relacionamento com os colegas, conheci Evellin, uma alagoana bonita, inteligente e, acima de tudo, mulher possuidora de um grande caráter. Nossos encontros fora dos estudos eram ocasionais, tendo em vista que nossos objetivos ali eram comuns: estudar e estudar. Mas, algo diferente fazia rolar uma química que nos prendia cada dia mais um ao outro. O tempo se encarregava dos acontecimentos, cada dia era um crescimento, gradual e lento, mas, sobretudo, muito positivo.

No terceiro ano, uma tragédia abalou sobremaneira os meus estudos. Tia Iracema, na época com 66 anos de idade, lutava há algum tempo com um enfisema pulmonar, resultado de muitos anos de vício: o tabagismo. Embora tenha deixado de fumar há vários anos, as sequelas que ficaram foi o ônus pago pelo tempo de prazer que o cigarro lhe proporcionara. Levada às pressas na madrugada para o hospital, durou apenas mais dois dias e veio a óbito. Todos sentiram profundamente: tio, seus filhos e netos e eu, claro, era a minha segunda mãe. Mas a vida tinha que seguir sua dinâmica. Tio Orlando e eu íamos aos poucos nos adaptando à nova realidade — ele conduzindo sua empresa, e eu embrenhado nos estudos. Evellin procurava a melhor maneira de ajudar-me: ora com amor, ora com longas conversas, a fim de que eu não me afastasse dos objetivos. E assim, aos poucos, a rotina foi se restabelecendo.

No quarto ano, estávamos decididos a assumir, de fato, o nosso relacionamento. Alugaríamos uma quitinete, que eu poderia pagar com minhas aulas particulares. Evellin ajudaria com a mesada que recebia dos pais. Enquanto procurava nos classificados um imóvel ideal, minha consciência me acusava de traidor. Certa noite, acordei assustado, sonhando com tia Iracema. Agonizando, agarrou minha mão e balbuciou, quase sussurrando: *Não abandone o Orlando.* Aquele sonho tocou-me profundamente. Decidi que pela manhã procuraria Evellin para dizer que não deixaria meu tio, quando ele mais precisava de mim. Eu não poderia trair uma pessoa que tanto significado tinha na minha vida.

Ao encontrá-la quis logo expor a situação e esperar pelo desfecho daquele romance que chegava ao fim. Mas, para minha surpresa, tudo aconteceu ao avesso. Evellin achou bastante razoáveis minhas ponderações, reconsiderando que nossa hora não havia chegado e era melhor aguardar mais um tempo.

Decorrera mais um ano, último do curso. Mas, para mim, seria o início da pós-graduação, lá mesmo na universidade. Uma vez por mês ia para Suzano passar o final de semana com meus velhos. Papai aposentou-se, cansado daquele batente que exigia muito esforço físico, e não era compatível com um velho com mais de setenta anos. Mamãe já se aposentara pelo Fundo Rural havia mais de ano. Com a venda da Kombi, engordaram um pouquinho mais a minguada poupança da Caixa Econômica Federal.

No ano que terminava minha pós, eu e Evellin resolvemos consolidar nossos planos, algumas vezes adiados. Meu compromisso de gratidão ao tio Orlando chegara ao fim, pois sua filha Sophia foi morar com ele, e, na garupa, levou o marido, Jarbas, e três filhos. Soube pela empregada da casa que Jarbas havia falido. Perdera todos os bens, inclusive a casa onde morava. Para meu tio foi bom. A casa voltaria a ser alegre e com mais vida, preenchendo o vazio deixado pela ausência de tia Iracema.

Capítulo 2

Alugamos um apartamento de dois quartos escolhido por Evellin. Compramos alguns móveis e mudamos. Passamos a viver juntos, sem as formalidades do casamento, isso poderia ser feito depois, tão logo tivéssemos a certeza que, na convivência diária, nossos gênios se acasalassem também.

Depois de desligar-me da universidade, recebi em casa um chamado para comparecer ao gabinete do reitor. Achei estranho. Será que ficou alguma pendência minha por lá? —, pensei. Compareci no dia e hora marcada. Ao receber-me, o reitor mandou que me sentasse, pois tinha uma boa notícia para mim. Recebera uma incumbência de um órgão não governamental dos Estados Unidos, para informar-me que eu fora escolhido pela Associação Americana de Psiquiatria para fazer um curso de mestrado na Universidade de Harvard, em Cambridge-Massachusetts, tendo em vista as minhas valiosas informações, quando da elaboração do DSM de número 4 que se encontrava em fase final das pesquisas. Informaram também que seria tudo custeado pela associação, além de uma ajuda de custo para minha manutenção naquele país, pelo prazo de dois anos. Informou-me o reitor que tal convite fazia parte de intercâmbio cultural entre os dois países.

Naquele instante, queria falar alguma coisa, mas a minha boca não conseguia soltar uma palavra. Emudeci. O reitor vendo minha ansiedade tomou novamente a palavra.

— Você não precisa decidir nada agora, terá uma semana para dar a resposta. Vá para casa e pense com calma. Consulte sua família e volte depois. Mas, não se esqueça: a oportunidade é de ouro e única.

Fui correndo contar tudo a Evellin e ver a sua reação, pois seriam dois longos anos de separação de um casal recentemente unidos. Depois de relatar o ocorrido, Evellin ficou em silêncio alguns minutos e, como sempre, a resposta veio logo.

— Pensando bem, não é nada mal. Eu concordo.

Achei estranho ela abrir mão da minha pessoa assim tão de repente, mas, em seguida, voltou ao ataque.

— Passaremos esses dois anos por lá e, enquanto você estuda, eu posso lecionar português em uma escola particular, e ao mesmo tempo, vou aprender inglês. Aliás, é uma das línguas que mais tenho vontade de falar. Fechado? — disse ela. Diante dos argumentos, não tive chance de discutir se era conveniente tal decisão. E assim, na semana seguinte, voltei na universidade e assinei a papelada. Daí a dez dias, munidos dos devidos passaportes, embarcamos no aeroporto de Congonhas, rumo a Cambridge, no Estado de Massachusetts, EUA.

Ficamos no próprio *campus* da universidade, num minguado *flat* de 30 metros quadrados, com toda a infraestrutura necessária. Ao término do primeiro ano, Evellin já estava empregada e eu seguia estudando, incansavelmente.

Mantinha sempre contatos com tia Zulmira, irmã de minha mãe. Na minha casa, não tinha telefone. Certa manhã, encontrava-me dentro da sala de aula, quando tocou o celular. Estranho, pensei eu. É do Brasil. Saí da sala depois de pedir licença ao professor e fui para o pátio atender com mais liberdade.

— Alô, é o Max?

— Sim, tia Zulmira, pode falar,

— O assunto é muito desagradável, mas tenho que lhe dizer. O seu pai...

Senti o choque mesmo antes que ela terminasse. Meu subconsciente falou: *seu pai morreu.*

— Está me ouvindo, Max?

— Sim, tia, pode continuar.

— Pois é, meu filho, sua mãe disse que acordou de madrugada e olhou, ele dormia como um anjo, mas, de manhã, ao tentar acordá-lo para tomar o café, percebeu que não mais respirava. Foi quando se certificou que ele estava morto. Mas, olha! Não sofreu nada, morreu como um passarinho. Infelizmente, meu filho, não nos resta fazer mais nada a não ser nos conformar. Você sabe, nossas vidas não nos pertence, está nas mãos do Criador e Ele nos leva quando chega a nossa hora. Não se preocupe, vou morar com ela, pois, agora, somos duas viúvas e uma cuidará da outra, até quando Deus quiser. Quando todo esse tumulto passar, vou pedir a transferência do telefone para a casa dela e, assim, vocês terão mais contatos. Pois é, Max, siga aí a sua vida, pois aqui vamos tocando a nossa. Deus te abençoe.

Depois de desligar o telefone, em segundos, minha mente fez uma retrospectiva da minha vivência, com aquele cidadão simples, lá de Suzano. Trabalhando incansavelmente em prol da família, sem nunca reclamar de coisa alguma. Sua dignidade mostrava outras tantas qualidades que transcendiam o que se exige de um homem de bem.

Ali mesmo, fiz algumas orações e pedi a Deus que o aceitasse, como um dos seus escolhidos. Que os anjos e os santos o conduzissem à vida eterna para que gozasse do merecido descanso na glória dos céus.

— A minha bênção, "seu Zequinha da Kombi". Aí das alturas, zelai por todos nós. Amém.

Chegando a casa relatei a Evellin, que me abraçou com ternura, e choramos juntos. À noite, serviu-me um chá de camomila bem quente e cingiu-me em seus braços, fazendo-me sentir o aconchego de um amor sincero e amigo.

Acordei na manhã seguinte, acreditando que tudo não passara de mais um sonho. Mas, infelizmente, era um sonho real.

Nossas vidas caminhavam como deveriam ser: estudos, trabalho e, acima de tudo, alimentadas com cumplicidade e juras de eterno amor. Evellin já dominava satisfatoriamente o inglês, mas eu absorvia apenas o necessário para meus estudos.

Ao término do mestrado, voltamos ao Brasil, trazendo na bagagem mais um diploma de bastante peso para a minha carreira, com certeza, no meu *curriculum* faria diferença.

Em São Paulo, logo recebi propostas de diversas faculdades e até de universidades para lecionar, haja vista que existia grande carência de professores na área de Psiquiatria. Lecionei cerca de um ano e meio, quando eu e Evellin resolvemos passar uma temporada na França, onde eu faria um doutorado na Universidade de Sorbone. Isso só foi possível porque conseguimos juntar alguma economia.

Chegamos a Paris em pleno inverno. A adaptação foi difícil. Evellin sofria constantemente com resfriados e outras complicações de saúde. Coisas de mulher. Eu senti menos os rigores do clima frio, uma vez que passava a maior parte do tempo em ambientes fechados e com calefação.

Decorridos dois anos, cheguei ao final dos estudos. Aí, sim, senti-me apto para dedicar o meu tempo totalmente ao trabalho. Com mais esse certificado, tinha certeza que começava um novo horizonte para minha carreira.

Voltamos a São Paulo. Estava ansioso para botar em prática os conhecimentos que acumulei ao longo dos anos. Fui bem recebido em todas as faculdades em que já havia prestado serviços. Escolhi a que era mais conveniente para mim. Como professor, passei três anos em sala de aula. Acabei pedindo demissão, porque os convites para dar palestras e conferências prejudicavam sobremaneira minhas aulas e, da qualidade do que transmitia aos alunos, eu não abria mão. Preferi abandonar a sala de aula, antes que eu também fosse prejudicado.

Nos dez anos que se seguiram, minha vida consistia em viajar pelo mundo. Raramente passava um mês sem convites para dar conferências, principalmente em países europeus. Nas minhas viagens, Evellin raramente me acompanhava. Ela ministrava aulas de economia doméstica em uma faculdade em São Paulo. Porém, eu não abria mão do meu assistente e tradutor de uma meia dúzia de línguas estrangeiras. Bernardo foi colega na faculdade. Era formado em comunicação.

Com cachês relativamente altos, ao longo de dez anos, pude comprar um terreno grande na Vila Mariana e construir uma bela mansão. Embora não fosse uma vila nobre como o Morumbi, prometia ser um dos melhores lugares para se viver com mais qualidade, tendo em vista a sua localização privilegiada, com acesso fácil a todos os principais pontos da cidade e com toda a infraestrutura para servir seus moradores.

Infelizmente, eu e Evellin até então não havíamos conseguido dar início ao projeto de ter três filhos. Alguns fatores pesavam decisivamente para que isso não acontecesse, e um deles era a possibilidade de que eu fosse o responsável. O médico que nos assistia constatou que Evellin possuía todos os requisitos necessários para uma procriação normal, através dos exames a que fora submetida. Mas isso não queria dizer que não poderíamos ter filhos. Métodos modernos poderiam resolver. Para tanto, eu deveria me submeter a tratamento, o que era dificultado pelas minhas constantes viagens ao exterior. Mas, prometi a Evellin que depois da minha volta de Amsterdam, que deveria durar mais ou menos um mês, iria permanecer em São Paulo até que tudo fosse resolvido.

Esse encontro seria de grande importância para a minha vida profissional, pois lá estariam presentes estudiosos do mundo inteiro, procurando respostas satisfatórias para o entendimento do comportamento humano. Acompanhando o convite, confeccionado com requinte e bom gosto, vinha também um breve comentário sobre o tema e o porquê da realização do evento em Amsterdam.

Segundo observações, essa cidade holandesa lutava com problemas relacionados a jovens descompensados, agressivos, brigões, que representavam um ultraje à sociedade. Puni-los era difícil perante a lei, pois não eram ladrões nem assassinos, mas desrespeitosos e desordeiros. Diante da situação, as autoridades locais pensaram na alternativa para tentar resolver o problema através de estudos voltados para a área da psicologia e psicodinâmica.

O nosso trabalho, em princípio, seria conviver com esses jovens e observar de onde partiam esses distúrbios emocionais, desenhar o seu perfil e, no final do encontro, traçar estratégias de como proceder na solução do problema. Isso se conseguíssemos chegar num consenso.

Partiria, dentro de um mês, do aeroporto internacional de Congonhas, São Paulo, rumo a Amsterdam. Porém, antes da viagem, aproveitei para passar alguns dias com minha mãe em Suzano. Tia Zulmira havia ligado que ela estava bastante debilitada, talvez por consequências da morte de papai.

Segui para Suzano sem a companhia de Evellin, ela não podia se ausentar da faculdade, devido ao início das provas, e era imprescindível a sua presença.

Após dois dias na casa de mamãe, senti que ela deveria ser internada, mesmo contrariando a sua vontade. Depois de três dias hospitalizada, percebi que seu estado se agravava e que já estava no fim. Certa manhã, sentei-me à beira do seu leito e segurando minha mão confidenciou os seus desejos:

— Max, meu filho, a minha hora de partir se aproxima, logo estarei junto de seu pai para nunca mais nos separar, mas, antes quero que me prometa uma coisa, ou melhor, duas: primeiro retire o dinheiro da poupança, esse é para você. Quanto à casa queria que a doasse a Zulmira, além de cuidar de mim todos esses anos, com muito carinho, é uma viúva pobre e sem moradia própria. Depois da morte do marido, sempre foi mantida pela filha.

— Claro mamãe, farei a doação com muito gosto. Ela merece muito mais do que a casa, darei também a poupança e não me fará falta nenhuma. Deixe de maus pensamentos, minha mãe, os médicos estão tentando reverter a situação.

— Não, Max, peça a eles que me deixem partir, preciso do descanso eterno. Meu corpo pede clemência.

Voltei para casa com o coração partido. Por um lado, não me conformava com a sua morte, por outro, tinha pena ao ver aquele sofrimento interminável. Na manhã de sexta, Evellin aproveitou o final de semana e foi ter comigo. No sábado cedo já nos preparávamos para ir ao hospital, quando o telefone tocou, informando que ela falecera na madrugada. Naquele dia mesmo, de tardezinha, ela foi enterrada no cemitério municipal, único da cidade. Durante todo o dia, foi velada na capela do cemitério, com os parentes e amigos da família numa verdadeira corrente de orações. O padre da paróquia, que ela frequentou a vida toda, fez questão de rezar a missa de corpo presente.

No domingo à noite mesmo, Evellin voltou para São Paulo para o trabalho, que estaria na segunda a sua espera. Expliquei a ela os desejos de mamãe, que ela apoiou plenamente, e aconselhou também que eu só voltasse para casa depois de tudo resolvido, para que não levasse na viagem preocupações com problemas deixados pendentes.

Em dez dias voltava para casa com tudo resolvido. Comecei então os preparativos para dentro de onze dias embarcar para mais uma missão. Trabalhava até altas horas, organizando trabalhos e pesquisas feitas durante todos os anos da minha carreira, uma vez que não podia fazer feio naquele encontro, com mestres de todo o mundo. Precisava deixar a minha marca naquele evento, por menor que fosse.

Um dia antes da partida, Evellin falou-me que estava com mau pressentimento. Havia sonhado coisas estranhas, e que não conseguia decifrar. Disse-me que íamos de automóvel por uma estrada de uma planície que parecia sem fim. Depois de percorrer muitas horas, surgiu uma bifurcação, ela parou o carro e eu desci, peguei minha mala, dei-lhe um beijo e saí caminhando pela estrada que pendia para o lado esquerdo.

De certa em certa distância, parava, virava para trás e com um sorriso agitava os braços, como num adeus. Essa cena foi repetida várias vezes, até que desapareci no horizonte.

— Deixa de bobagens, mulher, e olhe. Não se esqueça de que marcamos para as nove horas no cartório, para o tabelião formalizar o nosso casamento e, na minha volta, vamos programar no religioso uma festa de arromba, convidando todos os nossos familiares e amigos. Já imaginou? Tem de ser em um clube bem grande, porque nosso círculo de amizades é bem vasto. Graças a Deus!

O dia da viagem estava chegando e Evellin grudava em mim, como se eu nunca tivesse ausentado uma única vez da minha casa. Queria fazer sexo a todo o momento disponível. Pensei: será que está querendo saciar os meus desejos, para que eu não sinta excitação por outra mulher, nos próximos trinta dias?

Casamos oficialmente. Passamos a lua de mel em um motel luxuoso e amamos toda a noite, como se fosse a primeira vez.

No dia da viagem, chegamos ao aeroporto com uma hora e meia de antecedência. Bernardo ligou-me dizendo que, devido à chuva que derretia a cidade, todos os voos estavam paralisados, a neblina era intensa e não estavam permitindo nem aterrissagens nem decolagens e que o nosso *check-in* ainda não tinha sido feito. Lá chegando, pudemos constatar a desordem. Filas quilométricas e carrinhos com bagagens mal podiam circular pelos corredores. Eu e Evellin aguardamos em um canto afastado, enquanto Bernardo despachava as bagagens. Depois de uma hora, ele voltou com os bilhetes na mão. Peguei-os para verificar se estavam corretos.

— Bernardo, que negócio é este? Você marcou as duas últimas poltronas?

— Sim, chefe, eram as únicas disponíveis.

— Foi incompetência deixar tudo para a última hora. Você sabia que o *chek-in* pode ser feito até três dias antes da viagem.

— Desculpe-me, professor, a falha.

— Humm!

Capítulo 3

— Senhores passageiros com destino a Belém, voo 1303. Favor comparecerem ao portão 10 para embarque imediato.

Na verdade, passaríamos primeiro em Belém, para nos juntarmos a outros profissionais vindos de Lima, que completariam a equipe. De lá, faríamos uma escala em Madri e, finalmente, Amsterdam.

Após longos abraços e demorados beijos, Evellin fixou seus olhos com profundidade nos meus, que até senti um calafrio percorrer todo o meu corpo. Sem dizer uma única palavra, deixou escapar duas lágrimas que escorreram pelos cantos dos seus olhos.

— Meu amor, dentro de um mês, estarei de novo abraçando-a num longo beijo.

Dito isso, cingiu-me novamente com seus braços, apertando como se não fosse soltar-me nunca mais. Feita a segunda chamada, procuramos apressar para não perder o voo. Enquanto caminhava pelo túnel, vez por outra virava para trás e acenava em despedida, até não mais ver Evellin. Aquilo, depois me fez lembrar o sonho que ela tivera na noite anterior.

Os dois penúltimos assentos eram os únicos vagos, porque os dois últimos eram destinados às comissárias de bordo, que dão apoio e servem aos passageiros, e também atendem aos chamados da cabine dos pilotos.

Depois de acomodar-me, corri os olhos numa inspeção do interior da aeronave que nos levaria a Belém. Questão de mania, pois tenho certeza que, se não fosse professor, seria piloto comercial. Eu amava aviação. Gostava de pesquisar sobre tipos de aeronaves, desde simples planadores, até os mais sofisticados supersônicos com velocidades que quebram as barreiras do som. Conhecia-os de fotografias.

Depois de alguns minutos, percebi que se tratava de uma aeronave Airbus A 321, que seu teto operacional era de 39. 800 ft (média de 10 a 12 mil metros de altitude) e desenvolvia velocidade de cruzeiro 850 km/h e com capacidade de transportar 220 passageiros. Um perfeito sistema de navegação aérea, servido de sofisticado conjunto de computadores, capazes de informar aos seus condutores as mínimas avarias em toda a sua estrutura. Com moderno *design* interior, dotado de iluminação embutida no teto, sistemas LED nas cores azul e alaranjado trabalhavam em sincronia: uma diminuía a sua densidade e cedia à outra o ambiente, numa mutação perfeita das cores. As seis carreiras de assentos eram separadas pelo corredor no centro, e as laterais exibiam um cordão luminoso em toda a sua extensão com tênues luzes, sinalizando quem por ele transitava. Atrás de cada poltrona uma TV para que cada passageiro pudesse escolher, em diversos canais, o seu filme preferido.

Enquanto era feito o taxiamento, percebi cinco aviões parados na cabeceira da pista aguardando a vez de decolar. Já posicionado para a partida, o comandante avisou:

— Atenção tripulação. Decolagem autorizada.

Em seguida, os motores urraram. Seu impulso poderoso nos fazia afundar no encosto em direção ao horizonte, só parando de empurrar nossos corpos, quando atingiu a altitude desejada. Depois de vinte minutos, o pessoal de bordo caminhou pelo corredor distribuindo travesseiros, cobertores e oferecendo outros serviços. As luzes do teto, aos poucos, foram diminuindo sua densidade, até apagarem de vez. O comandante Miranda voltou a manifestar-se:

— O nosso tempo de voo até Belém é de três horas e trinta e cinco minutos. A Companhia e sua tripulação agradecem a preferência e lhes desejam uma boa viagem e uma feliz estadia na capital do Pará. Estaremos à disposição de todos. Boa noite e bom descanso.

A viagem seguia em silêncio, oferecendo um ambiente propício a relaxar. Raramente ouvia-se o som de algum televisor ligado, possivelmente alguém com insônia ou até mesmo com nervosismo quando viaja de avião. Coisa natural em pessoas que têm medo de voar.

Já estávamos entrando na lateral direita do Estado do Pará, quando as luzes aos poucos foram se acendendo.

— Aqui é o comandante Miranda. Fomos informados que uma forte tempestade nos aguarda a algumas milhas e não temos meios de desviar devido à proximidade. Pedimos que voltem suas poltronas na sua posição normal e afivelem os cintos. Obrigado.

Não tardou dez minutos para travar-se uma luta feroz nas alturas entre aquele gigante a debater-se ferozmente contra as forças da natureza que o expulsavam dos seus domínios. Encolhido no fundo da minha poltrona presenciava da pequena janela a maior tempestade que já tinha visto em toda a minha vida. A chuva misturada com granizo batia nas janelas com tamanha violência, que a qualquer momento poderia romper os dois acrílicos paralelos que guarneciam as janelas. Os relâmpagos se repetiam cada vez mais com brilhos tão intenso, que era capaz de enxergar uma pequena agulha no piso. Os carrinhos lotados com bebidas e alimentação desprenderam-se e percorriam o corredor como trenós puxados por cães, acostumados no gelo escorregadio.

Zeus, naquela noite, resolveu descarregar toda a sua fúria, com ventos atingindo velocidades incríveis, fazendo a nave, desgovernada, bailar nos ares como uma folha seca, arrancada das árvores. Senti-me agarrado no assento de uma nau, perdida no imenso azul dos mares. Por quase meia hora, os pilotos lutavam bravamente para manter aquele gigante no ar e sob controle. Para nós, aquela luta mais parecia uma guerra, na qual acreditávamos ser os perdedores.

O pânico tomou conta do ambiente. Mulheres e até mesmo os mais corajosos choravam, gritavam e rezavam pedindo a Deus por piedade, que os poupasse daquela provação. Nada daquilo serviu para amenizar a situação.

Acompanhado de trovões um raio de altíssimo poder de destruição surgiu como o tiro de clemência para o agonizante. A aeronave já numa altitude baixa tornou impossível a sua sustentação. Um estrondo com decibéis acima do suportável invadiu a cabine de comando e caminhou pelo dorso do gigante, até pouco mais da sua metade, abrindo um rombo de aproximadamente um metro e meio de largura por uns quinze de comprimento, para, em seguida, abrir um buraco enorme no assoalho à procura do solo para aterrar. O equipamento com peso superior a 80 toneladas desceu de barriga sobre as árvores como um pássaro gigantesco, querendo se aninhar, arrancando e dobrando a vegetação, derriçando à procura do chão. Naquele momento, senti a presença da morte, querendo se misturar com a vida. No primeiro impacto, a ponteira de uma das asas foi arrancada, na outra extremidade decepou-se completamente toda a asa que se espatifou deixando vazar o combustível. Por sorte, a intensa chuva impediu que o fogo destruísse o que restara. Em pouco menos de um minuto, estávamos a uns dois metros do solo. O sistema elétrico foi pouco afetado, a iluminação interna prevaleceu apenas o vermelho alaranjado.

Decorridos alguns instantes, percebi que apenas as últimas poltronas não tinham sido atingidas e podiam-se ouvir alguns choros e gemidos. Uma das aeromoças que sobreviveu notou também que ali tinha pessoas com vida. Valendo-se dos seus conhecimentos em situações como aquela, gritou que abriria a saída de emergência, existente na cauda do lado esquerdo:

— Vamos rápido senão morreremos sufocados por essa fumaça. Esses gases são letais.

Plantada na porta e com a ajuda de outra colega auxiliava a descida das mulheres e uma única criança, como também de alguns homens que necessitavam de ajuda. Pedia àqueles que se encontravam em melhores condições para proteger os que já estavam do lado de fora. Não levou mais que cinco minutos para que os sobreviventes saíssem da aeronave.

Depois de estarem todos com relativa segurança, ela ordenou que procurássemos retomar a respiração com calma, até que gradualmente voltasse à normalidade, e que deveríamos procurar uma corrente de ar livre da fumaça.

Naquele ambiente lúgubre e desconfortável, cada um de nós se sentia no paraíso. Estávamos vivos, mesmo com alguma parte dos nossos corpos dilacerada na queda. Permanecemos mudos por um bom tempo. Ninguém se atrevia a fazer comentários. Apenas ouviam-se choros sufocados pela emoção e medo. A chuva continuava torrencial.

Aquela comissária que abriu a porta de emergência para que todos saíssem, dotada de incrível coragem, tomou a palavra:

— Preciso que um dos senhores volte comigo a bordo. Vamos buscar agasalhos para todos e verificar se ainda existe algum sobrevivente.

Prontifiquei-me logo, pois já havia verificado que apenas meu pulso esquerdo tinha rompido um tendão, mas era o mínimo que se podia sofrer num episódio daquela dimensão. Mas ela advertiu:

— Ajuda-me a subir primeiro, preciso verificar se a fumaça já foi dominada pela chuva.

Com o braço direito, ajudei a erguer o seu corpo frágil que não passava dos cinquenta quilos. Em instantes, já com a porta de embarque aberta, ela acenou que eu poderia subir.

Com duas lanternas na mão, entregou-me uma e disse que a fumaça ainda continuava dominando o ambiente.

— Meu nome é Tina — informou. E o seu?

— Sou Max.

— Ok, Max. Vou recolher os cobertores e também procurar o material de primeiros socorros: remédios e demais apetrechos de sobrevivência, que se encontram na parte traseira.

— Você poderia ajudar?

— Sim, claro.

— Então faça uma inspeção geral no ambiente, começando pela cabine de comando até o final do corredor. Devemos ter certeza se não há algum sobrevivente. Pode fazer isso?

— Com certeza.

Antes de dirigir-se em busca do material, recomendou-me que usasse uma máscara para me proteger um pouco da fumaça. A chuva dera uma trégua ao mesmo tempo em que dissipava aquela poeira cósmica e, concomitantemente. liberava nossa visão para melhor facilitar o nosso trabalho.

Dirigi-me à portinhola que separa a cabine do restante, mas antes tinha uma saleta que os comissários usavam como apoio. Ao abrir, meu olfato detectou um forte cheiro de carne assada e queimada. Meus olhos não acreditaram, quando o facho de luz da lanterna mostrou-me aqueles quatro corpos carbonizados, dois agarrados firmemente entre si e dois com os punhos cerrados nos controles de comando da nave. Percebia-se que lutaram até a morte, em cumprimento do dever. Ao sair, fechei a porta deixando para trás aquele quadro, que nunca mais se desgarrou da minha mente. Mas eu não imaginava que o espetáculo de horror estava apenas começando.

O ambiente já estava totalmente livre da fumaça. Com passos lentos, caminhei rumo à saída. O cheiro forte de carne assada, às vezes, era substituído pelo de carne queimada. Era como se estivesse em uma churrascaria e que os assados tomassem conta do salão. A iluminação laranja-avermelhada mostrava as pessoas amarradas aos seus assentos, como se fossem feitas de cera, estáticas como em um museu, retratando uma tragédia de mentirinha. Acredito que, por obra do destino, a tênue luz azul não mais aparecia na mutação com a vermelha-laranja. Parecia que tudo fora orquestrado para mostrar que ali estava um pedaço do inferno, revelando a sua força para castigar a desobediência dos homens. Ali estava o horror dos horrores.

Cheguei ao final e constatei que não havia nenhum sobrevivente. Pensei ter encontrado um: uma senhora meio encostada no ombro de um senhor, que ocupava o assento do corredor (possivelmente o seu esposo), com os olhos abertos, mas com todo o corpo queimado que, ao perceber-me, lançou um meigo olhar para mim por alguns segundos e, num profundo suspiro, fechou-os e desfaleceu. Senti que aquele olhar demorado era a sua despedida do último instante da sua vida.

Pude concluir que Tina já havia visto tudo, mas o seu profissionalismo impediu que comentasse comigo a respeito. Desci para juntar-me aos demais, pois Tina já estava lá ajudando a agasalhar todos. Tão logo pousei os olhos nela, percebi que uma das suas orelhas fora mutilada. Pequenas e finas riscas de sangue haviam saídas e secadas, ao lado de sua face.

— Tina, você está ferida. Deixe-me ver isto.

— Não se preocupe, tive sorte. Eu só perdi a orelha, mas minha colega está com a perna quebrada. Tenho que arrumar umas talas e improvisar como se fosse um gesso. Pode ajudar?

— Posso sim.

Peguei uma pequena machadinha, que faz parte do material de socorros. O sistema elétrico da aeronave (possivelmente os que são ligados diretamente às baterias) é acionado automaticamente, em situações semelhantes. Acesos seus poderosos faróis, localizados no trem de pouso e na parte de baixo da aeronave, tornou o meu trabalho mais fácil.

Já passava das três da madrugada, quando procurava adentrar um pouco na mata. Percebi que o solo era muito úmido, coberto por um espesso tapete de folhas secas, e não era somente proveniente das chuvas. A sua vegetação com até trinta metros de altura culminava com suas copas unidas, o que impedia que os raios solares atingissem o solo e proporcionasse a vaporização e drenassem a água. O ambiente era inóspito e a umidade relativa do ar parecia estar em torno de noventa por cento. O local, possivelmente, nunca fora pisado pelo homem. Os fachos fortíssimos rompiam entre as árvores em busca do infinito. A mata virgem se entregava à intensa luz que deflorava a escuridão. Era um raro momento de beleza, misturado com pavor. Depois de meia hora, eu já voltava com as taquaras, para Tina socorrer a colega.

Sugeri aos companheiros, que estivessem em condições físicas, que fossemos apanhar os assentos removíveis, para servirem de cama para todos.

Após o assentimento de Tina, começamos a operação. Enquanto um tentava erguer o cadáver, o outro retirava o assento que também poderia ser usado como flutuante, em casos de pouso forçado em rios ou mesmo em alto mar.

O dia começava a amanhecer quando saímos a procurar alguma pequena clareira, onde houvesse o mínimo de conforto e segurança de centenas de litros de combustível, derramados na área, que poderiam inflamar a qualquer momento. O odor era tão intenso que bichos e pássaros bateram em retirada.

Não foi tão difícil. Por sorte, encontramos um local aberto, com uma dimensão não superior a cem metros quadrados. Pareceu-me que era usado como pousada de animais de grande porte. Distava aproximadamente umas três dezenas de metros da nossa base. Não podíamos abandonar a aeronave completamente, por questões de segurança, como também em caso de localização pelas buscas, que já deveria ter-se iniciado. Não sabíamos se a torre fora informada da nossa localização, antes da tragédia. Acredito que diante das circunstâncias, que no momento envolveu toda a equipe, essa providência não tenha sido tomada, mas, em todo caso, nossa esperança é que todos os procedimentos obedeceram ao que determina as normas do trafego aéreo.

Dos cinco homens que compunham o grupo, eu e mais três saímos à busca de madeira e palhas, para improvisar uma choupana que serviria como abrigo e proteção contra animais perigosos. Somente Eduardo, o comissário, que também sobrevivera, permaneceu no acampamento, pois estava com fratura exposta na perna, e Tina tentava resolver a situação com o que tinha de disponível.

Horas depois, voltamos com as primeiras varas que seriam fincadas no solo para sustentação da cobertura feita de palhas, que iríamos colher em coqueiros novos, com cerca de dois metros de altura. Passamos até o final da tarde transportando o material. Naquela noite, ainda iríamos dormir ao relento e, claro, com os olhos olhando para as estrelas na esperança de avistar alguma luz diferente, trazendo o socorro esperado.

Tina e a senhora Evans, mãe da única criança, transportavam comida e bebidas para o local. Sorte que esses voos são abastecidos com comidas e bebidas em abundância.

Dona Evans contou-nos que não teve coragem de entrar no ambiente, mesmo sendo no final do corredor onde estava a geladeira, pertinho da porta. Tina apanhava e entregava a ela, que esperava do lado de fora.

Na manhã seguinte, bem cedo, após um pequeno lanche, iniciamos a nossa tarefa. Os varões, depois de fincados, recebiam as compridas travessas que serviriam de apoio para a cobertura feita com palhas de coqueiro. Mas só depois de amarradas fortemente com embiras, que travavam toda a estrutura. As folhas eram sobrepostas como escamas e amarradas à moda dos ranchos sertanejos. No final do dia, já podia ser habitado. As almofadas foram distribuídas, como também as mantas.

A noite chegou. Acendemos uma pequena fogueira e começamos a nos identficar. Cada um, ficando de pé, dizia seu nome, contava a sua história justificando o porquê de estar ali. Enquanto ouvíamos atentamente os depoimentos, algo novo surgiu. Um barulho estranho cruzava os céus. Era uma aeronave. Corremos para fora, ansiosos, imaginando que o socorro estava chegando. Ledo engano. A altitude era de voo internacional, aí por volta dos treze mil metros do solo. Depois de desaparecer no infinito, fomos abatidos por um profundo desânimo, mas Tina, como sempre, retomou o comando.

— Meus companheiros, não fiquem tristes, pois este foi o primeiro sinal de esperança. Tenham certeza que outros virão. É apenas questão de tempo. Tive uma ideia: vou a bordo procurar os rojões sinalizadores, mas, vamos usá-los somente quando notarmos que seremos vistos. Não podemos desperdiçá-los. Não são muitos.

Ao voltar, sentimos que os trazia sem muito entusiasmo e colocou-os em um pequeno jirau que havíamos improvisado. Mais tarde, depois que todos estavam acomodados, Tina fez-me sinal, para que fossemos conversar lá fora.

— Sabe Max! Vou comentar apenas com você: Os rojões não terão nenhuma utilidade, estavam todos boiando no compartimento. Seu material explosivo foi encharcado e perdeu toda a sua eficácia. Contudo, amanhã, vamos colocá-los ao sol. Quem sabe poderão até recuperar o seu poder de fogo. Voltei triste e abatido depois que ela pediu-me segredo, para não provocar mais um motivo de desânimo.

Entramos no terceiro dia, e nenhum sinal de buscas. Tínhamos quantidade suficiente de comida para mais quatro ou cinco dias, mesmo com o racionamento imposto por Tina.

Gunter era um dos sobreviventes. Embora de origem alemã, vivia em Amsterdam. Homem de aproximadamente trinta e nove a quarenta anos, porte atlético, e com seu metro e oitenta transmitia segurança através de seu olhar e sorriso aberto. Narrava as suas experiências como aventureiro das montanhas e matas ao redor do mundo. Era seu *hobby* e praticava nas suas férias anuais. Estava voltando de uma aventura na Mata Atlântica, a convite de brasileiros que conhecera pela internet. Carregava, na mochila, apetrechos de uso nas suas corajosas viagens. Sugeriu que saíssemos à cata de alimentação alternativa. Conhecia bem como sobreviver na mata, alimentando-se apenas de frutas nativas. As espécies próprias para consumo humano, ele foi catalogando, com base na alimentação dos animais e pássaros. Concluiu que, se eles comiam, o homem também podia comer. Observou que ali tinha em abundância. Tanto é que aquela clareira era usada pelos bichos, para se alimentar e dormir.

Passamos a tarde toda identificando as variedades. Voltamos com as sacolas cheias de frutas de diversos sabores e que jamais imaginávamos serem comestíveis. Naquele dia, recebi uma verdadeira aula de como sobreviver, servindo-me das coisas disponíveis na mãe natureza.

O quinto dia amanheceu com uma densa cerração, mal podíamos identificar as pessoas a mais de dez metros. Uma brisa fina era trazida da direção da aeronave, acompanhada de um odor horrível. Notamos que os cadáveres já estavam em estado de putrefação. Nas alturas, urubus voavam em círculo, iniciando seu ritual à procura de alimentação. Não tardariam se servir do seu banquete preferido: a carniça.

Gunter sugeriu que as portas que davam acesso ao interior da nave fossem fechadas. O teto com uma fissura gigante poderia ser bloqueado com folhas de coqueiros para impedir a entrada das aves de rapina. Tina não concordou, e ponderou:

— Companheiros, vamos deixar que a lei da sobrevivência se encarregue, resolvendo o problema. Precisamos continuar vivendo e as aves também. Se impedirmos que elas entrem e saciem sua fome, elas continuarão sobrevoando, enquanto existir o processo total de decomposição, e assim o vento estará trazendo até nós um mau cheiro terrível, acompanhado de bactérias que, certamente, contaminarão todos e, consequentemente, seremos acometidos por uma epidemia devastadora. Tenho certeza que dentro de dois dias nada mais restará que possa servir de alimento para os urubus.

O silêncio foi geral e, aos poucos, cada um assentiu balançando a cabeça.

Na madrugada daquela noite, acordamos sobressaltados. Um helicóptero passou num voo rasante, rastreando a área com seu holofote, por aproximadamente cinco minutos, mas hora nenhuma apontou em nosso rumo. Infelizmente os nossos rojões não tinham condições de uso. Bastava apenas um funcionar, para sermos encontrados. As nossas esperanças partiram juntamente com os patrulheiros, que não imaginavam estarem a pouca distância dos seus objetivos. Sentimos que outra chance daquela, possivelmente, não iria acontecer.

O dia amanhecia, quando ouvi um movimento na mata, mas ainda estava escuro. Os faróis do avião iluminaram apenas umas doze horas, as baterias de emergências tinham uma vida útil limitada. Os barulhos cessaram, mas logo em seguida um forte rugido... Todos acordaram sobressaltados. Notei que se tratava de um casal de felinos de grande porte, querendo retomar a área invadida por nós. Gunter usou da sua experiência e convocou a todos que providenciassem logo uma grande fogueira. Corremos e, em poucos minutos, o fogo iluminava um raio de vinte metros. As feras foram afugentadas, e o susto passou.

Já estávamos entrando no sexto dia. Os últimos urubus ainda vasculhavam a nave à procura das migalhas que restavam.

Tina caminhava de um lado para outro, verificando o estado de cada um dos feridos. Depois de terminar sua tarefa, dirigiu-se a mim:

— Max, pode acompanhar-me até o avião?

— Sim, vamos lá.

Quando adentramos pela porta traseira, o ambiente estava iluminado pelo sol. Seus raios entravam pela rachadura do teto o que permitia um panorama geral.

O odor forte de carniça ainda permanecia, mas, a ação das aves foi devastadora. Tinha-se a impressão que jatos de uma solução de alto poder destrutivo eliminara toda a matéria, deixando apenas as carcaças, como se preparadas para estudos em laboratórios de universidades. Tina comentou:

— Era isso que eu esperava. Só assim livraríamos de doenças que poderiam eliminar todos nós. Temos de tirar do nosso caminho todo risco iminente.

— Podemos ir? Indaguei.

— Sim, vamos embora.

Já estávamos entrando no sétimo dia. Sabíamos que nosso final não seria dos mais felizes, embora quase todos os dias as buscas eram constantes, mas, pela dimensão da área com densa vegetação, era como procurar agulha no palheiro.

No oitavo dia, o desespero já começava a se manifestar em algumas pessoas do grupo. Eu, Gunter, Bernardo e Tina tentávamos acalmar os demais, embora por dentro sentíssemos a mesma sensação. A alimentação não duraria mais que um dia, embora as frutas silvestres contribuíssem sobremaneira. A fome nos próximos dias era inevitável.

No nono dia, Grunter convocou todos para decidirmos qual a medida a ser tomada. Alguma coisa tinha que ser feita. Ele disse que possuía uma bússola de alta precisão que, se fosse usada adequadamente, com certeza nos levaria a algum lugar, sem correr o risco de andar em círculo e ficar sempre perto de onde partira. Isso, sem contar a sua experiência em sobreviver nas matas. Garantiu que ninguém morreria nem de sede nem de fome. Mas, com todos os argumentos, não convenceu a todos. Decidiu que partiria, e que se alguém quisesse acompanhá-lo, se manifestasse e seria bem-vindo. Tina ponderou:

— Gunter, quase todos estão feridos, inclusive você. Seria uma estupidez embrenhar nesse inferno verde, enfrentando feras de todo tipo e mais, sem certeza que iria chegar a algum lugar com recursos.

— Tina, já decidi. Não vou ficar aqui à espera da morte. Poderei até morrer por aí, mas terei tentado sobreviver.

O industrial americano foi o primeiro a aderir, seguido pelo comissário e eu resolvi acompanhá-los. Achei que Gunter me convencera, pensei: *não é agora que vou deixar de lutar para vencer.*

Antes de partir, Tina forneceu gazes e esparadrapos para os curativos e recomendou que levássemos garrafas vazias, pois, certamente, iríamos encontrar água e abastecê-las. Também ofereceu roupas e agasalhos retirados das bagagens.

Na madrugada do décimo dia, partimos rumo ao desconhecido, com a esperança de que o socorro estivesse um pouco mais à frente.

Nossa marcha prosseguia pachorrenta, cada um tinha as suas limitações. Gunter estava com uma abertura na barriga, abaixo do lado direito. O curativo que Tina fez cobria uns dez centímetros que a cicatriz parecia ter.

O americano Jony Presley caminhava com dificuldade. Algum objeto abriu uma fenda profunda na sua perna, quase deixando à mostra o osso da canela.

O comissário tinha o braço quebrado. Embora partido ao meio não apresentava ferimento externo. As talas que Tina havia colocado fortemente envoltas por tiras de pano, mantinham o braço como se não estivesse quebrado. Eu, com bastantes arranhões, não sofri maiores consequências, pois, antes do impacto, lembrei-me de remover o assento flutuante e abraçá-lo, protegendo-me melhor que os demais.

Gunter, antes da partida, estava debaixo das asas com uma garrafa na mão à procura de algo, só depois na caminhada explicou que havia conseguido encher o recipiente com restos de combustível, ainda permanecidos nos tanques. Explicou que poderia ser útil.

Caminhamos sem parar até o sol se esconder, anunciando que a noite se aproximava. Gunter explicou que teríamos que caminhar mais um pouco, até encontramos um lugar seguro para o pernoite. Hora e meia depois, elegeu-se como abrigo uma clareirazinha, onde nossa visão, embora na escuridão, notasse a aproximação de algum animal perigoso. Aconselhou também que deveríamos dormir em cima de árvores altas, protegendo assim de répteis venenosos, como cobras, ou até mesmo de escorpiões, aranhas, lagartos, etc.

Jony Presley ponderou que dormiria sobre folhas, forradas por um cobertor que trouxera. Também, a sua obesidade não lhe permitia escalar uma árvore.

Tivemos uma noite tranquila e sem visitantes. Estávamos realmente exaustos. Acordamos bem cedo e Gunter, depois de examinar sua bússola, ponderou:

— Prestem atenção, se não seguirmos à risca as informações deste pequeno aparelho, não chegaremos a lugar nenhum. Vejam vocês: desde a nossa partida, acreditei que seria mais lógico seguir sempre a oeste, pois, se tomássemos o norte, estaríamos caminhando rumo à fronteira do Brasil, que a meu ver não seria bom. Para o oeste, certamente, encontraríamos alguma vila ou cidade dentro do nosso país. Mas, se desviarmos do oeste, não só deixaremos de seguir em linha reta, como também cair num círculo vicioso e não sair do mesmo lugar. Assim, como um cachorro rodopiando, querendo morder o próprio rabo. Vamos seguir, procurando alguma fruta para o desjejum.

Andamos até as doze horas, sobre um terreno fofo e úmido coberto de folhas. O rendimento não chegou a cinco ou seis quilômetros por hora. Paramos à beira de um pequeno córrego de águas límpidas, onde pudemos recarregar nossas garrafas. Depois de alimentarmos com as frutas colhidas pelo caminho, retomamos a peregrinação.

Ao final da tarde estávamos exaustos, em especial Jony Presley, mancando muito da perna que deixava desprender da ferida uma solução aquosa com finas riscas de sangue fresco.

Nossa rota não era desviada nem um centímetro. Gunter vigiava a bússola como uma mãe zelosa de olho no bebê recém-nascido.

Os dias foram passando e o estado de saúde do americano, de Gunter e Ulisses era preocupante. Sugeri que parássemos no primeiro riacho e fizéssemos uma assepsia nos ferimentos. Jony pegava a água límpida que logo encontramos e despejava cuidadosamente sobre o machucado, acreditando que o oxigênio contido na água ajudaria na recuperação do tecido.

Ajudando Gunter na remoção do curativo, verifiquei que a situação não era nada animadora. As bordas da ferida sinalizavam o início de necrose, que certamente iria evoluir para o interior do corte. Não disse nada a ele, para não colocá-lo em pânico. Sua vista não alcançava porque a localização, voltada para trás, era quase encoberta pelas dobras da sua barriga. Lavei com muito cuidado para poupá-lo de fortes dores. Porém, a sua afirmação era de que nada estava sentindo. Na verdade só eu estava ainda em condições relativamente boas.

Ulisses sentia-se um pouco febril. Aconselhei que retirasse as talas, pois seu braço apresentava inchaço a partir do ombro. Notamos que as ataduras apertadas prejudicavam a circulação sanguínea e, consequentemente, comprometia a irrigação do braço até a ponta dos dedos. Ulisses disse que perdera o tato da mão e dedos. Providenciamos um banho, na região doente com ervas que Gunter colhera.

Já havia passado uma semana sem o menor vestígio de ser vivente, claro, exceto os animais que eram vistos a todo o momento. Isso deixou Gunter preocupado.

No décimo primeiro dia, os problemas mais graves começaram a surgir. Por volta de uma hora da manhã, acordamos com os gritos de Jony Presley, pedindo socorro, pois dormia debaixo de uma árvore. Sem saber o que estava acontecendo, iniciei a descida para socorrê-lo, quando Gunter segurou-me pelo braço e gritou que não descesse. Pegou a manta que cobria, embebeu-a com combustível, ateou fogo e a jogou perto do americano. Só assim pudemos ver o que se passava ao pé da árvore. A cena chocou todos nós. Um bando de jaguatiricas digladiava com o pobre coitado que se defendia com um pedaço de pau. O fogo não espantou os felinos, e os gritos de Jony não as impedia de dilacerar e arrastá-lo para a escuridão. Em pouco tempo, já não se ouviam mais os gritos, apenas os urros das onças, cada uma brigando por um naco maior.

Só conseguimos recuperar do susto algum tempo depois.

Gunter explicou que se tivéssemos descido seriamos todos mortos, pois, pelos seus cálculos, havia em torno de quinze animais e que foram atraídos pelo cheiro de sangue da perna de Jony e, infelizmente, nada podia ser feito.

Ao amanhecer, prosseguimos a nossa caminhada, sempre seguindo a agulhinha apontando para o norte e, obviamente, teríamos que seguir para o oeste.

Às treze horas paramos à beira de uma pequena lagoa. Catamos alguns gravetos ali por perto e sentamos para nos alimentar com uma deliciosa fruta. Gunter nos disse que ela pertencia à família do abacaxi, pois tinha sabor cítrico como o ananás, também da mesma variedade. Explicou ele que, mesmo dentro de uma mata sem recursos, jamais a mãe natureza deixaria que qualquer vivente morresse de fome, inclusive o homem. Bastaria escolher o alimento certo, que não possuísse elementos tóxicos.

Na noite do décimo segundo dia, já acomodados em cima das árvores, ouvimos uma aeronave cruzar o céu. Concluímos que prosseguiam com as buscas, pois sua baixa altitude não era de voo normal. Notamos que nossos companheiros ainda não foram localizados. Queira Deus que estejam vivos.

Naquela manhã, o sol entrava numa fresta deixada pelas árvores e resolvemos expor nossos corpos aos seus raios, repondo assim as energias perdidas, inclusive vitamina D para os ossos doloridos pela friagem do ambiente. Aproveitamos o momento para refazer os curativos. Ulisses banhava o braço com água trazida nas garrafas. Livre das talas o inchaço havia cedido bastante. Pedi ao alemão para verificar o seu corte na barriga. Meu susto foi notado por ele.

— O que foi, Max?

— Calma, empresta-me o canivete para eu fazer uma pequena espátula de madeira e dar uma limpeza nesta ferida. Não disse a ele que a varejeira estava tomando conta da ferida. Sugeri que ficasse deitado com o corte virado para cima, exposto ao sol. Assim, o calor seria um incômodo para as larvas que sairiam rapidamente à procura de abrigo, apropriado para sua sobrevivência. Mas, logo meu amigo notou que algo estava errado quando comecei a retirá-las com a colherinha de pau.

— Já sei, está tirando bichos, é?

— Sim, já está no final.

— Faça-me um favor. Depois de limpo, despeje um pouco do combustível, assim as larvas que ficarem morrerão.

— Mas isso é perigoso.

— Faça o que lhe peço. Por favor.

Após todos os procedimentos, resolvemos prosseguir. Na parte da tarde, fizemos somente uma pequena parada e seguimos até a beira da noite. Como sempre, nos instalamos em cima das árvores. Mal acabamos de subir, notamos que alguns porcos-do-mato farejavam embaixo, fuçando à procura de alimentos, nada encontrando, bateram em retirada.

O décimo oitavo dia estava raiando, quando descemos para dar início à caminhada à procura da nossa esperança. Sempre andamos em fila indiana, e Ulisses em último lugar. Cruzamos uma área coberta por uma espessa camada de folhas secas e de difícil locomoção. Fomos surpreendidos por um forte grito de Ulisses.

— Fui picado por uma cobra.

Seguidamente, caiu por terra agonizando. Corremos ao encontro e verificamos que fora ofendido na perna, meio palmo acima do pé. Imediatamente, Gunter, após sucção no local, aplicou um torniquete bem apertado, para assim evitar que o restante do veneno atingisse a corrente sanguínea. Em pouco tempo, Ulisses não atendia aos nossos chamados, delirava falando palavras sem nexo. Dentro de menos de meia hora, já não mais dava sinais de vida. Gunter disse que o réptil que o picara era uma das espécies mais venenosas e que só vivia ali no Amazonas. Ficamos desorientados. Aquele episódio nos deixou profundamente abatidos, mas vimos que tínhamos que partir, para não sermos as próximas vítimas.

Vinte e dois dias se passaram. Eu e meu amigo Gunter seguimos uma trilha que mais parecia uma "picada" feita por humanos. Pelas características tudo levava a crer que estávamos no caminho certo. Andamos ansiosos até a noite, mas, as pistas foram desaparecendo à medida que o solo era coberto pelas folhas que desprendiam das árvores. Nossas forças já haviam se esgotado e a infecção do corte tinha se generalizado. Naquela noite, dormimos ao pé das árvores. Pela madrugada coloquei a palma da mão na testa do meu companheiro. Estava em brasa. Se colocasse um termômetro, acredito que estourava. Ele, com dificuldades, recomendava:

— Siga em frente, leve a bússola, vá encontrar recursos e volte para me buscar, se eu resistir. Vá, vá, não perca tempo. Nada adianta ficar parado aqui sem poder ajudar-me.

Minha mente estava vacilando para encontrar a solução mais correta. Decidi que deveria seguir em frente.

Depois de uma hora de caminhada em desespero pelo mato, pareceu-me estar sendo traído pela minha visão. Aquilo não era uma miragem. A mata desapareceu como num toque de mágica, e, à minha frente, descortinou uma planície, repleta de construções cônicas. Percebi logo que encontrara uma civilização indígena. Agradeci a Deus, pois estava salvo.

Ao aproximar, reparei que as moradias se dispunham em forma de círculo, abarcando um raio de aproximadamente vinte mil metros quadrados. Logo que comecei adentrar no terreiro do grande círculo, notei que aos poucos seus moradores iam saindo das ocas e caminhando em minha direção. Todos de arco e flechas, apontadas para mim. Fecharam o cerco, e eu no meio. As suas feições não eram nada agradáveis. Olhavam para mim e nada diziam, até que a roda se abriu e se aproximou de mim um homem alto e forte com vestimenta diferenciada dos demais. Percebi logo que se tratava do chefe de todos — o cacique.

Percorreu com os olhos dos pés à cabeça aquela criatura estranha, depois, falou-me sem parar, por algum tempo, coisas que nada entendi. Eu estava ansioso para falar, comunicar-me através de sinais. Depois de muitas tentativas, consegui ser entendido. Talvez, por simples curiosidade, o chefe ordenou que quatro deles, fortemente armados, me seguissem até o local. Lá chegando, qual foi a minha decepção. Meu amigo havia falecido. Estava sendo velado por alguns cachorros que observavam seu corpo a distância, emitindo uivos parecidos com prantos de um funeral. Aquela cena cortou-me o coração. Gunter lutou até o último instante. Parece que só morreu quando soube que eu continuava vivo, mesmo sabendo que não estaria vivo por ocasião da minha volta.

Pedi ajuda para cavar um buraco de sepultura. Um deles me fez entender que iria pedir autorização ao chefe. Enquanto aguardava a sua volta, ajoelhei-me ao lado do meu companheiro. A única homenagem que eu poderia prestar-lhe era por meio de orações. Assim o fiz. Pedi a Deus que levasse para seu reino aquela alma tão solidária. Quem sabe, poderia ser útil ajudando seus anjos e santos a proteger as pessoas aqui na Terra. Sua coragem e ajuda ao próximo era seu crédito junto a Deus.

O índio voltou acenando que seus companheiros cuidariam de enterrar o corpo, mas que eu deveria acompanhá-lo. Ao entrarmos no pátio, mais dois se juntaram a nós e conduziram-me para um cubículo cheio de grades. Notei logo que aquilo ali se tratava de uma prisão. Trancafiaram-me, com um guarda do lado de fora.

Meus ferimentos provocados pelos galhos das árvores e capim-navalha e a fome me deixava estropiado como um cavalo velho. Porém não me impediu de dormir como uma pedra até porque sentia certa segurança dentro daquela jaula.

Logo bem cedinho fiz o selvícola entender por meio de gesto que eu estava com muita fome. Parece que teve compaixão e chamou outro que passava por ali, dando-lhe a ordem para trazer comida. O outro, a princípio, relutou, possivelmente com medo de ser punido, mas acabou cedendo. Logo depois voltou com uma cuia cheia de alguma coisa, parecida com angu. Realmente era um tipo de mandioca, cozida e amassada como o pirão que conhecemos. Comi como um animal faminto, limpando o recipiente como se fosse lavado. O sabor era insosso, pois não faziam uso do sal e nem tampouco de algum tempero. Depois de debelada aquela terrível fome, encostei-me rente à parede. Senti que meu organismo necessitava de mais repouso para recompor minhas energias. Dormi por algumas horas até ser despertado com a entrada de pessoas no recinto. Abri os olhos e deparei-me com uma figura que deduzi ser o Pajé. Sua roupa era diferente e usava um cocar que descia da cabeça aos pés. Fumava um cachimbo fedorento, enquanto agitava um chocalho em cima da minha cabeça. Nada disso me atraía a atenção, voltada para sua acompanhante. Tratava-se de uma jovem de aproximadamente dezoito anos e segurava nas mãos uma vasilha cheia de um líquido escurecido. Notei logo que pertencia a uma etnia diferente daquele povo. Sua pele não possuía a tez amarelada dos demais, seus cabelos lisos e aloirados desciam sobre suas faces rubras, reforçando a cor verde azulada dos seus lindos olhos. Seu rosto mostrava sua mandíbula com o queixo levemente quadrado. Nariz bem desenhado e um sorriso alegre deixava à mostra seus dentes alvos e bem alinhados.

Capítulo 4

O Pagé iniciou seu ritual com uma vassourinha de palha. Borrifava aquela emulsão em cima da minha cabeça. Terminada aquela pajelança, retirou-se, ordenando à jovem que aplicasse o restante com as mãos no meu corpo machucado. Como foi bom o contato daquela água na minha pele! Os efeitos de suas mãos de veludo fizeram-me muito bem. Tive a sensação de que o ritual não a desagradou de todo. Após retirar-se, a porta foi amarrada pelo vigia. Deitei-me num catre forrado por fina camada de capim e adormeci sonhando com o paraíso. Pareceu-me tão real aquela janela que descortinava à minha frente, deixando-me contemplar um céu azul-anil de nuvens brancas e esparsas, como amontoados de algodão, bailando na imensidão do universo. Dentre todas nuvens, escolhi a mais aconchegante para embarcar a minha alma. Queria sentir, lá nas alturas, a sensação de liberdade plena para juntar-me a uma galáxia bem distante, onde não existisse fronteira e onde pudesse vagar no imenso cosmos criado por Deus.

Devo ter dormido por muito tempo, pois acordei no meio da noite com uma algazarra no rancho principal que poderia ser um divertimento ou uma reunião deles.

Passados alguns dias, resolveram libertar-me, talvez por imaginarem que eu não oferecia perigo para a tribo. A essa altura, já me encontrava recuperado. Como eu não tinha certeza se teria sucesso numa fuga, resolvi não arriscar e passei a participar de algumas atividades. Embora não falasse a língua, não era muito difícil a comunicação. Entendia e era entendido através de gestos e mímicas. Usavam-me para colher ervas, frutas e até na lavoura de mandioca e arroz. Na medida que iam colhendo, faziam o plantio em seguida. Tudo isso em pequena escala, estritamente para sobrevivência. A maior parte do tempo era destinada ao garimpo de ouro e diamante. Esse processo era realizado em duas etapas: a primeira consistia em extrair o cascalho do fundo do rio, até atingir um amontoado de uns seis a oito metros de altura, trabalho esse que levava até um mês. Só depois entrava em ação a segunda fase, ou seja, a lavagem do cascalho. Nessa etapa, a atenção era total. O ouro ou diamante era encontrado naquele pedregulho multicolorido e uma distração poderia ser fatal, embora o diamante tenha um brilho que dificilmente será ignorado na bateia.

A região é cortada pelo rio Tocantins. Além de ser caudaloso e profundo oferece a pesca diversificada em toda a sua extensão. Ele é um rio que nasce no estado de Goiás, passando logo após pelos estados do Tocantins, até juntar-se ao rio Araguaia no chamado Bico do Papagaio, Maranhão e Pará, até a sua foz no Golfo Amazônico — próximo a Belém, onde se localiza a ilha de Marajó. Grande parte de sua extensão é navegável por ser caudaloso e largo. Da aldeia não se podia ver o rio, mas sentia-se a presença das embarcações.

Seis meses se passaram. Eu era um prisioneiro com liberdade como quase os demais nativos. Talvez porque aos poucos fui adquirindo confiança dos chefes pelos conhecimentos que lhes repassava. Ademais, sabiam que eu não tinha opção a não ser permanecer por ali, em razão do meu terror pela mata virgem.

Aos poucos, fui aprendendo a língua nativa, cuja variedade era bem limitada com muitos significados para poucas expressões. Todos os dias eu fazia questão de ver Saiury (aquela que fazia meus curativos) mesmo que à distância. Sua beleza confortava-me.

Pela amizade que fiz com o filho do cacique, pude elucidar o mistério da jovem Saiury. Contou-me ele que ela era filha de um estrangeiro, pertencente a um grupo de missionários que, uma vez por ano, aparecia na tribo para pregar religião. Certa vez, um desses missionários se engraçou com uma nativa e a engravidou. Após a descoberta do fato, o Cacique proibiu a visita não só do missionário, mas também de qualquer estranho. Os homens do cacique passaram a vigiar as margens do rio e qualquer tentativa de aproximação era rechaçada. Com o tempo, descobri que mais ou menos a cada três meses uma determinada embarcação com jeito de turismo era recebida na aldeia. O curioso é que, enquanto o pessoal perambulava pelo local conhecendo seu "modus vivendi", o cacique se reunia à porta fechada com um grupo liderado pelo comandante.

Depois de algum tempo, saíam do local com mochilas nas costas e convocando todos a retornar a bordo. Os nativos acompanhavam a comitiva e recebiam presentes, tais como: roupas, brinquedos, guloseimas, etc. A farra era geral, cada um brigando para ganhar o máximo de presentes. Durante a minha estada, presenciei esta cena por muitas e muitas vezes.

Nossa vida rotineira era garimpar, produzir artesanalmente um tipo de aguardente de péssimo paladar, extraído da mandioca chamada Gerê (espirito bom) e também procurar uma rara planta alucinógena de alto poder chamada Caxixe, que só era encontrada em cavernas profundas. As raízes depois de secas eram desfiadas e enroladas em folhas próprias com aparência do cigarro de palha, comumente usado pelo homem do campo. Seus efeitos são devastadores. Levam o consumidor ao delírio, quase à loucura, por horas seguidas. Tal substância só era permitida aos homens acima de vinte anos. Às mulheres e crianças encontradas usando essa droga ou mesmo bebendo Gerê eram destinadas punições rigorosas. Castigos que muitas vezes extrapolavam os limites do corpo, ou seja, levavam à morte. Com isso, eram desencorajados a praticar tais transgressões. Aliás, tais castigos eram aplicados a toda a tribo, caso ocorresse algum ato considerado como grave.

Soube por intermédio de meu confidente, Trovão Menor, que a mãe de Saiury morreu no parto da criança. Possivelmente provocado por algum castigo em represália pela desobediência às normas, ou seja, a nativa teve um filho de missionário.

Portanto, não raramente o pessoal era reunido para presenciar os castigos ministrados, servindo assim como exemplo para os demais.

Aquela vida primitiva a cada dia levava-me a me envolver mais e mais com os costumes deles. Fui obrigado a consumir aquela bebida que de insuportável passou a ser aceita pelo meu organismo, porém com o pensamento de que um dia iria livrar-me dela.

Com o tempo, as coisas foram se modificando a ponto de não conseguir mais evitar o vício da bebida e também do caxixe que passei a usar com frequência. Não conseguia reagir e minha vida se transformou num inferno. Ao fumar um cigarro de caxixe entrava em transe e viajava. Meu subconsciente produzia lindas imagens multicoloridas e navegava sobre as nuvens, naquela aventura sem fim. Tudo era belo. Ao terminar o efeito a ressaca consumia todo o meu corpo, ficava prostrado por horas seguidas. Minha vontade era correr daquilo tudo e procurar a minha verdadeira identidade. Mas, dominado cada vez mais, concluí que me tornara mais um deles.

Certo dia, o Cacique decidiu que eu já poderia ser batizado e inserido no seu quadro de servidores fiéis. Reuniu a tribo e de maneira solene iniciou o ritual preparado para mim com grande honra. Eu seria um legitimo “Karaoiê” como os demais de pura origem. Queria que eu usasse tanga, cocar na testa, pintasse os braços, pernas, cara e tudo mais com tintas coloridas, feitas de extrato do urucum. Rejeitei na hora, jamais tive vocação para ser índio. A minha relutância incontinente causou-lhe uma ira incomum. Imediatamente, mandou tranficar-me na mesma cela que eu tivera antes para aguardar o castigo merecido.

Ali passei dias sem água e sem comida. Essa era a ordem do Chefe. Foi-me dado o tempo para que eu me arrependesse e voltasse atrás na minha decisão. Só não morri de fome, porque Saiury esperava todos se embriagarem até dormirem e levava-me água e alimento. Aconselhava todas as noites para que eu fizesse as vontades do soberano, senão o castigo era certo. O tempo passou e continuei firme na minha decisão. Supondo que eu não voltaria atrás, resolveu aplicar as penalidades que a sua lei facultava. Mais uma vez convocou todos para a consumação do ato. Reunidos no pátio, os nativos aguardavam inertes a chegada do Cacique acompanhado do Pajé. Iniciou-se a cerimônia e antes que a autoridade maior proferisse a sentença, foi interrompido pelo Pajé. Homem de idade avançada, experiente, ponderado e acima de tudo, muito respeitado, disse:

— Grande Trovão! Esse homem nunca será um dos nossos, mesmo que você queira isso. Coloque você no lugar dele, se fosse um prisioneiro dos brancos, aceitaria andar vestido e com botina apertada nos pés e com chapéu na cabeça? Sendo obrigado a tomar banho todos os dias e trabalhar para comprar comida? Pense e me responda. Se achar que pode viver assim, sou a favor do castigo.

Dito isso, deu as costas e retirou-se sem olhar para trás. Na nossa linguagem, isso se chama Empatia.

O clima ficou bastante tenso, pois parecia que o Cacique estava desconcertado e confuso. Não sabia qual a medida a ser tomada, quando Trovão Menor tomou a palavra:

— Pai, o Pajé tem razão, nenhum de nós viveria na cidade grande sendo mandado pelo homem branco, com aqueles trajes deles.

A decisão veio logo, pois Trovão Menor tinha muito poder de persuasão sobre o Pai.

Finalmente, depois de muita discussão ininteligível me deixaram em paz, apesar dos transtornos de uma civilização composta por indivíduos em estágio anterior. Embora isso não fosse empecilho para a vida feliz, acreditavam possuir todos os conhecimentos já disponíveis ao ser humano. Trovão Menor e eu já havíamos atingido certo grau de amizade e confiança mútuas suficientes para aos poucos fazer confidências dos segredos do seu povo.

Pela manhã, diariamente, partíamos para a margem do rio à procura de diamante e ouro. Serviço de homens. Elas pescavam, davam banho de rio nas crianças, cuidavam da cozinha para toda gente. O rio fornecia peixe com abundância e era servido quase toda a semana, intercalado com carne vermelha vinda da caça de animais nativos. Comiam-se assados na brasa, depois de limpos e envoltos em folhas de bananeira e encobertos com terra um pouco umedecida. A carne vermelha era cozida para evitar a revolta do deus Azinai (protetor dos animais) que não permitia o assado. Fazia-se o cozimento com pouco fogo para que o sofrimento do animal fosse bem menor. O seu gosto final era acentuado pela mandioca que absorvia da carne o seu sabor acentuado através do caldo grosso que se desprendia.

Sem ter nenhum conhecimento no fabrico de farinha, deduzi que não se tratava de processo complicado. O trabalho se resumia em ralar mandioca em uma pedra bastante áspera e deixasse aquela massa secar ao sol e depois levá-la ao fogo, mexendo lentamente até atingir o ponto de torra. Depois de várias tentativas, conseguimos fazer um produto com as características da nossa conhecida farinha de mandioca. A partir daí o uso da nova fonte alimentar passou a ser o carro chefe para acompanhar qualquer prato. Outras invenções surgiram e, em pouco tempo, fui adquirindo o *status* de cabeça pensante e conseguindo o respeito e a admiração de todos.

Certa manhã, Trovão Menor e eu partimos para o trabalho e estávamos a certa distância dos demais, quando o nativo com seu tino de águia disse:

— Homem branco! (como eu era chamado) Estou sentindo você angústiado, pensativo, tá acontecendo alguma coisa que eu não sei? Pode falar.

— Não é nada não Trovão. É coisa da minha cabeça.

— Então fala para o Amigo.

— Sabe o que é! Não é da minha conta, mas ando curioso com uma coisa. Há muito trabalhamos no garimpo e quase sempre levamos alguma coisa para casa. Onde estão guardadas essas riquezas?

— Eu não tenho autorização para falar disso. Meu pai proibiu a todos de perguntar sobre o assunto. Nosso dever é garimpar e entregar tudo a ele. Não vamos mais falar dessas coisas.

— Tá bem meu amigo. Não se fala mais nisso.

O assunto foi encerrado, mas fiquei com mais desconfiança e certeza de que havia algo misterioso com o garimpo.

As noites eram destinadas à bebedeira. A cada dia que passava me envolvia mais com o vício. Ele era a válvula de escape para a minha ansiedade. A esperança de retornar a minha casa não desaparecera. A oportunidade chegaria.

Mesmo com as regras rígidas impostas pelo Cacique, Saiury e eu mantínhamos um clima de admiração mútua. Ela era assediada por todos os jovens e até pedida em casamento por alguns. Mas, pelo visto, não mostrava nenhum interesse naqueles nativos. Seu forte DNA de origem holandesa, instintivamente a levava a procurar algo mais próximo das suas características.

Ao perder o sono, numa noite de intenso calor, comecei a imaginar coisas. Por que não correr o risco de conquistar aquela Deusa? A minha vida estava perdendo o sentido. As drogas estavam me consumindo e, aos poucos, transformando-me num farrapo humano. Quem sabe, Saiury não seria a minha tabua de salvação? Está decidido, amanhã mesmo vou investir nessa conquista.

A correria começou cedo. O chefe convocou todos à cata das riquezas do garimpo. Partimos após o desjejum rumo ao trabalho, seguindo a trilha em coluna por um, como no exército. Até pareceu coincidência, Saiury veio ao meu encontro e entregou-me uma trouxinha envolta em folha de bananeira, dizendo que era minha matula. Aquilo tocou os meus sentimentos e reforçou ainda mais as minhas convicções de que eu significava muito para ela. E que os demais não despertariam interesse em seu jovem coração.

Seguimos em frente até as margens do rio e cada um se posicionou nos barrancos e no leito raso para apurar o ouro bruto misturado em pequeníssimas quantidades na areia. Na parte da tarde, antes do pôr do sol, num rápido descanso, abri meu lanche. Notei que a metade de um peixe fora enrolada na folha. Não diria que cuidadosamente e sim feito com amor. Ao saborear aquele delicioso alimento, tive a sensação que ela estava presente, olhando para mim com um largo sorriso.

A noite se aproximava quando, por sorte, dois colegas haviam conseguido alguns "xibius" de pura água. Ao regressarmos, a notícia se espalhou e foi bater nos ouvidos do Cacique. Como prêmio, foram liberadas três cabaças da beberagem. A farra rolou até altas horas, terminando somente quando todos já estavam escornados pelos cantos. Somente Trovão Menor mantinha-se sóbrio. Era um jovem equilibrado e sabia que carregava nas costas a responsabilidade de ser o futuro líder daquele povo. A ordem para que todos se recolhessem partiu dele. Em poucos minutos, a área estava deserta. Eu também já embriagado, acatei as ordens de Trovão.

Dormi pensando em levar avante minhas intenções para com Saiury. Tinha apenas uma certeza: jamais poderia ser minha esposa, pois eu não era um Karaoiê, mas nesse assunto não há como dominar a cabeça. Compartilhar do seu amor era o que importava.

Ao amanhecer fui acordado pelo meu amigo que trazia nas mãos dois arcos com muitas flechas e o convite para uma caçada de paca. Na caminhada pela mata dava-me instruções sobre o "procedimento" e maneiras para encontrar as locas onde elas se refugiavam ao notar a presença de humanos. Se não obedecesse às regras, a busca seria inútil. A sua astúcia de guerreiro jovem foi provada quando abateu a primeira vitima. Uma flecha certeira perfurou o lombo e a ponta foi se alojar no coração, com uma precisão cirúrgica, fazendo com que ela caísse imóvel. Logo em seguida apareceu outra um pouco maior, pensei que iria alvejá-la também, mas não o fez.

— Essa é sua— falou cordialmente.

— Mas não vou conseguir, sou péssimo em pontaria.

— Atire, só será bom um dia, se treinar bastante.

Armei a flecha no arco, estiquei bastante e soltei. Ela zumbiu no ar e passou raspando no seu dorso, mas, antes que acabasse de sumir numa pequena moita, foi sacrificada por uma flecha certeira que partira do arco de Trovão Menor. O terreno um pouco em declive fez o animal rolar morro abaixo. Pensei que havia fugido.

— Pode buscar lá em baixo, deve estar morta.

Realmente, ao chegar perto assisti ao seu último suspiro e o sangue jorrando pelas narinas. Interrompemos a caçada porque segundo ele já era o bastante para alimentar todos naquele dia. Não era justo sacrificar além do necessário. A maioria não era adepta da carne vermelha. Medo de ser castigado pelo deus, protetor dos bichos. Foi a recomendação dada pelo Amigo.

Chegamos e os animaizinhos foram entregues para as mulheres que os limpavam, tirando as vísceras. A presença de Saiury era infalível nas tarefas, sempre alegre e prestativa.

Exausto, recolhi-me e deitei naquela cama horrível, com colchão de capim seco coberto por uma manta velha que me fora dada por alguém. Logo pensamentos distantes vieram povoar minha mente, cansada daquela vida de cão. Não saía do pensamento a figura de Evellin acariciando meu corpo com massagens leves, para me recuperar do estresse do dia. Suco era trazido para o quarto e colocado no criado ao lado da cama, bastava estender o braço e apanhar aquela delícia gelada. Lembro-me, a minha preferência era por graviola. Depois de relaxar, tomava uma ducha bem esperta e meu corpo se recompunha como se o dia não tivesse consumido energia alguma. Acabado de banhar, aplicava colônias e desodorantes na pele que eu tratava com o máximo cuidado. Ao voltar para o quarto, Evellin já me aguardava vestida com penhoar verde transparente, deixando à mostra seu corpo malhado, com seus cinquenta e oito quilos bem distribuídos, delineando suas curvas com delicadeza e harmonia. De braços abertos, esperava-me ansiosamente, para oferecer todo o seu amor. Depois daquele prazeroso exercício, nossos corpos se entregavam a um sono profundo e gostoso.

Olhando para aquele teto de palha que me cobria do sereno, fazia a releitura da minha vida. Parecia um sonho estar ali. Eu não poderia ter-me juntado àquele povo. Eu não era um drogado bêbado. Eu era o Professor Maximiliano Castro e Silva, conferencista famoso no campo da Psicanálise e Psiquiatria. Eu não podia acreditar naquela triste realidade. O cansaço tomou conta de mim e adormeci.

O dia estava agitado logo cedo. Alguém havia capturado um porco-do-mato e existia uma algazarra em torno do bicho. Diziam que ele seria domesticado, pois ainda era filhote e seria a mascote da meninada. Tao logo o Pagé soube da novidade, apareceu na roda e deu pito em todos ali.

— Não aceito isto! Soltem o animal. O seu lugar é junto do bando e mais, leve até o lugar onde o acharam, senão ficará perdido por aí.

A ordem foi cumprida de imediato e a farra terminou ali.

O Cacique ordenou a Trovão Menor que levasse o pessoal ao romper do dia para o garimpo e que só voltasse com ouro e diamante. Caso contrário, não deveriam retornar sem que trouxessem alguma coisa.

Partimos para a missão que eu achava quase impossível, no entanto ordens são ordens. Batalhamos incansavelmente para não ter que dormir no mato com receio das onças, que eram sempre vistas rondando a beira do rio. O sol já estava acabando de se pôr dando início à chegada da noite, as esperanças já tinham ido. Só havia conseguido uma pequena porção de ouro, mas, diamante mesmo, nem sinal.

Foi exatamente naquela hora, que o dia começava a se misturar com a noite na luta de cada um querendo prevalecer por mais tempo, presente no comando da natureza.

— Achei, achei.

Ouvimos um grito de alguém lá no barranco, onde se iniciava a cata. Veio em direção a Trovão, exibindo aquela coisa reluzente aos últimos clarões do sol. A alegria foi geral, lá fomos nós, levando uma das pedras mais raras já encontradas ali.

Tínhamos certeza que a farra iria até o raiar do outro dia. O Cacique há muito não botava as mãos em tão rara beleza.

De fato a festa foi até um pouco diferente com o ritual da dança, as mulheres e as crianças puderam participar das evoluções, encenando agradecimentos aos espíritos da riqueza.

Notei que a desenvoltura de Saiury se destacava das outras jovens, as plumas e penas que ornamentavam as suas pernas e braços esvoaçavam ritmicamente, obedecendo ao gingado do seu corpo, mais parecendo uma exímia bailarina nos salões dos Reis e Sultões com a dança do ventre. Terminado o ritual que durou pouco mais de meia hora, o chefe ordenou que as mulheres e crianças se retirassem, ficando apenas aquele bando de beberrões drogados.

Não permaneci ali por muito tempo, minha consciência me acusava, apontando minha falta de competência para reagir, deixando que todo o conhecimento adquirido através de anos e anos de estudos fossem aos poucos sendo apagados para dar espaço às novas culturas e ao vício. Tudo era conduzido para o branco e o esquecimento. Sentia que não tinha capacidade suficiente para lecionar, nem mesmo para colegiais. As teorias dos grandes pensadores estavam muito distante, pareciam ideias estranhas, como cálculos matemáticos. Imaginava estar sofrendo de uma profunda amnésia.

Uma semana depois o barco de visitantes atracou no cais improvisado. Curioso é que nenhum turista apareceu e somente três pessoas chegaram e foram recebidas a porta fechada pelo Cacique. Dentro de uma hora, retornavam à embarcação e zarparam.

Depois de alguns dias, Trovão e eu saímos para colher mandioca para o fabrico de aguardente (gerê). Um pouco receoso, arrisquei a fazer uma pergunta que, certamente, não teria resposta.

— Trovão Menor, só para satisfazer a minha curiosidade, se puder responder...

— Pode falar homem branco.

— Como aprenderam a garimpar e onde conseguiram o material: Peneiras, pás, bateias e tudo mais?

— Ah! Tudo isso foi trazido há muito tempo pelos estrangeiros. Aqueles que meu pai proibiu de voltar aqui ensinaram também como usar.

— Compreendi, obrigado.

Depois de colhida a quantidade desejada de mandioca, os galhos deveriam ser picados em pequenos pedaços e replantados, dando assim, continuidade à produção da lavoura. A procura das raízes de caxixe também deveria ser feita porque o estoque da erva estava se esgotando e sua falta trazia muita ansiedade aos homens.

Esse trabalho estava previsto para o período da tarde, depois que as mulheres terminassem as tarefas da cozinha. Elas eram convocadas porque possuíam o tino mais apurado para encontrar aquela planta tão rara.

Seguimos em um grupo de cinco homens e cinco mulheres. Lá chegando, fomos distribuídos em duplas. Quem não tinha mulher como eu poderia optar por uma jovem qualquer. Com certeza, escolhi a minha preferida.

A caverna possuía inúmeros túneis distribuídos a partir do pequeno salão central. Cada casal adentrava em um, com o cuidado de não se perder no seu interior, pois, na medida que aprofundava ia se ramificando em outros túneis. Todo o cuidado era pouco. Saiury seguiu na frente, levando-me puxado pela mão, pois sua experiência lhe permitia o comando. Após uma caminhada de dez minutos, o ar já se tornava pesado e a respiração um pouco mais ofegante. Mesmo com o mínimo de claridade, a tal erva era de fácil visibilidade por causa do brilho da clorofila que suas folhas apresentavam. Um brilho esverdeado como se fosse um pequeno vagalume. Depois de colher as raízes na quantidade desejada, resolvemos descansar sentados no chão úmido da caverna. Saiury ficou uns dois metros distantes de mim. Alguns minutos depois resolvi aventurar-me encostando ao seu lado e em seguida, tateando, procurei a sua mão. A princípio, foi como se estivesse recebido um choque elétrico. Retirou-se para uma área mais distante. Tive calma para voltar ao ataque e novamente ela tentou se esquivar, mas desta vez segurei com firmeza e não deixei que escapasse. Aos poucos foi se acalmando. Prossegui com cautela. Levei o braço em seu ombro nu e aproximei o meu rosto do seu. Meus lábios tocaram a sua face que ardia como uma brasa bem viva. Com os dois braços, cingi seu corpo trêmulo como se fosse uma potranca que estava sendo amarrada ao tronco, prestes a receber o macho para acasalamento. Foram momentos tensos que exigiam muita habilidade da minha parte, caso contrário botaria tudo a perder. Alguns minutos depois, iniciou-se um processo natural de relaxamento. Deitamos um do lado do outro e, em seguida, iniciei minha tarefa, botando em prática todo o conhecimento que ainda possuía naquele quesito. Procurei seus lábios carnudos que ainda ardiam como pimenta. Notei então que sua virgindade começava ali naqueles lábios que certamente nunca tinham sido beijados. Ela, aos poucos, foi aprendendo como se beija. O ritual seguia com segurança. O instinto nato do ser humano no processo de procriação é coisa inerente à espécie animal. Não é necessário aprendizado para a sua prática. Acontece com naturalidade como se tivesse frequentado uma escola especializada no assunto.

Amamos mútua e intensamente como dois seres apaixonados. Naquele dia ela conhecera este outro lado bom que a vida nos oferece, sem nada exigir em paga.

Exaustos e mudos permanecemos lado a lado até que nossos corações voltassem as suas pulsações normais. Não tardou que a corneta feita de chifre de cabra, anunciasse a reunião de todos no salão central. Esse artefato era usado como chamamento para juntar o pessoal em qualquer situação da tribo.

Pegamos a nossa colheita e partimos ao encontro dos demais.

Com as mãos cheias de caxixe, não notaram que voltamos felizes da busca.

Ao entregar o produto ao Pajé, éramos premiados com uma pequena quantidade. Não era permitido que subtraísse parte sem o devido consentimento superior. Isso caracterizava furto e era punição certa. De início, a porção que eu recebia, ofertava-a a alguém, na tentativa de livrar-me daquela maldição. Mas com o tempo eu já estava dominado.

Certa tarde, Trovão chamou-me em particular com a sugestão de que déssemos uma caminhada até as margens do rio. Seguimos a trilha e, em pouco tempo, já estávamos sentados em um grosso tronco tombado numa pequena praia de uma areia brilhante à luz do sol. Depois de algum ensaio preliminar, resolveu ir ao assunto:

— Homem Branco! Você é o único em que posso confiar aqui na Tribo. Acho que posso falar de alguma coisa que acontece aqui. Sei da sua vontade de saber porque esse povo estrangeiro vem aqui. A razão é a compra de todas essas coisas que garimpamos. Levam tudo em troca dessas bugigangas. Bebidas que só os brancos bebem. Roupas, carrinhos para as crianças, chinelos e outras coisas que não valem nada para nosso povo. As bebidas e os cigarros de papel meu pai esconde e só ele usa longe de todos. Eu não concordo com isso, mas tenho medo de tocar no assunto com ele e ser castigado.

Começou há muitos anos, com aqueles estrangeiros, como o pai de Saiury. Depois vieram outros e depois outros. O dono do barco é que faz tudo e meu pai acredita nele. Parece que agora tudo vai parar. Por isso que estou te contando. Escutei a conversa. Estava escondido ouvindo. Falavam que se continuassem os homens da cidade grande iam prender eles na cadeia. Não entendi a história direito.

Depois de ouvir tudo aquilo, compreendi o porquê daqueles presentes baratos distribuídos aos nativos. Descobri também aquela maneira suja para surrupiar nossas riquezas minerais. Elas estavam sendo desviadas para outras nações, sem nenhuma contrapartida. O que mais me irritou foi saber que se beneficiavam da ignorância dos nossos nativos, com essa prática ilícita sem o menor constrangimento. Confortei Trovão Menor dizendo a ele que talvez agora tudo poderia mudar.

Passados alguns dias, fui surpreendido pelas novas ordens de Grande Trovão. Todos deveriam retornar às tarefas do garimpo, pois já tínhamos extraído uma grande quantidade de cascalho que deveria ser lavado à procura de pedras preciosas. O ouro também deveria ser separado da terra amontoada.

Aquele dia foi exaustivo. O sol escaldante sobre nossas cabeças fazia transpirar todo o corpo e o suor escorria às bicas. Cuias de água eram consumidas a todo o momento. Tivemos sorte. Colhemos duas pedras de aproximadamente um quilate e meio cada uma. Voltamos quando o sol se punha. Na caminhada, até nossas sombras pareciam cansadas a nos acompanhar. Famintos, saímos à procura de alimentação, mas antes resolvi passar na minha moradia. Abri a porta feita de um tecido grosso e deparei-me com algo em cima do jirau que ficava dentro do rancho. Uma cuia forrada e coberta com folhas de bananeira escondia um bom pedaço de carne cozida acompanhada de mandioca, mergulhados num caldo cremoso. Noutra vasilha, farinha de mandioca, cheirando a torrada. Debrucei-me sobre aquele banquete, comendo esfomeadamente com a boca rente à vasilha, para não deixar gota nenhuma escapar. Só depois de saciar a fome é que dei por mim. É claro que só poderia ser ela, o amor da minha vida.

Dormi um sono profundo, não antes de lembrar em agradecer a Deus o alimento e também pelo amor dedicado a mim, por uma Jovem Índia.

A indecisão e incerteza a respeito da minha vida já havia consumido quase meia década de vivência com os nativos naquela mata. Diversos fatores contribuíam para aquela realidade; primeiro, não tinha meios de como fugir e nem para onde fugir. Segundo, a minha paixão por Saiury aumentava a cada dia. Terceiro, a droga e a bebida. Tudo me levava a crer que o traiçoeiro destino havia traçado o restante da minha vida. Chego a ter pena de mim mesmo.

Esta semana devemos voltar às cavernas para colher caxixe. Minhas aventuras amorosas aproximavam-se dos quatro anos e, por sorte, a minha condição de estéril colocava-me numa liberdade total para praticar atos proibidos ali, porém muito prazerosos.

O espírito puro e inocente daquele povo não atinava para o que sempre acontecia. Saiury e eu já éramos companheiros cativos assim como marido e mulher. Naquela semana não fora diferente, entramos e de imediato corremos desesperados para cumprir rapidamente a obrigação, ou seja, colher o caxixe. Feito isto, era só prazer, era só amor, eram só juras de vivermos unidos até os últimos dias de nossas vidas.

Decorridos três anos sem a visita dos turistas, eis que numa bela manhã atracam e apressadamente dirigem-se à cabana de Grande Trovão. Depois dos cumprimentos de praxe, desaparecem na cabana. A demora foi pouca como de costume.

Na noite daquele dia, os homens foram chamados para o grande salão. Trovão Menor, como porta-voz do pai, determinava que na manhã seguinte todos deveriam estar preparados, ao romper do dia, para a extração de cascalho durante um mês.

Aos primeiros raios do sol, já estávamos na labuta. A minha memória vagava, acompanhando meus olhos que percorriam toda aquela movimentação como se fosse uma filmadora registrando um documentário. Mais de cinquenta homens cavavam os barrancos e outros tiravam cascalho do fundo do rio e transportavam em balaios feitos de bambu.

Pela primeira vez, uma luz verde acendeu na minha mente; eu vou fugir. Vou fugir no barco daqui a três meses. Meu amigo Trovão me dissera que iriam voltar, pois tinham afrouxado a perseguição. Claro, enquanto visitam a aldeia, entro escondido no barco. Ele é grande e encontrarei uma maneira de não ser visto. Antes tenho que conseguir um diamante para vender na cidade, garantindo assim minha sobrevivência por alguns dias. Também preciso arranjar um esconderijo seguro para guardá-lo até o dia da partida. Ah! Não posso esquecer-me de armazenar caxixe também. Não consigo ficar sem ele.

Ao terminar o trabalho, atrasei dos demais para encontrar algum buraco ou coisa parecida que oferecesse segurança e que fosse de difícil localização. Encontrei o local ideal depois de longa procura. O tronco gigante que ficava na areia e servia de assento há muito tempo. Embora fosse madeira de lei, possuía um orifício de aproximadamente quinze centímetros na sua circunferência, com uma profundidade que abrigava meu braço sem alcançar o fim. Perfeito; era tudo de que eu precisava. Embora estivesse exposto aos olhos de todos, era visto apenas como um confortável assento para admirar a beleza do rio.

Agora era partir para armazenar caxixe, enquanto esperava a sorte grande no garimpo. Em seguida, pulei de mergulho no rio para justificar que estava tomando banho por causa do calor. Voltei ao acampamento e vi que não notaram minha ausência, contudo, fiz questão de ser visto todo molhado.

Na manhã seguinte, Trovão e eu saímos com a finalidade de trazer para o Pagé uma caça diferente; um tatu-bola, o prato preferido do velho Feiticeiro. Não foi difícil encontrar o bichinho que permanece no buraco à noite para dormir ou fugir do perigo iminente.

Naquela oportunidade aproveitei para especular um pouco mais sobre a vida daquela gente. Meu amigo gentilmente e até com certo orgulho passou a narrar a saga do seu povo.

— Há mais de sessenta anos o Pajé ainda jovem era um forte candidato ao posto de cacique de uma grande tribo que ainda existe a umas trinta léguas ao sul daqui, disse ele.

— Fora preterido pelo conselho e colocado outro jovem de caráter duvidoso e possuidor de uma índole vingativa, fato que contrariou um número bastante expressivo no meio da Comunidade. Aproveitando a chance, nosso herói foi aos poucos arrebanhando simpatizantes e tecendo debaixo de segredo absoluto uma politica de conscientização. Em seis meses, já possuíam escondido um arsenal suficiente para deflagrar uma revolução. Já usavam arma de fogo.

Numa madrugada chuvosa, partiram para o ataque. Porém, como o inimigo era dez vezes mais poderoso, usou-se uma estratégia de guerreiro sagaz e inteligente: Fez reféns o Cacique e o Pagé, únicos que tinham poder de decisão. Com esses troféus, o líder reuniu toda a tribo e avisou: Se algum de seus homens tentarem algum tipo de violência contra o grupo os prisioneiros serão sacrificados de imediato. Diante disso, o Cacique ordenou que obedecesse as ordens. Assim foi feito. O grupo partiu para o norte já com destino certo e sabido, pois anteriormente a área já havia sido escolhida pelo Jovem Guerreiro. Levariam cinco dias com aproximadamente oitenta pessoas, entre homens, mulheres e crianças, para chegar ao destino. Os prisioneiros ficaram fortemente vigiados até que emissários voltassem para informar a chegada do grupo ao seu destino. Isso garantiria a integridade física dos guardas que cuidavam dos reféns. Na partida levaram um prisioneiro comum, jurando sacrificá-lo caso fossem seguidos. Contudo, o miserável foi morto logo na chegada. Isso fazia parte da estratégia, pois ele futuramente poderia escapar e indicar o caminho. Com risco de serem todos massacrados pelo inimigo que possuía um contingente com muito mais guerreiros. E assim iniciou-se a tribo dos KARAOIÊ. Como mentor de tudo, o Jovem Guerreiro foi aclamado como líder e responsável por comandar e organizar a nova tribo. Só depois de muitos anos é que foi eleito em seu lugar um rapaz destemido e inteligente, o Grande Trovão. Aliás, ele foi uma das crianças que acompanhava o grupo àquela época. O antigo líder se converteu em Pajé e assim estamos isolados das nossas origens e nunca mais tivemos notícias do nosso antigo grupo.

De volta para casa, fomos recebidos pelo Pajé com um largo sorriso de agradecimento pelo presente.

Penso que tenho que agir rápido. A metade do tempo já se foi. Faltam apenas vinte e cinco dias para a volta dos gringos. Já consegui guardar uma quantidade razoável de caxixe e aí então sei que posso partir deste lugar maldito e ao mesmo tempo abençoado, dependendo do ângulo que se vê.

O garimpo tinha entrado na segunda fase havia cinco dias. Seguimos lavando aquela areia pesada. A chuva não dava trégua para a drenagem a fim de torná-la mais leve para o manuseio.

Na metade do sexto dia, uma neblina espessa anunciava que as chuvas estariam dando uma folga que eu calculava de pelo menos três dias. Ainda naquela mesma tarde, alguém perdido naquele nevoeiro, gritava:

— Achei!! Achei!!

Tratava-se de uma pedra não muito grande, mas de altíssima qualidade. Festejamos e fomos para casa felizes pelo achado.

No dia seguinte, comecei meu trabalho, com os olhos bastante atentos. Tinha que dar sorte. E tudo levava a acreditar. Minha intuição nunca me traiu. Foi tiro e queda. Antes mesmo do almoço, a sorte veio ao meu encontro. Uma pedra surgiu no cascalho e era um pouco maior que a do dia anterior, com qualidade de igual para melhor. Pensei logo em escondê-la. Porém, o bom senso prevaleceu. Se eu a apresentasse ao feitor, aumentaria com o Cacique a minha confiabilidade. Decidi anunciar:

— Aqui! Aqui! Aqui!!!!

À tarde, como sempre, a notícia nos valeu uma noitada regada a gerê e caxixe, enfumaçando todo o ambiente.

No oitavo dia, duvidei que os dezessete restantes seriam suficientes para executar a parte mais importante do plano.

A rotina seguia desanimadora para mim, claro. Aqui, acolá, dia sim, dia não, alguém anuncia um achado sem grande significância. Eu já me arrependera de ter entregado aquela chance de ouro. Ou melhor, de diamante.

No quarto dia que antecedia à chegada da embarcação, a sorte brilhou. Uma raridade com seus quatro quilates de pura gema. Em questão de segundos, mil coisas passaram por minha cabeça.

A primeira delas é que estava rico e todos os meus problemas estavam resolvidos, inclusive, a volta para minha casa.

Nesse momento, Trovão Menor aproximou-se de mim e chamou-me para ajudá-lo a levantar o balaio de areia, pois não estava conseguindo erguê-lo sozinho. Sem encontrar rapidamente um lugar para esconder a pedra, coloquei-a na boca. Pelo seu tamanho, não foi possível ficar debaixo da língua, mantive a boca fechada, mantendo-a contra o céu da boca. Enquanto o amigo reclamava do excesso de peso eu nada dizia. Após colocar a carga em cima dos seus ombros, retirei-me em silêncio. Naquele momento não era possível tomar nenhuma atitude. Deveria continuar trabalhando até o final do expediente.

A sede estava a atormentar-me, mas como beber água com a pedra na boca? Quando tocou a corneta anunciando a hora de parar, todos saíram em debandada. Fui providenciar a guarda da joia. Encontrei ali folhas de bananeira usadas para cobrir as cuias de comida. Embalei uma, duas vezes, até fazer um volume para ser de fácil localização no oco do pau.

Naquela noite, quase não dormi. Meus planos iam além do razoável. Imaginava estar colocando as mãos naquela verdadeira fortuna com a venda de um diamante de qualidade jamais vista por compradores com recursos modestos daquela região.

Arquitetei toda a minha trajetória. Após desembarcar na cidade grande seguiria de carona até São Paulo, onde eu venderia por uma verdadeira fortuna que compensaria todo o sofrimento e risco que passei nas mãos daqueles imbecis.

Certamente, depois de tornar-me um homem rico e poderoso iria procurar o grande amor da minha vida. Quem sabe, talvez tivesse à minha espera, pois Evellin dispensava a mim todo o seu amor e jurava jamais abandonar-me, fosse qual fosse a situação. Lembro-me até hoje quando dizia que nem a morte seria capaz de nos separar.

Faltava um dia para a chegada da embarcação. Eu sentia uma imensa tristeza em deixar aquele meu segundo amor. Tenho que reconhecer que Saiury também já fazia parte da minha vida. Acredito que se não tivesse dedicado a mim todo aquele amor, eu teria sucumbido aos maus-tratos recebidos pelos nativos. Minha vontade era de apanhá-la em meus braços e levá-la para bem longe. Possuí-la pela última vez, aproveitando aquelas poucas horas que ainda me restavam naquelas plagas. Amar aquela deusa, com tamanha intensidade como jamais seria amada por mais ninguém pelo resto de sua vida.

No dia da partida, passei todo o tempo com os olhos voltados para o horizonte, na ânsia de avistar algo diferente naquelas águas que iriam levar-me de volta à civilização. Mas, isso não ocorreu, soou a corneta e partimos de volta ao acampamento.

Quando caminhava isoladamente dos demais, fui alcançado por Trovão.

— Homem Branco?

— Sim, amigo.

— Você tem ideia do que pode acontecer com alguém que rouba no garimpo?

Estremeci como uma árvore que leva um forte golpe de machado na sua base e que está tombando no solo. Imediatamente, pensei em revelar o ocorrido, devolver a pedra, pedir por clemência e implorar para que não contasse a seu pai, pois era meu amigo e não queria ver-me metido em tal desgraça.

— Pra você eu vou contar. Um dos nossos garimpou uma pedra e escondeu no bolso do calção. Só que ele não viu que eu estava ao seu lado e presenciei o seu roubo. Vou dar a ele a chance de se arrepender. Se não entregar na hora da prestação de contas, vou contar ao meu pai.

Aquela informação foi como um balde de água gelada em meu corpo banhado de suor. O desespero me invadia, contudo minhas pernas trôpegas levavam-me a reboque para a aldeia.

Após transmitidas ao Cacique as informações sobre o dia de trabalho, como era de se esperar, o silvícola nada informou. Foi aí que Trovão Menor cumpriu a promessa. Imediatamente, arrancaram-lhe a pedra, que por sinal, não era grande coisa. Mas, o que vale é o ato praticado. Prenderam-no. Iniciavam-se ali os "SETE DIAS DO DEMÔNIO". Naquela noite, já dormiu amarrado ao relento. Além do cansaço trazido do trabalho, foi privado de água e alimento.

Antes de dormir, recordei as juras que troquei com Saiury: Se algum de nós revelasse o nosso relacionamento ao Cacique, ambos seríamos castigados. Fiquei imaginando se os dois delitos meus, o caso com Saiury e o roubo, fossem descobertos o meu castigo seria a pena de morte. Fui tomado pelo pavor.

Da minha cabana, podia ver pelas frestas o corpo do moribundo amarrado ao poste, iluminado pela lua cheia. Para mim, aquele era eu à espera do pior que os próximos dias iriam trazer.

O medo me dominava. Medo de mim, medo de tudo. Estava deveras arrependido de todas as minhas loucuras. Naquele meio não existe direito de defesa. Agora é muito tarde para arrependimento. O que está feito, está feito. Se fraquejar, serei o próximo.

As torturas seguiam. A cada dia era surpreendido com os atos de horror. Já no quinto dia, a vítima desfaleceu. Se porventura suportasse até o sétimo dia, era carimbado com um X no rosto, com ferro quente.

Ao acordar cedo me levantei e como se fosse uma miragem enxerguei um pontinho iluminado pelos primeiros raios do sol. Eram eles, imaginei. Aos poucos foi crescendo, crescendo, até que eu identificasse aquela realidade. O barco dos turistas. Naquele dia não haveria expediente no garimpo, o Cacique estaria envolvido nos negócios.

Precisava agir com inteligência e na hora certa. Enquanto estivessem na aldeia, deveria pegar a pedra, o caxixe no esconderijo e entrar no barco procurando um lugar seguro para não ser visto. Ah! Vou pegar algumas mandiocas cozidas, caso não encontre nada de comer a bordo.

Tudo preparado, o pessoal estrangeiro já negociava às escondidas, enquanto os turistas se deliciavam com a tribo, dançando e exibindo seus trajes, com evoluções rítmicas. Curvavam-se de frente uns aos outros, mais parecendo uma demonstração de respeito mútuo. Fiquei ali parado, apreciando aquele espetáculo rude, mas certamente de grande significado para aquele povo.

Meus olhos vagavam ansiosos à procura da figura mais importante daquela trupe. Lá estava ela destacando-se dos demais e, sem dúvida, roubando o espetáculo.

Adeus meu grande amor, pensei. Se é verdade que existe vida após a morte, espero encontrá-la novamente noutra dimensão. Adeus Saiury.

Atravessando aquela algazarra, tomei o rumo da trilha sem ser notado. Catei meus pertences e caminhei em direção à embarcação. Aproximei-me com o máximo cuidado, pisei a bordo com o pé direito, no momento lembrei-me que há mais de oito anos, esperava por aquele momento. Com extremo cuidado, percorri o ambiente com olhar de reconhecimento da área. O esconderijo deveria, acima de tudo, ser longe dos lugares comuns, onde o trânsito das pessoas não acontecesse rotineiramente. Pensei na casa de máquinas, embora o barulho fosse ensurdecedor. Pareceu-me ideal, pois só seria visitado para manutenção ou possíveis reparos. Para chegar ao local, teria de abrir o alçapão e usar uma escada que dava acesso ao subsolo mas, para isso, alguns caixotes cheios de cordas de grosso calibre deveriam ser removidos para ser liberada a tampa de entrada. Encontrei certa dificuldade na retirada. Elas eram muito pesadas para uma tarefa sozinho. Procurei por ali alguma coisa que servisse de alavanca para movimentá-los, somente assim a entrada estaria livre. Vasculhei até encontrar um vergalhão que, na verdade, poderia ser útil. Nessas embarcações, carrega-se de tudo para o caso de necessidade.

Minha luta já durava algum tempo, só conseguia fazer barulho, sem fazê-los mover um único centímetro, quando ouvi uma voz:

— Ô índio, o que esta querendo roubar aí? Caia fora logo, isso aqui tem dono.

Gelei, não sabia que tinha gente a bordo. Era o piloto. Para sua surpresa eu falava a sua língua.

— Não estou roubando nada e não sou índio.

— Então, quem e você? Um Marciano? Porque aqui só tem esses idiotas que vivem querendo roubar alguma coisa do barco.

— Posso explicar. Eu sou um prisioneiro desse povo, já estou aqui há mais de oito anos e nunca consegui escapar. Preciso da sua ajuda, tenha dó. É o único meio para escapar desse inferno. Faça essa caridade, talvez, quem sabe, um dia eu possa recompensá-lo.

— De maneira nenhuma. Eu resolvo o seu problema e crio um para mim. Esta embarcação é para turistas endinheirados e não terei explicações para dar ao meu chefe. E sabe qual o resultado de tudo isto? Rua! E lá se vão os meus quase trinta anos de emprego. E em troca de quê? De nada. Tudo para dar guarida a um fugitivo que eu nunca vi mais gordo. Pode cair fora. Infelizmente, nada posso fazer por você, sinto muito. Minha função aqui é pilotar essa geringonça e ficar de bico calado, não ver nada e ser totalmente surdo.

— Mas, podíamos negociar.

— Negociar com quê? Você tem dinheiro?

— Não, mas tenho coisa que vale dinheiro.

— O quê, por exemplo?

— Tenho Caxixe, Você já ouviu falar?

— Não faço a menor ideia. O que é isso.

— É uma erva mais forte que a maconha e você poderá vendê-la na cidade por um bom dinheiro.

— Não, eu nunca me envolvi com drogas. É perigoso. Lá no cais a turma usa, mas eu sempre estive fora. Tenho família e nunca me meto em enroscadas. Desça logo, antes do pessoal chegar.

— É uma pena, você poderia levar-me e eu me comprometeria em vender a droga para te pagar.

— Não meu companheiro. É muito arriscado para mim essa missão. Não me leve a mal. Desça, por favor.

Caminhei para a prancha que ligava o barco à terra firme. Imaginei, não tenho outra saída senão a pedra, já que a tentativa de negociar com a erva foi frustrada. Era uma pena, pois a liberdade me custaria uma fortuna. Porém, daria até a vida para escapar daquele lugar.

— Tenho outra coisa que não era de negócio, vale muito dinheiro. Em todo caso podemos entrar num acordo, que fique bom para nós dois. O que acha?

— Será outro bagulho igual a droga?

— Não, meu amigo. É diamante, e dos bons.

— Diamante? Você tem um? Porque não disse no início da conversa e ficou nesse lengalenga querendo me enrolar com essa merda de erva? Deixe-me ver essa tal pedra.

— Calma, tem algumas condições. Aliás você vai pegar uma fortuna.

— Mostra ai!

— Veja sem tocar. Por acaso seus olhos sabe avaliar esta preciosidade? É coisa para você viver o resto da vida, sem conseguir gastar o dinheiro da sua venda. Se for inteligente o bastante para não vendê-la por qualquer ninharia.

Seu semblante transformou-se ao ver que estava frente a frente, com a maior chance da sua vida. Uma indefinição entre surto e alegria. Acreditei que era a minha vez de exigir tudo e mais alguma coisa.

— Preste atenção! Em troca disso eu quero acima de tudo, segurança total, comida e agasalhos para dormir, roupa limpa para vestir. Lá chegando, deverá levar-me para sua casa onde ficarei o tempo necessário para organizar a minha vida, inclusive com boa alimentação e mais algumas coisas, que vou pensar durante a viagem. E tem mais; se não cumprir, não terá chance de gastar o dinheiro da venda, porque eu lhe mato.

— Isso não posso fazer, mas consigo emprego no cais, o Gerente é meu amigo. Não é aquela coisa, mas terá comida e alojamento no local. Se não tiver carteira de trabalho, será como avulso. Não é trabalho de escritório, lhe garanto. Até que consiga coisa melhor na cidade.

— É, pelo menos já é alguma coisa. E você, irá continuar a apoiar-me?

— Claro, claro! Contanto que a gente fique a certa distância. Não quero que o pessoal do cais saiba da nossa ligação. É um povinho que gosta de ficar fuçando na vida dos outros.

— E qual a certeza que tenho que vá cumprir tudo isso? Se a joia já estará em seu poder?

— Está se esquecendo de que vivo ali há mais de trinta anos? Falaremos sempre ao final de expedientes, quando eu estiver em terra. É claro!

— Fechado. Mostre-me o local.

— Vamos arredar estas caixas. Lá em baixo perto dos motores tem um compartimento, onde guardamos suprimentos da cozinha. Somente eu tenho a chave. Lá tem espaço para colocar o colchonete que vou arrumar. Pode movimentar-se ali pela casa de máquinas para esticar as pernas. A viagem de volta, leva dois dias e duas noites. Suas necessidades você deverá fazer em sacolas que vou te dar e jogar pelas escotilhas que pode abrir por dentro. Comida darei um jeito de levar, dizendo que vou verificar as máquinas. Agora me entregue a pedra e vamos lá que vou te mostrar tudo. O pessoal jazinho estará chegando.

Depois de acomodado, verifiquei que embora sem conforto nenhum senti-me num hotel cinco estrelas, comparando com a situação anterior. Após sua saída, a porta do alçapão foi fechada e o ambiente ficou apenas com a iluminação das escotilhas, A dispensa era totalmente escura. Deitei-me, após ter encontrado a melhor posição para colocar o colchão. O silêncio era absoluto. Somente o barulho das águas era ouvido ao bater na embarcação, quebrando suas ondas.

Ah! Que alivio, pensei. Não consegui ainda cair totalmente naquela pura realidade. Por mais que lutasse, meu pensamento levava-me de volta a tudo que já havia passado na minha vida; os estudos feitos com dificuldades e dedicação, a minha família, a minha esposa, os amigos. A minha carreira brilhante, as minhas conferências feitas mundo afora. O desastre aéreo e o desespero sentido nas matas, juntamente com os companheiros. Ao Gunter devo a minha vida. Homem destemido na luta pela sobrevivência nas matas. Notava-se que sua intimidade com a natureza era recíproca. Parecia até que ela o protegia de todos os perigos que ela guarda em seu seio para punir os seus inimigos. Coisas que não conseguimos entender. A sua experiência era ímpar, sabia quando atacar e, sobretudo, sabia recuar quando sentia a sua incapacidade para medir forças.

De volta à realidade presente, senti-me mais uma vez um perdedor contumaz. Lá se foi a minha grande chance de voltar para minha casa ao encontro da minha família e, sobretudo, minha esposa. Quem sabe, algum dia isso possa acontecer.

Ouço vozes. Estão retornando. Dentro de pouco tempo estaremos singrando estas águas por mim nunca antes navegadas. Da escotilha, acompanhava o embarque que acontecia lentamente sobre a prancha estreita, capaz de permitir a entrada individual dos passageiros.

Subiam comentando o que haviam visto, sendo que alguns conversavam entre si em língua estrangeira. Após o embarque do último, a ponte de madeira já ia ser recolhida, quando ouvi os gritos dos indígenas anunciando guerra ao inimigo. Achei aquilo tudo muito estranho, até que notei o cacique gesticulando nervosamente ao dono do barco, insinuando a minha presença. Imaginei logo que Saiury percebera a minha fuga e que o dono do barco dava-me guarida. A confusão foi total, subiram a bordo e começaram a vasculhar tudo. E o pobre, responsável pela viagem jurava de pés juntos que não era verdade. Claro, ele não sabia de nada e até fez questão que procurassem inclusive dentro do porão.

Quando senti que iriam levantar a porta de entrada, recolhi-me na dispensa e tranquei a porta por dentro. Desceram uns dez conversando e esbravejando. Algum deles disseram que se me pegasse iriam fazer picadinho para comer. O momento era de muita tensão, imaginei a hipótese do barqueiro fraquejar e abrir o bico. Mas, ao mesmo tempo, acreditei que ele não seria tão imbecil, pois perderia duplamente; a pedra e o emprego, e eu iria de quebra ser fritado vivo.

Passado uma meia hora, desanimados de procurar, resolveram dar crédito às informações do comandante. Aos poucos, foram saindo cabisbaixos e envergonhados da calúnia impingida ao pobre homem.

Enfim, tudo pronto para a partida. Após a retirada da prancha, os motores foram acionados para aquecimento. Saí do esconderijo e fui para a escotilha de onde observei a retirada dos silvícolas. Desta feita, os vi pelas costas, literalmente.

Com os possantes motores aquecidos, aquela velha Arca de Noé rompeu em direção ao rio. Na verdade, eram dois motores que se alternavam ao atingir certo ponto de aquecimento. Enquanto um descansava o outro entrava em operação.

O dia chegava ao fim e os últimos raios do sol batiam nas águas serenas do rio, refletindo um imenso tapete prateado. Da escotilha, contemplava aquele espetáculo grandioso. Parecia mais estar assistindo a um filme num telão de tamanho infinito. Aquele conjunto harmônico das águas, encontrando o verde bem longe nas matas ribeirinhas, mais pareciam um quadro de Renoir com matizes que enchiam nossa visão de pura beleza.

Eu estava muito feliz. Não sei o porquê, talvez porque a liberdade seja um dos maiores bens que o homem pode ter. De que valeria a vida sem esse direito que nos foi conferido por Deus?

Naquele devaneio, fui interrompido pelo timoneiro trazendo comida. Entregou-me rapidamente e desapareceu escada acima, fechando a entrada. Ao destampar a vasilha, não acreditei nos meus olhos. Um verdadeiro banquete, comida de gente rica, imaginei. O aroma que desprendia daquelas iguarias lembrou-me da minha casa. Há quanto tempo eu era privado daquilo tudo. Ajoelhei e agradeci ao Pai por aquele momento tão especial. Queria que Saiury estivesse ali para compartilhar comigo aquele banquete. Queria que ela conhecesse coisas diferentes do seu minguado saber. Viver coisas novas e demonstrar sua alegria, através do seu sorriso jovial e cativante. Mas, infelizmente, era apenas devaneio de uma alma doente e machucada pelo revés que a vida me impingira. Eu era ainda um homem errante, à procura da sua verdadeira identidade.

Navegamos a noite toda. Pela previsão do Capitão, nossa viagem já se aproximava da metade do percurso. Isso era animador. As coisas transcorriam com a normalidade esperada. Os turistas pareciam se divertir ao som de uma boa música. Coisas que eu nem lembrava mais. Um ritmo novo pareceu-me som sem nexo. Novo pelo menos para mim. Palavras desencontradas e sem sentido compunham as letras.

Ao raiar o dia da última noite, completaríamos o tempo estipulado da viagem. Bem distante, avistei as torres de uma possível igreja, mas ainda pairava uma cerração acima das águas, impedindo que algo fosse identificado com absoluta certeza.

Pela escotilha, observava tudo que, aos poucos, ia se descortinando no horizonte. Senti-me uma criança na arquibancada de um circo à espera da nova atração, para deleite dos meus olhos. Renasciam em mim as esperanças de uma nova chance para retornar à civilização. Queria recuperar aquele tempo que, injustamente, a vida me roubou.

Notei, não muito longe, um pequeno farol vermelho que girava em círculo, parecendo caminhar ao nosso encontro. Não tardou para eu identificá-lo como sendo um barco policial.

A cerca de duas jardas de distância, acionaram a sirene em sinal de alerta. Nosso piloto retraiu a aceleração do motor em obediência. Os dois barcos se aproximaram em marcha lenta, até ficarem emparelhados. A bordo da embarcação, um megafone anunciava que seriam vistoriados todos os passageiros.

Pularam na nossa embarcação. Enquanto alguns fortemente armados vigiavam, outros tantos remexiam em tudo, inclusive, nas bagagens dos turistas. Resolveram descer à casa de máquinas. Corri e tranquei-me na dispensa, quando percebi a remoção da porta que dava para a escada. Não tendo encontrado nada, retiraram-se e devolveram a tampa no devido lugar. Depois de algum tempo, ouvi o barulho deles batendo em retirada. Pelo visto, nada fora encontrado.

Nossa embarcação acelerou o motor e seguiu rumo ao cais para atracar.

A ordem era para que eu aguardasse, até que todos evacuassem a área. Só depois o capitão abriria a porta para que eu fosse liberado. Isso só aconteceu quase uma hora depois. O desespero já tomava conta de mim. Pensei até que aquela besta havia esquecido de mim.

— A coisa lá fora ainda estava complicada. O dono do barco foi até o posto policial explicar o porquê da visita à reserva indígena já que a ela essa visita estava proibida. O barco não poderia parar nas terras indígenas. Havia uma determinação judicial proibindo as viagens com turistas. Ainda bem que não encontraram a muamba com os Gringos.

— Olha! Já conversei com o gerente dos armazéns, por hoje você vai para o alojamento e amanhã te apresento a ele e talvez comece a trabalhar logo.

— Está bem, eu disse. E a comida?

— Levo mais tarde. Vamos, vamos. Ah, não esqueça esta porcaria sua aqui.

Ao sair daquele buraco contaminado pelo óxido de carbono, desprendido dos combustíveis queimados pelos motores, ainda estava com minhas narinas grudadas de fuligem.

Agora, do lado de fora, enchia meus pulmões e respirava profundamente. Eu queria sentir o ar da civilização invadindo meu ser. Naquele momento, percebi o quanto é importante o direito que o homem tem de ir e vir e isso só conseguimos assimilar quando sentimos na própria pele uma situação como essa. A minha vontade era sair gritando aos quatro cantos: Sou livre, viva a liberdade.

No alojamento, beliches espalhados numa área separada. A mistura de perfumes baratos, usados pelos homens que trabalhavam na cabotagem entrava nas minhas narinas como um Chanel nº 5. Aquele odor indígena, aos poucos, liberava os meus pulmões. Dentro do galpão de tamanho descomunal eram depositadas cargas dos navios vindos de todas as partes do mundo que depois eram distribuídas aos seus destinos finais. Explicou-me o piloto.

Acomodei-me na parte superior de um beliche, já que todos estavam ocupados embaixo. Notei que ali eram acolhidos servidores eventuais; sem carteira assinada e salários pagos semanalmente. Os conhecidos "Freelancers".

Capítulo 5

No dia seguinte, fui levado ao chefe que, depois de discorrer o rosário das regras, designou-me para cobrir as férias de um guarda noturno. A função não exigia muito talento. Teria que vigiar "bob ket", utilizados para a movimentação das mercadorias dentro da área. A alimentação era feita no refeitório destinado aos peões, separado de outro de menor porte que atendia o pessoal ocupante de chefias. A comida não era das melhores, contudo, era balanceada por nutricionista. Exigência da Lei.

A inconveniência do trabalho noturno é que eu dormia poucas horas durante o dia. Saía perambulando pela redondeza, fumando Caxixe e entrosando-me com aquela gentalha, usuários contumazes de todo tipo de droga. Com o tempo, estabeleci um intercâmbio comercial com os cabeças de facções criminosas e traficantes. O meu produto foi logo divulgado e recebido como de primeira qualidade. Meu estoque era suficiente para um bom período, pois cada cigarro não consumia mais que dez gramas, devido o seu alto teor. Descobri que se acrescentasse aquela mínima porção a um cigarro normal, já era o suficiente para transportar o usuário à estratosfera. Nesse relacionamento, experimentei outros tipos de substâncias como maconha, cocaína, heroína e outras mais. Dentro de um ano, já estava tão inserido naquele mundo louco que minhas forças eram insuficientes para reagir. Fui deslocado para uma área diferente, com expediente diurno. Os problemas começaram a aparecer, quando passei a operador de máquinas, na movimentação de contêineres, trabalho relativamente fácil, porém exigia uma atenção especial para não causar algum tipo de ocorrência que colocasse em risco as demais pessoas que se movimentavam incessantemente no local. Não precisou muito tempo para que o pior acontecesse. Após uma noitada de bebedeira e droga, iniciei o dia com o pressentimento que o cansaço, a qualquer momento, iria dominar-me. As máquinas quase todas modernas e com seus comandos no painel obedeciam a um simples toque dos dedos. Computadores acionavam com precisão a ordem do operador. Ao transferir um baú frigorifico com cinco toneladas de carne que seriam exportadas para a Coreia do Sul, negligenciei e toquei o comando errado, fazendo a carga despencar de uma altura aproximada de cinco metros. A estrutura de alumínio foi de encontro ao piso, abrindo um rombo no concreto e causando grande barulho e colocando todos em pânico. A grande sorte foi que naquele momento ninguém transitava embaixo daquele bloco metálico. Os minutos seguintes foram de pânico, correria para todo lado. Indagavam se alguém tinha sido esmagado pelas cinco toneladas de carne. O Gerente, apavorado, queria entender o que tinha acontecido.

Fui afastado do trabalho por três dias até que apurassem as causas do acidente. Felizmente não conseguiram impingir em mim a culpa por falta de provas mais fundamentadas. Fui repreendido e mandado de volta à função de vigia.

Aquela decisão da Gerência tocou no meu orgulho de maneira revoltante. Não era contra a administração do cais que fez o que deveria ser feito. Aliás, houve até certa condescendência comigo. Fiquei possesso com minha irresponsabilidade. Imaginar que já carreguei sobre as costas situações deveras complexas e as solucionava com desenvoltura. E, agora, não conseguia administrar coisas corriqueiras a qualquer desletrado. Minha vida contaminada, descendo cada dia mais, sempre a procura do fundo do poço. Nos dias sem drogas, aproveitava a lucidez para sair à procura de pistas que me levassem a reverter a situação.

Procurei órgãos responsáveis, onde as pessoas eram registradas como cidadãos vigiados pelo Governo para que anualmente contribuíssem com certo percentual dos seus ganhos. Dirigi-me à Receita Federal, localizada em um velho prédio no centro da Cidade.

Mal vestido e calçando chinelos de dedo, dirigi-me à recepção, localizada no térreo do Edifício. Muito tumulto, cada um procurando resolver as suas pendências com o Órgão. Depois de dar meu nome, pedi a recepcionista que verificasse a minha situação perante aquela Autarquia.

— C P F, por favor.

— Não me lembro.

— Suba ao décimo quarto no arquivo geral, lá vão te fornecer o número. Volte aqui e verificarei sua situação.

— Obrigado moça.

Tomei o elevador e sob o olhar desconfiado do ascensorista, disparei: décimo quarto, por favor. Ao abrir, indaguei.

— Onde fica o arquivo geral?

— Segue até o final do corredor. É a penúltima sala à direita.

— Obrigado.

Segui até encontrar a sala que ficava a uns cinquenta metros, corredor afora. O ambiente era desolador, nenhuma vivalma no local, a não ser, é claro, o guarda na porta e o atendente cochilando, sentado e descansando os braços sobre a mesa.

— Com licença.

— Senta aí.

— O Senhor poderia localizar o numero do meu CPF?

— Cadê o seu cartão?

— Perdi.

— Nome?

— Maximiliano Castro e Silva.

Com aquela má vontade, acessou o computador e depois da busca, indagou.

— Tem certeza que o nome e este?

— Claro, se sou eu!

— Você não é cadastrado na Receita.

— Como não! Fui contribuinte por muitos anos.

— É, mas deve ter sido descadastrado.

— Pode me dar alguns minutos para eu lhe explicar a minha história?

— Diga.

— Há mais ou menos dez anos, eu voava para Belém, quando o avião caiu numa mata, abatido por um raio.

— Humm!!!!

— Dos quase duzentos passageiros, somente nove sobreviveram e, graças a Deus, eu fui um deles.

— Hum!!

— Depois de um longo período perdido nas matas, consegui chegar a uma reserva indígena e lá vivi por oito anos.

— Eu entendo. Meu amigo, você já ouviu falar em Santos Dumont?

— Claro. O Pai da aviação.

— Pois é! Sou eu e aquele avião que caiu com você fui eu quem inventou. Guarda, acompanhe o cidadão até o elevador, tenho muito trabalho para entregar hoje.

Saí dali com vontade de esmurrar aquele sujeito, pois acreditava que estava sendo levado a sério, não percebi que estava gozando com minha cara. Naquele momento, comecei a desconfiar que Max não mais existisse, pois seu nome somente seria expurgado da relação de contribuinte, se tivessem concluído que realmente tenha sido morto, naquela tragédia ocorrida há dez anos. Vai ser muito difícil reverter aquela situação. Ademais, outros fatores contribuíam para o insucesso da minha luta. Uma delas era minha condição de drogado e também sem meios financeiros para contratar um bom advogado. Ocorreu-me a ideia de procurar o barqueiro. Afinal de contas, ele deveria estar em boa situação financeira. Um fato ocorreu-me: Será que ele está viajando para local mais distante? Há muito não cruzava com meu anjo da guarda.

Caminhei até o escritório central e procurei o gerente.

— Senhor Hernandes, por acaso pode informar-me o paradeiro do seu conterrâneo Miguel Erreras?

— Sim. O Miguel pediu demissão do emprego e voltou com a família para o México. Disse que ia se estabelecer por lá. Acho que negócio de pesca em grade escala. Disse que iria comprar embarcação de grande porte. Não sei como e com que recurso irá fazer esse grande empreendimento.

— Compreendo, senhor Hernandes. Obrigado.

É claro, juntou o útil ao agradável. Voltou para sua terra e, ao mesmo tempo, livrou-se da minha pessoa que não deixava de ser uma ameaça à sua tranquilidade, pensei.

Mais uma vez, a derrota bateu em minha porta. Aquela era a única salvação que me restava para prosseguir e provar que Max não havia sucumbido a todas aquelas provações a que Deus o submetera.

Ainda naquela semana tentaria convencer algum órgão do governo sobre evasão das nossas divisas através dos indígenas engambelados por esses ladrões estrangeiros, transvestidos de turistas endinheirados que distribuíam simpatia por onde visitavam.

Não tive condição física de sair do alojamento. Quando não estava em serviço, ia para as ruas, misturado com aqueles zumbis à procura da felicidade ilusória. Aqueles pobres coitados eram a borra da sociedade. Eram o resto do resto, um nada, verdadeiros noctâmbulos.

As autoridades reconhecem a própria ineficácia diante dessa situação que a cada dia vai solapando seu poder de ação. Os familiares lutam desesperadamente para resgatar seus parentes daquele horror humano. Mas, infelizmente, é mínimo o número de recuperados. E o mais agravante da situação é que a cada dia novos adeptos se juntam a esse círculo vicioso, muitas vezes, sem volta.

Na minha concepção, todas as medidas adotadas não conseguiram atingir o ponto nevrálgico do problema. Prisões, perseguições e até espancamentos às vezes não surtem os efeitos desejados. O ideal seria aumentar o número de clínicas voltadas exclusivamente para o trabalho da parte psíquica do doente. Profissionais especializados, como psicólogos clínicos, antes mesmo de cuidar da parte física, devem cuidar do lado emocional. Deveriam ser conscientizados e reeducados. Seu inconsciente deveria armazenar as novas maneiras de viver, passando, assim, a agregar outros conceitos sobre a vida, ou seja, readquirir sua autoestima.

Acredito que esse trabalho vai reconduzindo-o à situação anterior ao uso das drogas, fazendo com que o individuo, espontaneamente, abandone tudo, pois sua mente vai gradativamente concedendo lugar à nova realidade e conscientizando-se do erro em que vinha incorrendo.

Infelizmente não estou nessa condição. A dominação é total. Minha matéria pede constantemente esse alimento para saciar meus desejos enraizados no meu inconsciente. Contudo, tenho esperança de algum dia valer-me da educação que recebi em quase trinta anos de estudos e trabalho. Acredito ser apenas questão de tempo. Isso se eu não sucumbir até lá. Deus queira que um dia possa acontecer esse milagre na minha vida.

Amanhã estarei lúcido e vou à procura do local para formalizar minha denúncia sobre o garimpo na selva indígena.

Depois de varias indagações, consegui chegar ao local fiscalizador. Na recepção, disseram que a denúncia deveria ser feita de maneira formal. Depois de preenchido um formulário extenso, a parte final consistia em um comentário, não superior a quinze linhas. Ao terminar, dirigi-me ao protocolo para ser fornecido o número de registro, caso posteriormente houvesse reclamação da minha parte quanto ao atendimento do meu pleito. Após ler todo o conteúdo, o atendente correu os olhos da minha cabeça aos pés e vendo minhas vestes humildes, arrematando com chinelos de dedo bastante surrados, acrescentou:

— Isso não vai dar em nada, está perdendo o seu tempo e o meu.

Irritado com o descaso e deboche do servidor, dei o troco.

— Cumpra apenas a sua função de batedor de carimbo e dê-me o protocolo.

Vendo que não havia gostado do comentário, rapidamente resolveu o assunto. Mais uma vez, a revolta tomou conta da minha paciência. Será possível que ninguém nunca irá levar-me a sério? Indaguei de mim mesmo.

Já estou quase na hora de pegar no batente, vou comer logo para render o colega, pensei.

Aos trancos e barrancos, três anos já decorreram desde a minha chegada aqui no cais. Nada até agora evoluiu na luta para provar que eu sou eu. Não consigo convencer ninguém que uma pessoa, que não consta em nenhum registro oficial, literalmente existe. Em suma: Eu não existo para os outros, só existo para mim.

Aliás, nem para mim, pois o desânimo já está me convencendo disso. Jamais imaginava que a humanidade fosse tão indiferente àqueles que vivem no submundo da sociedade. Chego a acreditar que sou um nada, se é que já faço parte desse grupo. Quem sabe, talvez eu esteja pagando com sofrimento, na própria carne. Francamente, Maximiliano de Castro e Silva nunca enxergava a desgraça do próximo. Sua vida de homem importante jamais o deixava aproximar-se dos menos favorecidos. Mas, mesmo que quisesse corrigir aquele comportamento egoísta, não teria mais sentido, pois, eu próprio já fazia parte daquele contexto.

Sempre, depois do expediente, se eu não fosse ao encontro dos marginais, eles começavam a rondar as imediações à minha procura. Ia logo me dar com eles, antes que despertassem qualquer tipo de desconfiança no pessoal do escritório. Aquilo também contribuía, e muito, para tornar ainda mais difícil meu afastamento do vício. Mesmo que às vezes não tivesse dinheiro para pagar, não me deixavam ficar sem algum bagulho. Às vezes até agradecia pela grande consideração que gozava no meio daquela corja.

Depois de três anos vivendo no submundo, já conhecia todos os tipos de drogas existentes na época mas tinha uma preferência especial pela cocaína, embora o acesso a ela fosse mais difícil, devido a seu alto preço. Enquanto tinha caxixe, negociava facilmente e me era fornecida com abundância. A minha droga era novidade e caiu no agrado dos traficantes e usuários de alto poder aquisitivo. Agora, já não tenho mais da raiz e sirvo-me das migalhas que me oferecem por piedade.

Se não fosse minha dependência química, talvez tivesse me relacionado com pessoas de outro nível e, quem sabe, teria recebido ajuda e hoje minha condição seria outra. Teria possibilidade até de voltar para casa. Infelizmente a herança maldita que recebi daqueles índios foi o preço que paguei por eles terem me livrado da morte naquelas matas.

O colega que iria substituir-me no turno seguinte chamou-me dizendo que precisava falar comigo. A princípio, não entendi do que se tratava.

— O que vou lhe falar não é coisa da minha conta. Você pode achar que eu estou fofocando, acredite se quiser. Ouvi o chefe do escritório receber ordens do gerente, para ficar de olho aberto em você. Não sei do que se trata, porque a conversa foi enquanto eles caminhavam e não escutei o resto.

— Obrigado amigo, pelo aviso.

Percebi logo que tudo estava relacionado às drogas. Ele deve estar me observando faz muito tempo.

Após uma semana, fui chamado ao escritório. O gerente, como sempre, tratava-me (Talvez por recomendações do Piloto) com certa condolência. Só que desta feita avisou que, embora a empresa não tivesse nenhuma responsabilidade com respeito à minha pessoa, pois não existia nenhum vínculo empregatício entre as partes, eu poderia permanecer no trabalho por mais trinta dias, assim com se fosse um aviso prévio. Alegou que, nesse período, eu teria tempo para arranjar nova colocação, em qualquer outro lugar. Mas como? Pensei comigo, se não existo como Max ou qualquer outro nome. Não tinha nem certidão de nascimento. Concluí mais uma vez que me encontrava deveras renegado pela própria condição de humano. Imaginei: Não valho um cachorro porque cachorro de raça tem *pedigree*, certidão e tudo mais.

O tempo passou rápido e amanhã será o último dia meu no cais. Vou tentar arranjar algum tipo de trabalho. Quem sabe, posso até dar sorte. Coisa que foge de mim, há muitos anos.

Saí logo ao romper do dia. Até a sua metade, percorri muitas ruas e bati em muitas portas. Emprego até existe mas somente para quem possui documentos. Ninguém quer aventurar-se a empregar pessoas sem referências e sem credenciais.

Já estava exausto e mal alimentado, depois de uma semana de peregrinação pela cidade. Uma lembrança veio como última saída. Resolvi procurar um dos chefões da contravenção. Afinal de contas Pedra Azul (nome do chefe) já havia me procurado algumas vezes para ser um dos seus homens de confiança na distribuição das mercadorias. Embora me ofertasse um bom salário, não aceitei. Eu sou um usuário, agora distribuir minha desgraça com aqueles escravos, jamais. Eu sabia que Pedra Azul tinha muitos outros negócios e alguns relacionados a coisas limpas. Usava-os para lavagem daquele dinheiro sujo, vindo das drogas.

Dois dias depois, estava empregado. Colocou-me como gerente de um dos postos de gasolina de sua propriedade (tinha cinco) localizado numa zona bastante conturbada, rota de ladrões que residiam numa favela pouco à frente. O cargo me foi dado, não por amizade. Bandido não tem amigo. Confiou-me unicamente baseado na minha capacidade que ele já havia notado antes. Perspicácia é o que não lhe faltava.

Decorridos sete meses, minha administração apresentava mensalmente lucros acima do esperado. Mas, como sempre, o que acontece com todo fora da lei, um dia tudo vira pó, um simples vacilo bota o castelo em ruínas. E foi o que aconteceu com o império de Pedra Azul. O homem da sua maior confiança, o controlador geral de todas as empresas do grupo descobriu certo romance entre o patrão e sua mulher. Indignando com o procedimento dos dois, não tomou nenhuma atitude de violência. Acreditou que tirar as duas vidas, seria muito pouco como vingança. Deveria dar tempo ao tempo e aos poucos ia apoderando-se de tudo, até o último centavo. Como era procurador com amplos poderes, poderia realizar qualquer operação sem a obrigatoriedade de prestação de contas. Enquanto transferia propriedades para laranjas, Pedra Azul agia livremente operando no tráfico e, claro, envolvendo-se cada dia mais na aventura amorosa, acreditando ser coisa secreta.

Decorrido o tempo necessário para resumir tudo, esperava apenas a oportunidade, pois o Patrão já lhe havia confidenciado que no mês de janeiro chegaria da Bolívia a maior remessa de mercadoria e que o mercado já aguardava ansioso para ser consumido no Carnaval. Inclusive ordenou que fosse feita logo a remessa do numerário, garantindo assim, a segurança da operação. Dias depois, arregimentou toda a equipe da distribuição e ordenou que todos comparecessem a zero hora do dia e mês programado para cada um receber o seu lote.

A aeronave bimotor iria aterrissar na sua fazenda, distante 18 km da Cidade. Tudo deveria ser executado com rapidez e segurança.

O administrador, sabedor dos mínimos detalhes da manobra, dirigiu-se a um telefone público para maior sigilo e ligou para a polícia. Fez questão de relatar tudo para o chefe da área, responsável por esse tipo de atividade ilícita, pois temia qualquer represália. Ah, sim! Pediu também a presença da televisão, para que todos tomassem conhecimento da ação policial. Depois disso, era só aguardar.

No dia e hora marcados, em casa, depois de um belo banho, enquanto a esposa assistia à novela, ele folheava os jornais do dia.

— Amor! Hoje vamos assistir à sessão coruja. Há muito estou ansioso para ver o filme anunciado.

— Veja sozinho. Os filmes de que você gosta são muito diferentes dos meus — Disse a mulher.

— Não, esse de hoje você vai gostar mais do que eu — Garantiu o administrador.

— Se não for, te deixo sozinho.

As horas se arrastavam e, nervosamente, lia e relia os jornais. Antes mesmo da meia-noite, a programação foi interrompida e o plantão policial entrou no ar.

Falou o Repórter: Uma denúncia anônima revelou que um dos maiores carregamentos de drogas está a caminho da cidade. Neste momento, nossa reportagem desloca-se para o local onde a policia já se encontra para efetuar o flagrante. Tão logo a aeronave pousar e iniciar a descarga acontecerá a apreensão do material transportado. A informação que temos é que mais de dez pessoas aguardam a mercadoria na beira da pista. A Polícia só entrará em ação na hora em que for feita a distribuição.

O avião já taxiava e os policiais aguardavam a ordem para consumar o flagrante e apreender todo o carregamento. Após abertura da porta e colocação da escada, as caixas cheias com tabletes de maconha, cocaína e heroína começaram a ser desovadas. Foi a maior apreensão do ano.

Quando a televisão mostrou as imagens dos contraventores, a esposa reconheceu o amante e, com certo espanto, comentou arregalando os olhos:

— Amor, olha lá! É o seu Patrão.

— Não é meu patrão. Aquele lá é seu amante. Pegue logo dois cobertores e corra para a delegacia para dormir com ele na prisão.

— De que esta falando? Não estou entendendo nada do que esta dizendo.

— Ah! Está entendendo sim! Não se faça de anjo sem pecado. Fora da minha casa sua vagabunda. Há muito estou seguindo seus passos, sua traidora. Você não correspondeu ao valor que sempre te dei. Fui fiel ao nosso casamento até hoje e este foi o prêmio que recebi, depois de quase dezoito anos de vivência. Agora sei por que sempre evitou ter filhos. Queria estar sempre livre para atender aos chamados do seu grande amor. Agora saia sem dizer uma única palavra, não lhe dou o direito de defesa e aguarde o meu pedido de divórcio o mais breve possível.

— Mas, para onde eu vou a esta hora? Ponderou.

— Vá para a zona, lá é seu lugar.

Ela, ao perceber que naquele momento não resolveria a situação com diálogo, apanhou apenas uma roupa de frio e cruzou a porta de saída.

Dois dias depois, todos os funcionários da empresa começaram a ser substituídos, inclusive eu. Ele temia que algum fosse fiel escudeiro de Pedra Azul. Sabia também que o ex-chefe não possuía recursos suficientes para pagar um bom advogado, pois não mais tinha acesso às finanças das empresas. E que mesmo livre depois de alguns anos, não teria provas suficientes para reaver todo o patrimônio, adquirido de modo ilícito. No seu imposto de rendas pessoal constava apenas a casa onde morava. Todas as empresas estavam em nome de terceiros.

Mais uma vez encontrava-me sem nenhum amparo. Passei a perambular pelas ruas, bebendo e me drogando, pois para isso não faltam pessoas para me socorrer.

Mais uma vez o desânimo apoderou-se de mim, aproveitando da minha fraqueza física e psicológica.

Todo o dia esperava nos fundos de um restaurante para, ao final do expediente do almoço, receber num pote de plástico o resto de comida que não fora servido aos clientes. Dormia em qualquer banco de praça, depois de consumir uma porção de alguma droga. Raramente encontrava uma torneira pública que pudesse banhar-me com sabão, doado por algum lavador de carros.

O poço eu já encontrara, era muito fundo e sabia que jamais conseguiria alcançar novamente a sua entrada porque para chegar até ele foi muito mais fácil do que fazer o seu trajeto de volta.

Todas as noites naquele banco frio e ao relento sonhava com o aconchego da minha casa e da minha cama ao lado de Evellin, me aquecendo com seu amor ardente. Eu a abraçava, sentindo o seu perfume que penetrava nas minhas entranhas, deixando-me extasiado. Acordava de sobressalto com o vento frio, uivando nos meus ouvidos. Sentia-me um verdadeiro pateta abraçando o nada na noite escura. Muitas vezes, levantava e saía à procura de uma pequena fogueira, improvisada com restos de caixotes mantida acesa a noite toda por colegas de infortúnio como eu.

Tomava uma boa dose de aguardente barata que me era ofertada e ali ao pé daquele fogo ficávamos até os primeiros raios do sol que aos poucos ia aquecendo o ambiente.

Certa noite fui surpreendido pela visita da patrulha policial. Procuraram por documentos, como não os tinha, acabei dormindo preso. Na verdade eu até estava gostando, não de ser preso é claro, mas do local quente e seguro de qualquer perigo. De manhã, colocaram-me no olho da rua, depois de uma serie de advertências.

Com o passar do tempo, comida para mim não significava meio de sobrevivência, às vezes passava dias sem me alimentar. Mas, se faltasse a droga, entrava em pânico. Meu corpo tremia como se estivesse acometido do mal de Parkinson, minha mente entrava em estado do mal de Alzaime, ficava completamente fora de mim, delirava como um enfermo agonizando para morrer. Às vezes, esse estado de alucinações durava o mesmo tempo que o uso da droga proporcionava. Só que: Um era puro prazer e o outro desespero. Já me sentia um farrapo humano, literalmente.

Certa noite tomei uma atitude extrema: A partir do dia seguinte, iria mendigar até ganhar bastante cocaína, heroína, maconha e quando tivesse quantidade suficiente para consumir uma overdose desse coquetel mortífero e deitar em algum lugar. Era só esperar a chegada da morte.

Assim foi feito, a quantidade era suficiente para duas pessoas viajarem para a eternidade. Por volta das dezenove horas, comecei o ritual para consumar o plano de morte. Acomodei-me em um banco de uma pracinha pouco movimentada, onde certamente ninguém iria interromper ou mesmo salvar-me quando estivesse agonizando. Já havia consumido quase a metade e já me encontrava em transe total. Ainda com certa lucidez, percebi algumas pessoas em volta de mim, reconheci que eram viciados à procura de droga. Perguntaram onde estava o bagulho e eu disse que havia acabado, não aceitaram a minha informação e começaram a espancar-me: Chutes, murros e pancadas com pedaços de pau. Já quase desfalecendo, resolvi entregar o restante. Fugiram em disparada, deixando-me sangrando e inconsciente sobre o banco. Ali permaneci inerte por umas três horas sob um forte temporal e um frio que gelava meus ossos. Ainda tonto, consegui erguer-me e cambaleando andava a procura de um local para abrigar-me. A uns cem metros avistei um viaduto, dirigi-me para lá. Quase não consegui chegar até uma de suas colunas que sustentava a grande arquitetura. Sentei-me encostado a uma delas. Percebi que na outra em frente a uns trinta metros de distancia um grupo de mais ou menos meia dúzia de pessoas aqueciam numa pequena fogueira. Pensei comigo: Certamente virão procurar alguma coisa e não encontrando possivelmente seria meu fim. Mas, antes de qualquer ação por parte deles, fui dominado pelo frio e cansaço. Não sei ao certo se desmaiei ou mesmo dormi. Tempos depois, ouvi vozes.

— Ele esta morto!

— Deixe de besteira Zoinho, esta muito machucado — Retrucou o outro.

— E melhor ir ao orelhão e ligar para a Polícia.

— Nada disso. Vamos carregar o pobrezinho — Determinou o outro.

Ergueram-me e atravessaram para o outro lado. Mesmo quase inconsciente, meus ouvidos informavam-me das conversações e das providências que iriam tomar.

— Seu Pedro, junte todo papelão e faça uma cama macia, traga bastantes jornais para colocar debaixo do cobertor para cobrir, ele está com muita febre e tremendo de frio. Cobertor pode ser o meu.

Pareceu-me ser o chefe deles. Em poucos minutos, estava confortavelmente deitado e coberto com jornais e uma pesada manta que aos poucos ia aquecendo meu corpo.

— Catatau, corra ao jardim e traga umas folhas de capim-santo, faça um chá forte e pegue na caixa de sapatos um comprimido daqueles que tomamos quando estamos com febre. — Ordenou um senhor gordo.

Pouco depois, ergueram minha cabeça, botaram o comprimido em minha boca e ordenaram:

— Beba isto! Vai ser bom para você.

Ao aproximar aquela caneca de chá fumegante, meu olfato de imediato transportou-me para o meu passado. Ainda sonâmbulo, senti a presença da minha mãe tratando-me como fizera na minha infância.

Lembrei-me nitidamente dos meus cinco ou seis anos, doentinho e sempre vulnerável a fortes gripes. Ela deitava-me e depois de cobrir-me com duas cobertas de algodão, trazia comprimidos antitérmicos e uma média cheia de chá de capim-santo que logo fazia cessar a tosse e eu caía em sono profundo.

Naquele momento, senti-me novamente aquela criança zelada por pessoas que nunca vira antes. Mal acabara de tomar a copada fui dominado e adormeci.

Acordei na madrugada e de sobressalto sentei-me na cama. Notado o meu desespero, um deles levantou-se e, acalmando-me, cobriu o meu corpo novamente dizendo para dormir. Notei que um deles dormia sem cobrir o corpo, naquela noite fria. Entendi logo que era o dono das cobertas entregues a mim.

Acordei às cinco da manhã, despertado talvez pelo subconsciente querendo induzir-me a uma profunda reflexão. Já totalmente lúcido, tentava entender o porquê daqueles homens de rua terem me acolhido com tamanho espirito de solidariedade humana. Lembrei-me de uma frase que li não sei onde: Deus não escolhe os capacitados, capacitam os escolhidos. Notei que naquele meio desprovido de qualquer recurso, para se viver na mínima condição era necessário um pouco mais. Ao mesmo tempo percebi que ali existia fraternidade, existia amor ao próximo. Foi então que a ficha caiu. Foi aí que notei a existência da minha grande covardia para lutar contra aquela desgraça que me afligia. Foi aí que minha consciência reagiu espontaneamente. Com muita coragem, fiz um juramento para mim mesmo: a partir daquele momento, nunca mais serei refém de droga nenhuma. Iria procurar meios de fazer um tratamento na condição de viciado consciente atrás de ajuda.

Nascia naquele momento um novo homem decidido, se for preciso pagar com a própria vida a sua liberdade do vício.

Não tardou, os meus anfitriões começaram a se movimentar. Vendo que se preparavam para sair, alguns se dirigiam a uma torneira existente no jardim público a poucos metros dali. Enquanto escovavam os dentes e lavavam o rosto, comentavam alguma coisa que não consegui entender devido à distância. Levantei-me também e segui a rotina observando os demais. Os apetrechos que eram utilizados como meios para dormir eram dobrados e escondidos debaixo de arbustos no jardim. O local era reconstituído como se ninguém ali estivera, talvez para não chamar a atenção dos transeuntes ou mesmo da fiscalização das ruas.

O mais forte deles dirigiu-se a mim e falou:

— Companheiro, você ainda está muito fraco, pode ficar até amanhã aqui na Comunidade, depois procure o seu rumo. A duas quadras daqui, tem um restaurante daqueles comunitários e lá almoçamos e jantamos. Vamos todos trabalhar e ao meio-dia nos reunimos para almoçar juntos. Você pode comer com a gente. Eu pago. É só um real. Fique por aí descansando até dar a hora.

Dizendo isso, despediram-se e cada um tomou um rumo. Eu realmente nada entendia daqueles mendigos misteriosos. Pensei: certamente cada um tem um ponto certo para pedir esmolas.

Eu também saí à procura de ajuda. Conhecia o local onde prestavam socorro aos viciados. Lá chegando, passei pela triagem dos médicos e psicólogos e relatei a minha condição de dependente, mas queria um tratamento somente à base de medicamentos. Dispensava seções de conscientização, pois estava mais do que nunca sabedor daquilo que queria e de que realmente precisava. Atenderam as minhas ponderações e começaram logo o tratamento, fornecendo medicamentos e instruções de como usá-los.

Perto do meio-dia, dirigi-me ao local do restaurante. Embora um pouco envergonhado, não podia dispensar aquela cortesia. Afinal, com tantos dias comendo raras vezes não podia me dar ao luxo de demonstrar a minha condição de orgulhoso. Ao chegar, fui recebido com ares de boas-vindas.

— Está faltando um? — Indaguei.

— Aí, oh Canela Seca, só anda atrasado.

Achava aqueles apelidos bastante curiosos, mas não me atrevia a perguntar sobre a procedência de tais codinomes. Depois de uma refeição feita rapidamente, desfizeram a reunião e cada um tomou um rumo diferente. Ao cair da tarde, já estávamos todos reunidos naquele local que eles chamavam de Comunidade. O porquê do nome não me foi informado. Cada qual já preparava o seu lugar para mais tarde descansar por mais um dia de trabalho que eu não sabia o que era.

Depois da fogueira ativada, começou o bate-papo para colocar em dia as atividades realizadas. Mas, naquela noite a conversa girou em torno da minha pessoa. O tal Gordo começou indagando sobre minha vida.

— O Colega tem lugar para onde ir amanhã? Vamos dizer assim: Uma moradia ou casa de parentes, para lhe dar guarida?

— Não, não tenho — Respondi.

— Se importa de contar alguma coisa da sua vida?

— Não adianta perderem tempo comigo, não iriam acreditar na historia da minha vida — Cortei logo o dialogo.

— Quem sabe, né, Seu Pedro? — Indagou ao mais velho.

— É! Só vamos saber se é verdade, depois que a gente escutar tudinho.

— Se é que estão dispostos a ouvirem, conto tudo com muito prazer. Aliás, vocês me parecem os únicos interessados em saber do meu passado.

A minha narrativa arrastou-se até a madrugada. Todos ouviram atentamente como um bando de crianças ávidas para saber o final daquela aventura. Embora não entrasse em detalhes, seguia relatando os fatos que achava serem de certa relevância. Nenhum deles se aventurou em arriscar uma pergunta sequer. Ao terminar, imaginei não ter convencido ninguém, devido à complexidade que tudo ia se desenrolando. Por fim, o tal Gordo manifestou-se.

— Eu acredito em você.

— Eu também acredito, o cabra falou com firmeza. Quem mente, a palavra cambaleia quando sai da goela — Endossou a conclusão do Gordo, o tal Seu Pedro.

— Vamos dormir. E amanhã vamos continuar a nossa conversa à noite. Certo, senhor professor Max? Pode vir almoçar com todos nós. — Sentenciou o Chefe.

Fiquei emocionado com aquele tratamento de "Professor Max". Afinal, já havia mais de dez anos que não ouvia ninguém tratar-me com tamanha fidalguia. Será que finalmente serei tratado com mais dignidade? Será que realmente estou caminhando rumo à minha real identidade? Com todo respeito, são pessoas que não possuem nenhum respaldo perante a sociedade. Mas, afinal já é um bom começo.

O dia começou normalmente. Tão logo partiram para o "trabalho" eu dirigi-me em busca de um medicamento que era ministrado somente no Centro de Apoio ao Dependente.

O almoço transcorreu em clima cordial, comentando-se apenas coisas corriqueiras do dia a dia. Não se aventou sequer voltar ao assunto da noite passada.

À noite, com o regresso de todos, após alguns entremeios preliminares, o Gordo voltou ao assunto deixado em aberto.

— Professor Max! Estive imaginando na sua história e resolvi oferecer a nossa ajuda. Aqui na Comunidade da Paz, vivo eu com mais seis pessoas. O Rafael foi embora a semana passada, a vaga dele esta aberta. Se o Senhor quiser!

— Aceito, pelo menos por um tempo — Respondi.

— Só que aqui tem regras e eu faço questão que a Equipe siga à risca, caso contrário, é dispensado sumariamente. — Sentenciou o Gordo.

— Claro, pode dizer essas regras? — Indaguei.

— Primeiro: Todos têm obrigação, só não trabalha quando está doente. Segundo: é expressamente proibido pedir esmolas, não somos mendigos. Terceiro: temos de ser unidos e companheiros, só assim vencemos. Quarto: é vetado o uso e tráfico de qualquer tipo de droga como também bebidas alcoólicas não podem ser consumidas. No seu caso em especial, tendo em vista a sua vontade de ficar livre desse mal. Estaremos do seu lado, advirto que se reincidir será expulso da Comunidade.

O trabalho aqui, cada um escolhe o seu. Uns ficam na porta do supermercado ajudando levar carrinhos de compras até o carro. Outros vigiam veículos em estacionamentos de shoppings, alguns lavam carros e até têm clientes cativos. Enfim, temos sempre um dinheirinho para ir vivendo. À medida que alguém arranja coisa melhor para fazer e ganhar mais dinheiro deixa os companheiros e parte para uma vida melhor, dando vaga para outro necessitado. Alguma duvida? — Perguntou.

— Não! — Respondi.

— Se você quiser, pode trabalhar no Estacionamento do Shopping em que eu trabalho. Ele é muito grande e cabe mais um, dá um dindim até bom. — Brincou sorrindo.

— Quero sim. É até bom. Assim posso aprender a lidar com os clientes através de você.

— Então amanhã cedo vamos juntos para o trabalho.

Novo dia, nova vida. Lá vou eu para uma diferente etapa da minha vida. Isso tudo, é claro, só vai enriquecendo o meu novo currículo.

Aos poucos fui conhecendo a vida de cada um dos Companheiros da "Comunidade da Paz". O primeiro foi o Gordo. Ou como era chamado: João Gordo. Isso ocorreu devido à nossa convivência diária no trabalho.

João Gordo é carioca. Nasceu e viveu na Baixada, procedente de família classe média, dotado de bons princípios (pelo que deduzi) foi educado em escolas públicas e fez curso profissionalizante voltado para o Esporte, no caso o futebol. Ainda jovem após ser certificado Técnico em Preparador Físico, empregou-se em alguns times menores, até chegar aos melhores da Primeira Divisão. Sempre foi um profissional disciplinado e exigia o mesmo dos atletas sob sua responsabilidade. Mas a sorte não lhe sorriu por muito tempo, dando descontinuidade sua carreira. As circunstâncias o obrigaram a abandonar por definitivo, sua tarefa de Treinador.

Numa tarde ao final dos treinos foi chamado à sala da Diretoria, somente um dos Diretores estava à sua espera. As portas fechadas e sem saber o motivo da reunião foi logo sendo advertido pelo Superior. A reclamação era que o desempenho da Equipe estava deixando a desejar. Alegava que vinham sofrendo derrotas seguidas e isso comprometia muito o nome do Time, assim como levá-lo ao rebaixamento. Narrava-me João Gordo a sua versão do diálogo com o Diretor. Na sua defesa, alegava que a responsabilidade era do Técnico, pois ele era apenas o Preparador Físico. Em resumo: a conversação foi caminhando para um rumo não muito adequado para duas pessoas do nível dos cargos que exerciam. A certa altura, o Diretor caminhou rumo a João Gordo e de dedo em riste no seu nariz, chamando-lhe de incompetente e irresponsável. Foi aí que o Diretor não respeitou o porte atlético do adversário e esqueceu que seu físico raquítico não passava de seus sessenta quilos, distribuídos no corpo de apenas um metro cinquenta e pouco. João Gordo surrou o pobre coitado até ele ser socorrido por outros funcionários, deixando-o prostrado e sangrando no chão da sala. Resultado: foi preso por tentativa de homicídio. Depois de solto, foi posto no olho da rua. Com isso, nunca mais arrumou colocação em nenhum clube esportivo. Quando dizia o nome, indagavam se era o mesmo que atuou no clube tal do Rio de Janeiro. Ao confirmar, o emprego era negado. Foi "queimado" em todos os times que procurou. Desiludido, mudou-se para Belém do Pará, mas isso somente depois de percorrer todo o Brasil. Aqui permanece até hoje.

Após analisar a história de João Gordo, concluí o porquê do seu comportamento na Comunidade. Ali foi a única maneira encontrada para continuar aplicando as suas regras, dando, assim, evasão às suas frustrações de preparador físico. Contudo, não deixa de ser um homem dedicado exclusivamente a ajudar o próximo. A Comunidade, pela minha conclusão, é onde o morador de rua encontra apoio e permanece até recuperar a sua autoconfiança para reintegrar-se na sociedade. Além da ajuda que João Gordo proporciona, quase sempre arruma algum trabalho com os fregueses do estacionamento, pois já goza de certa confiança adquirida através de anos de convívio, quase que diário. Mas, só indica alguém da Comunidade após um tempo, para ter certeza que irá corresponder à responsabilidade que assumiria, perante a sua clientela. Pelo que me informou, já perdeu a conta dos empregos que conseguiu para os colegas. E mais, nunca recebeu uma reclamação sequer. Ressaltou também que o único "Hóspede" permanente é o Senhor Pedro. Além de ser amigo, o coitado não pode mais trabalhar, devido aos seus oitenta e sete anos e um quadro de saúde bastante comprometido. João Gordo banca as suas despesas com satisfação, pois lhe tem como Conselheiro e fiel escudeiro.

Certo dia sugeri a ele que mandasse cada um comprar no mercado um colchão inflável, além de ser barato vai melhorar substancialmente no conforto de dormir, não contando a praticidade em guardar depois desinflado.

João Gordo tinha a resposta na ponta da língua.

— Professor! Esse pessoal é igualzinho a jogador de futebol, se você afrouxa ele deita com as cargas. Se eu começar a permitir coisas desse tipo, em pouco tempo isso vira hotel cinco estrelas. E aí é que ninguém se vira para melhorar de vida. Vamos deixar como está, assim funciona melhor.

Achei aquela resposta bastante convincente. Por que sair da Comunidade, se as coisas melhoram a cada dia? E o que iriam imaginar os moradores?

Aos domingos ninguém trabalha. É dia de descanso e também para botar em dia os causos que cada um tem para contar. Embora as narrativas tenham pouca verdade, quem conta imagina que estão acreditando e quem ouve, finge que acredita. Mas, não deixa de ser divertido.

Foi o meu primeiro domingo com o Grupo todo reunido.

Tiziu, um cearense alegre, tinha a mania de sempre estar imitando aquele passarinho que vive nas caatingas do Ceará, alegrando as pessoas com seu trinado agradável aos ouvidos. O seu plágio era tão perfeito que se você não prestasse atenção, não acreditava ser uma pessoa e saía à procura da pequena ave.

Zoinho, mineiro da fala mansa e meio desconfiado, só entrava na conversa se convidado. Sempre na moita. Contam que ele é um padeiro de mão cheia. Saiu de uma cidade do interior há pouco tempo e ainda está perdido na cidade grande. Foi encontrado por João Gordo descabreado numa praça, perto do Shopping. Estava esperando as ideias chegarem aos eixos, para aí sair à procura de uma colocação.

Catatau, maranhense da gema, nasceu na capital São Luís. Contara que, até os quinze anos, vivera com os pais. Dois alcoólatras inveterados que irresponsavelmente encheram o mundo de filhos e saiu distribuindo as crias para estranhos como se faz com uma ninhada de cachorros vira-latas. Catatau afirma que não sabe o paradeiro de nenhum dos seus onze irmãos espalhados por todos os lados. Mas, quando voltar para sua terra, irá procurar encontrar um por um, custe o que custar.

Passado o primeiro mês, o meu tratamento já apresentava ótimos resultados. Apenas na primeira quinzena, tive algumas convulsões horríveis à noite. Haviam dito que o organismo certamente iria rejeitar os medicamentos, porque na verdade ele queria mesmo era droga. Mais uma vez, a solidariedade veio ao meu socorro. Conhecedores da minha luta contra a dependência, acalmaram-me com um copo d'água tão logo retornou minha consciência.

— Tudo já passou, agora descanse. — Afirmou seu Pedro.

Esperava apenas que minha saúde atingisse um estágio de "quase curado" para procurar alguma coisa mais compatível com o meu grau de conhecimento. Já me preparava para isso, guardando alguma economia para comprar roupas e calçados, tendo assim condições de candidatar-me a algum emprego.

Mais um final de semana em família. Zoinho era o único que trabalhava aos domingos. Como voluntário, vigiava carros no estacionamento de uma grande churrascaria. Naquele final de tarde, como de costume, cozinheiros autorizados pelos donos enchiam diversas quentinhas com churrasco e demais guarnições sobradas do almoço. Não serviam jantar, por isso eram consideradas sobras.

Lá chegou cantarolando e feliz dizendo que a boia havia chegado. Trazia também pratos e talheres descartáveis.

Após retirar os lacres dos vasilhames anunciou:

— Pessoal, é com muita satisfação que vou, eu mesmo, servir o primeiro prato ao nosso Ilustre Professor. Vou escolher o melhor pedaço de churrasco bem assado com capricho.

De fato, Zoinho caprichou no melhor pedaço de carne, arroz, farofa e vinagrete. Após os aplausos de todos, foi-me entregue aquela bela refeição.

Sob o olhar de todos, procurei sentir o cheiro daquela comida de gente rica. Levei o prato perto do nariz, deixando meu olfato confirmar o óbvio. Aspirei com profundidade para depois saborear até raspar do prato o último grão de cereal.

A reação foi de imediato. Meu estómago rejeitou o alimento, antes mesmo de ser colocado na boca. A ânsia de vômito deu prazo apenas de retirar o prato e iniciar um processo violento de expulsão de tudo que tinha dentro do estômago. Retirei-me para longe e contorci-me até botar tudo para fora, quase ao ponto de desfalecer. Todos correram em meu socorro e com isso causei um constrangimento geral. É o que podemos chamar: coisa errada na hora errada. Todos notaram que se tratava da reação à medicação que eu usava com o alimento que o organismo rejeitara.

Eu sabia o porquê de tudo. O cheiro do churrasco foi idêntico ao que meu nariz sentiu, quando entrei na aeronave depois do acidente. Carne assada, porém, essas particularidades eu não havia contado a ninguém. Deixei todos acreditarem nas suas conclusões. Após alguns minutos, as coisas voltaram à normalidade e prosseguiram com o almoço.

Quando o crepúsculo anunciava o escuro da noite, todos já haviam tirado uma longa sesta após o banquete. Iniciava-se ali o bate-papo costumeiro. Canela Seca era o mais tagarela de todos, não gostava quando o silêncio tomava conta da situação. Com seu jeito mutreteiro iniciou uma das suas histórias rodeando pelas beiras, como sempre.

— É! Tava matutando aqui com minha imaginação. A gente faz cada besteira na vida e depois para e pensa o perigo de fazer uma morte. Uma vez lá na minha cidade — prossegue fazendo mistério — tinha um tal Zé Gato, que era chegado em fazer mal às moças da região. Se bem me lembro, já tinha papado umas dez e não adiantava pai tirar satisfação, se brincasse podia sair esfaqueado. Certo dia, minha irmã Rosalina, moça virgem, veio com um papo meio atravessado para me contar. Falou que Zé Gato tava se engraçando pro lado dela, fazendo proposta indecente e que quase caiu na conversa dele. Imaginei logo do que se tratava e não deixei por menos. Peguei meu punhal de quase dois palmos e fui atrás do dito. Lembro com se fosse hoje. Ele tava no Boteco do Ribamar, jogando sinuca com os outros vagabundos, quando cheguei e fui logo gritando: Zé Gato vem aqui fora, pra gente ter uma conversinha de pé de orelha. Ele largou o taco e caminhou no meu rumo. Não esperei ele rancar a pecheira e já botei a ponta fina da arma no bucho dele e fui logo dizendo: eu vim aqui só pra ti avisar, se bulir com minha irmã Rosalina, eu ponho suas tripas pra fora e dou pros cachorros comer. Tá ouvindo? Seu papa donzela. O bicho tremeu que só vara de marmelo, só faltou borrar nas calças.

— Que isso ô Canela Seca, nóis até é amigo. Para com essas coisas, disse.

— Pois é, vim aqui só te avisar. Não quero que minha irmã me "recrame" mais.

— Canela Seca! — interferiu Seu Pedro — Deixa de ser mentiroso seu corno, você não mata nem barata.

— Seu Pedro, o Senhor não me conhece. Não sabe o que sou capaz de fazer na hora que o sangue sobe na cachola!!

— Deixa de ficar falando asneira. Eu conheço bem aquela currutela, onde você nasceu. Fica no meio, entre Santa Luzia, que é minha cidade e Patos. É uma porcaria de meia dúzia de gente e com sua saída só ficaram cinco. Eu conheço a Região do Vale do Sabugi como a palma da minha mão.

— Seu Pedro, isso foi quando o Senhor saiu da Paraíba. Hoje, Córrego do Meio é uma cidade e das boas. — Tentava justificar Canela Seca.

— Só vou te contar uma coisa, que você não sabe. No seu vilarejo, só conheci um Cabra macho de verdade. Era o Clementino Zaroio. Ali era valente, daqueles que mata um hoje e amarra outro pra sangrar no dia seguinte. — Informou Seu Pedro.

— Taí. ! Taí! Clementino Zaroio, meu avô. O veio Clementino. Pai da minha falecida mãe. — Interferiu Canela.

— Cabrinha safado e mentiroso que você é Canela Seca. O velho Clementino era sozinho no mundo. Nunca casou e nunca teve filha nenhuma. Cria vergonha nessa cara lavada.

— Sabe o que é Seu Pedro, lá tinha muitos clementinos, vai ver que era outro. Mas, meu avô também era dos brabos. — Quis justificar.

Dr. Sampaio e Dona Anita apareceram por lá no finalzinho da tarde, presentearam-me com um cobertor, ainda em bom estado para uso. Disseram que se alegravam quando visitavam a Comunidade, pois os filhos e parentes raramente apareciam. Não por descaso, porque moravam em cidades distantes. A solidão também acomete velhos e acho que sentiam-se gratificados com a atenção dispensada a eles. Moravam sozinhos num casarão na esquina da frente.

Os dias, semanas e meses seguiam rotineiramente, até que certa madrugada fomos acordados, surpreendidos por uma saraivada de tiros que mais pareciam uma chuva de granizo. Duas motos com quatro ocupantes pararam na viela, distante uns vinte metros e começaram a atirar em nossa direção até descarregarem as munições, talvez de duas armas. Em seguida, partiram em disparada, deixando um óbito e dois feridos.

Levantamos apavorados e fomos conferir o estrago deixado pelos assassinos. Mataram o Catatau e feriram o Tiziu no braço. Seu Pedro recebeu uma bala de raspão no pé. Estava deitado com a planta dos pés voltada para a rua. Levamos uma meia hora para sermos convencidos que não era sonho. Seria melhor que fosse, mas era pura realidade.

Fomos ao orelhão e acionamos a polícia que só apareceu quatro horas depois.

O corpo de Catatau foi levado para o IML. Os bandidos tiraram-lhe a chance de procurar os seus irmãos que talvez alimentassem a mesma esperança de algum dia rever o irmão a qualquer custo.

Os outros dois companheiros foram atendidos pelo serviço de emergência e após medicados foram liberados.

O saldo da tragédia foi sentido pelo grupo por um bom tempo. São sequelas que dificilmente deixam de existir.

Minha economia já dava para comprar novas roupas e calçados, mas preferi aguardar a hora oportuna. Assim, quando surgisse qualquer coisa, estaria com roupa nova para apresentar-me com mais confiança no visual.

Na quarta-feira da semana que vem, já vou entrar noutra fase do tratamento. Alguns remédios serão retirados, já que não mais necessitava deles. Eram para combater as convulsões e eu já não as tinha mais.

Meu médico sempre me parabenizava pela minha força de vontade. Assegurou que se a rotina não fosse interrompida, dentro de sessenta dias, ele estaria convencido da minha completa cura. Eu também tinha certeza que minha consciência já estava curada. Apenas o físico ainda não tinha acatado completamente a ordem que vinha da cabeça, mas como o Dr. previa, era apenas questão de mais um pouco de tempo.

Seu João e Tiziu estavam recuperados. Dois domingos depois do ocorrido, após o "churrasco do Zoinho" apareceu por lá um tal de Oseias. Um rapaz simpático, vestido de preto, dirigindo um carro da mesma cor. Desceu do veículo e veio cumprimentar cada um com um abraço. Ao chegarem Seu Pedro e João Gordo, abraçou-os com mais fraternidade. Notei que abraços como aqueles só de filho e pai. Após as saudações, foi a minha vez.

— Oseias meu filho, quero que você conheça esta autoridade; Dr. Max.

— Bondade do João — Fiquei desconcertado com o elogio — Sou apenas Max.

— Muito prazer; Oseias. Se Ele diz que é. É porque é mesmo

— Brincou o rapaz.

Depois dos confetes, o papo caiu no trivial e a permanência dele durou pouco. Disse que o Deputado estava numa confraternização e não podia demorar em buscá-lo. Despediu-se e saiu no luxuoso carro a toda disparada.

— Esse rapaz, professor, foi um dos nossos. Morou aqui um bom tempo. Como tinha habilitação e certo estudo, João Gordo arranjou emprego com a esposa de um Deputado que ele conheceu no estacionamento do Shopping. Levava as Crianças para o colégio. Depois disso, o deputado o levou para ser seu motorista pela Câmara dos Deputados. Hoje é casado e mora bem com a esposa e uma filhinha numa casa conseguida pelo deputado. Mas, nunca se esquece da gente. Sempre que tem uma folguinha, aparece por aqui nos domingos. — Afirmou seu Pedro.

Já estou aproximando dos cinco meses na Comunidade. Não tenho do que reclamar. Aliás, nesses quase quatorze anos que estou jogado pelo mundo foi o único lugar que encontrei apoio e reconhecimento. Só aqui sou o professor Max.

Há alguns dias que seu Pedro anda calado. Quando fica assim pelos cantos é mau sinal. Falou-me Tiziu, sem que eu lhe perguntasse alguma coisa a respeito. Imaginei; bobagem, ele deve estar relembrando do seu velho Piauí. Ainda mais que Canela Seca o havia irritado com suas mentiras a semana passada. Mas, eu devia ter dado crédito à percepção aguçada do rapaz.

Dois dias depois, quando todos já dormiam, parou em frente à Comunidade uma patrulha da policia civil, com os faróis altos apontados para nosso lado, tinha apenas as luzes vermelhas girando sem provocar alarde com sirenes. Fomos acordados aos berros.

— Levanta, seus vagabundos. Quero todo mundo de pé. Companhia revista até encontrar o material perfurante de aproximadamente vinte centímetros — Ordenou um deles.

— Mas, que material perfurante é este Ananias? — Indagou o outro Soldado.

— Faca, seu burro. Faca — Explicou o Colega.

Começaram uma verdadeira varredura no local, jogando para o alto tudo que viam pela frente.

— Não temos faca, senhor. Usamos apenas canivetes. Tentou justificar João Gordo.

— Eu conheço bem gente como vocês, nunca tem a arma. Já devem ter desovado aí pelo mato — Quis afirmar o Soldado.

— E você aí? Encoste na parede e se identifique. Eu nunca te vi por aqui. Nome completo e procedência.

Levantei os olhos, ainda com a cabeça baixa, enxerguei aquele brutamonte de dois metros de altura por um e meio de largura. Mais parecia uma geladeira de quatro portas. Aquelas que se veem nos açougues. Rapidamente, tentei me apresentar.

— Sou o professor Maximiliano de Castro e Silva. Professor Catedrático da Universidade Feder...

Antes de terminar, levei um soco na cara que quase me arrancou o maxilar. Caí de costas no cimentado, tonto pelo murro. Imediatamente tentei me levantar, mas antes disso ele já estava agachado, com o joelho em cima do meu peito, quase me tirando a respiração e na minha testa o cano quente de uma 765.

— Seu cachôôôrro. Aprenda respeitar autoridade. Fale alguma coisa. Fale que eu sou bonito! Que eu vou espatifar os seus miolos pra todo lado.

Naquele instante, percebi que minha vida ia terminar ali. Senti que estava perto de juntar-me ao amigo Catatau. Mas felizmente, após tremular com a arma na minha cabeça, resolveu levantar-se e colocá-la no coldre. Nada sendo encontrado, não havia razão de continuar torturando a todos nós. Partiram em disparada. Ninguém entendeu aquela ação das "Autoridades".

Fui até o amanhecer do domingo, sem pregar os olhos, ainda apavorado. Uma terrível revolta brotou do fundo do meu coração: tudo que já passei até hoje não me feriu tanto quanto aquele humilhante episódio daquela noite. Bastava lembrar-me daquele beleguim, estúpido paquiderme, com aquela arma apontada para minha cabeça, desacatando-me com a condição de Policial que lhe foi conferida por alguém que não teve o devido cuidado de avaliar o seu grau de educação e responsabilidade no exercício da função.

Por volta das nove horas, a rotina da região foi quebrada por um movimento incessante de carros da polícia, inclusive do IML. Notamos que alguma coisa estranha tinha acontecido, restava apenas saber a causa.

Canela Seca, como era muito bisbilhoteiro, resolveu fazer um reconhecimento na região para ver se apurava os fatos. Pois, queria espalhar a notícia mesmo antes dos jornais que certamente alguma coisa aconteceu e parecia de certa relevância.

Meia hora depois, voltava ele cheio de mistérios como sempre.

— Pessoal, vocês não vão acreditar no que aconteceu.

— Diga logo a mentira — Rebateu Seu Pedro.

— Ôxente! É verdade verdadeira seu Pedro. Num mataro os dois Veinhos?

— Que Veinhos, Canela? — Indagou João Gordo.

— Dr. Sampaio e Dona Anita. Tão falando que levaram dinheiro e joias. Sangraram com uma peixeira os dois coitadinhos inocentes. Judiação.

Todos nós ficamos estarrecidos com aquele choque inesperado. O domingo foi só tristeza na Comunidade. Ficamos consternados com aquela barbárie, embora não existisse parentesco com nenhum de nós. Tudo aquilo talvez tenha acontecido para apoderar-se de algum dinheiro vindo de uma minguada aposentadoria que mal dava para o sustento do casal e algumas velhas joias de estimação de pouco valor, penso eu. Será que os valores tão insignificantes valem mais que a vida daqueles inofensivos velhinhos? Para bandido, qualquer tostão no seu bolso é bem-vindo, mesmo que alguém seja sacrificado.

Na segunda-feira, seu Pedro pediu que eu fosse mais tarde para o trabalho, pois precisava levar um dedo de prosa comigo. Permaneci aguardando e só depois que o último saiu iniciamos a conversa.

— Professor Max! Eu ando meio aperreado para falar desse assunto com o Senhor, mas como não sou cabra de arrodeio, resolvi que tinha que ser abreviado o assunto. Não tem meias palavras comigo, vou ser direto: esse lugar aqui já não merece mais a presença da sua pessoa. Esses vexames que o Senhor tem passado nesse lugar são injustos. Hoje, está curado daquelas desgraças que carregava no seu corpo. É homem feito pra gente nenhuma aprontar em riba do Senhor. Só que tem outra coisa que tem de imaginar bastante pra resolver.

— O que é seu Pedro, estou curioso, pode dizer — Interrompi a conversa.

— Duas coisas têm de sair da sua cabeça. Primeira delas: esqueça o professor Max. Ele não existe mais. Ele morreu e foi enterrado há quase não sei quantos anos. Aliás, para nós da comunidade, ele não morre nunca, mas isso aqui e nada é a mesma coisa. A outra coisa é que, mesmo que conseguisse provar que é o professor Max, com que cara vai aparecer na casa que é hoje da sua mulher e o novo marido que arranjou e com certeza já tem filhos?

— Como sabe que ela casou? — Perguntei quase irritado.

— Meu filho Max! Assunta com calma. Você acha que uma mulher nova, bonita, rica e cheia de desejo vai ficar o resto da vida esperando o marido que morreu?

Imaginei comigo: este velho vindo lá do sertão para fazer-me enxergar uma realidade que eu fazia questão de não ver. Ele tem razão em tudo o que disse.

— Seu Pedro, se não puder ser Max quem eu vou ser? Um homem sem documentos não existe. Então, se não sou Max e não tenho documentos eu simplesmente não existo.

— Calma um pouco, só resolvi te falar tudo isso, depois que eu e João Gordo sabíamos o meio de resolver essa belenga. É só você pegar um pedaço de papel, botar nele um novo nome, dia que nasceu, nome do pai e da mãe e me entregar. Matuta aí um nome e bota no papel.

— Lá na clínica eu dei o nome de Jorge Dias. Tá bom? — Perguntei.

— Pra lá de bom, cabra. Agora, se me permite quero que acrescente mais um por minha conta.

— Pode sim Seu Pedro, será uma honra. — Concordei.

— Você vai se chamar Jorge Dias do Nascimento, sabe por quê? Porque você nasceu de novo e nascimento é vida nova. — Justificou.

— Bem pensado, gostei do nome — Eu disse.

— Então escreva tudo no papel e me devolva, o resto é comigo e João Gordo.

Não sabia o que iriam aprontar. Em todo caso, iria proceder como se tudo estivesse entendido.

Entreguei o papel preenchido e não tive mais notícias do assunto. Os dias se passaram até que no final de semana seguinte apareceu na Comunidade o tal Ozeias. Aquele ex-morador, hoje motorista do Deputado. Entregou a João Gordo um envelope pardo e disse que teria folga na terça-feira e passaria aqui para terminar a missão. Despediu-se e partiu.

Mais tarde, João Gordo chamou-me e disse que na terça permanecesse na Comunidade, porque o Oseias passaria para levar-me para tirar identidade e CPF. Adiantou-me que já estava de posse da certidão de nascimento, que era o principal documento. Com ela, tudo se conseguia normalmente.

Na terça, às dez horas, Ozeias estacionou em frente. Acionou a buzina com um chamamento, evitando descer do veículo. Tão logo embarquei, dirigiu-me a palavra.

— Professor Max! Vamos tirar Identidade e C. P. F. O Senhor tem de estar presente para identificação e fotografias.

— Obrigado Ozeias, pode chamar-me de Jorge — Risos. — Aliás, Max não existe mais e inclusive este nome pode até trazer complicações doravante.

— Tem razão, pode pegar mal — Concordou.

Após os rituais de costume, informaram que dentro de no máximo quatro dias estaria à minha disposição. De volta à Comunidade, agradeci ao Ozeias e adiantei que não precisava se preocupar, pois eu iria ao local e apanharia os documentos.

— Não agradeça a mim. Agradeça ao deputado, votando nele no próximo ano, para sua reeleição. — Disse isso e partiu.

Tão logo peguei a nova identidade, foi só alegria. A partir dali eu era Jorge Dias do Nascimento. A partir daquele momento, eu era gente. Nascia um novo homem. Mesmo que quisesse, a situação era irreversível, pois tratava-se de falsificação ideológica e isso é crime.

— Quer dizer que agora é Jorge Dias do Nascimento? Posso dar a notícia pro pessoal? — Brincou Seu Pedro.

— Claro! Até faço questão que todos doravante me chamem pelo novo nome, para a minha própria segurança. Naquela noite, ele anunciou a nova a todos, explicando o porquê daquela manobra ilícita.

— Não quero que vocês entendam isso que fiz como um desrespeito à lei. Fiz tudo com a única intenção de ajudar esse homem a voltar a ter esperanças de uma vida nova, pois ele merece recomeçar.

— João Gordo? — Perguntou Canela Seca — Será que eu também posso mudar de nome? O meu é feio demais.

— Cale a boca Canela. Você é ruim de bola e ainda quer massagem? A gargalhada foi geral, após a brincadeira de João Gordo.

Seu Pedro chamou-me no dia seguinte e disse:

— Jorge, meu Filho! Pegue o seu dinheiro e corra para comprar suas roupas e sapatos. Agora é o Jorge, homem bonito e apessoado. Gente de respeito.

Segui seu conselho. Dirigi-me a uma loja popular e adquiri os acessórios que meu dinheirinho comportava.

Capítulo 6

No dia seguinte, compareci à Clínica com outro visual. Era a minha última seção de aplicações de medicamentos. O meu médico, desde o início, foi o Dr. D'lugue, rapaz de pouca idade, mas com uma competência extraordinária, na área que atua. Infelizmente o amor à profissão não é o bastante. Já notei que o jovem luta com certas dificuldades para manter a clínica, onde é o único dono. O seu espírito humanitário jamais deixa alguém sem o devido atendimento. Mesmo não tendo dinheiro para pagar o tratamento. Como é o meu caso.

— Oh, Jorge! Como você esta elegante, vai casar hoje? Ou é porque vai receber alta? — Recebe-me com seu largo sorriso.

— Nada disso, doutor. A partir de hoje, após a liberação do senhor, vou procurar um emprego. Agora é vida nova.

— Podemos bater um papo ou você esta com pressa? — Indagou.

— Em absoluto. Tenho todo o tempo.

— Sente-se aí, por favor.

— Obrigado.

— Você se sentiria ofendido se eu tocasse um pouco na sua vida pessoal?

— Não, doutor. Pode falar.

— Estou acostumado a lidar com todo tipo de paciente dependente, mas desde o primeiro dia de consulta notei que você era diferente de todos. Para dizer a verdade sempre foi para mim um homem misterioso. Nunca consegui atingir um ponto seu, que eu pudesse identificar alguma coisa. O que você já fez na vida? Posso saber? — Falava com certo espanto.

— Nada diferente das outras pessoas, afirmei. Estudei psicologia até o meio do último ano. Foi quando desisti de tudo para entrar no mundo das drogas, onde permaneci até chegar aqui. Fugi de tudo e de todos. Fui morar nas ruas, misturado com viciados como eu, até que um dia, espontaneamente, resolvi dar um basta em tudo. E agora, depois de tanto sofrimento, acredito estar recuperado. Graças ao Senhor. Preciso arranjar ocupação para recuperar o tempo perdido.

— Vai voltar a estudar?

— Pelo menos, por enquanto, não penso nisso.

— Você com certeza já notou a dificuldade que eu tenho para levar à frente esta clínica.

Conto atualmente com uma equipe médica competente, embora a receita da empresa seja gasta quase toda na sua manutenção. Contudo, meu objetivo é dar aos pacientes o melhor possível para o tratamento ser bem sucedido. Por esta e outras razões, mantemos lugar privilegiado de excelência na medicina voltada para esse tipo de doença.

Mas vamos ao que interessa. Você aceitaria trabalhar aqui como meu assistente? Como já disse, não tenho condição de pagar bom salário, mas, quem sabe, poderá crescer junto com a empresa. Você poderá morar no alojamento e alimentar-se dentro da própria clínica. Não precisa dar a resposta agora. Se não encontrar coisa melhor, volte que a vaga é sua.

— Isto muito me honra, só não sei se tenho capacidade para tanto.

— Estou certo que sim. Eu garanto.

— Doutor, como poderia procurar coisa melhor, se é aqui o lugar onde me oferece a segunda chance para uma nova vida? Primeiro a cura, depois o emprego. É claro que aceito. — Respondi.

— Então, comece amanhã. Pode trazer toda a sua tralha.

— Minha tralha eu carrego sempre comigo. É só minhas vestes — sorrimos.

Chegando à noite na Comunidade, contei a boa nova. A alegria foi total.

Logo cedinho, apresentei-me ao Dr. D'lugue. Ele levou-me pessoalmente ao alojamento, assim como mostrou-me todas as instalações e, sobretudo, o funcionamento de todo o Hospital. Contíguo ao seu consultório havia uma sala com escrivaninha onde seria o meu ambiente de trabalho. Afirmou-me que não me preocupasse, apenas me instalasse. As instruções seriam repassadas aos poucos, de acordo com as situações futuras.

No meu primeiro dia de trabalho, comecei a sentir-me como uma criatura decente. Num mundo novo, tudo era diferente. Nome novo, emprego, roupa nova, pessoas vestidas de branco, etc. Tudo transformou-se tão rapidamente, que, às vezes, sentia-me caminhando dentro de um hospital de recuperação existente no Reino Celeste, para atender doentes desencarnados, em recuperação de traumas sofridos na terra. Recuperações que eu já lera em histórias de romances de escritores espíritas.

Dr. D'lugue sempre orientando meu trabalho com paciência e amizade, para o aperfeiçoamento das minhas funções. Nos meses que se seguiam, notava que minha memória ia aos poucos se desenvolvendo em busca dos meus conhecimentos adormecidos no baú do meu inconsciente. Mas, quando era necessária uma informação mais distante, era socorrido pelo inconsciente automaticamente, pois ele ocupa noventa e cinco por cento do nosso cérebro. Isso é o que confirma a ciência, a principal teoria de Sigmund Freud. O inconsciente controla quase tudo que fazemos.

Decorridos quase dez meses, Dr. D'lugue já a mim repassava grande parte dos pacientes. Meu trabalho consistia em orientá-los psicologicamente, reforçando a recuperação comportamental, antes de tocar no assunto das drogas. Era como se fosse uma regressão gradual e sem forçar a sua vontade, em aceitar a nova situação. Essa retomada tinha que ser exercida por ele próprio, meu papel era apenas mostrar nova estrada, que era oferecida a ele, ou seja, a escolha dentre as inúmeras existentes. Mas, a pessoa vacilava na decisão, até que seu inconsciente entrasse em sua ajuda. Foi exatamente o que aconteceu comigo, quando decidi tomar o novo caminho.

Sempre que era possível, dava um pulo na Comunidade, seria muita ingratidão da minha parte abandonar meus amigos fiéis quando eu passava a pior fase da minha vida.

No último domingo que lá estive, notei que o estado de saúde do Velho Pedro era preocupante. Aconselhei João Gordo a levá-lo ao Hospital Público, a pouca distância dali. Informaram-me também que na Comunidade tinha surgido uma vaga, pois Zoinho foi trabalhar como caseiro na chácara do dono da churrascaria.

Na Clínica, minha carreira estava sempre em assunção. Dr. D'lugue, a cada dia, atribuía-me mais responsabilidades. Raramente eu recorria à sua ajuda. Cada novo paciente que eu atendia, deixava-me um saldo positivo de nova experiência no campo da psicanálise e da psicologia. Raramente encontrava casos iguais. O público atendido era muito flutuante. Grande parte deles desistia do tratamento antes do segundo mês. Imaginavam que ali se faziam milagres de cura num curto prazo, e mais, sem ajuda do doente. Coisa fundamental para o sucesso do tratamento. Aquele que entendia inicialmente que o hospital era apenas um suporte para orientá-lo na fuga, saía vitorioso do campo de batalha. Precisava entender que necessitava de alguém a dar-lhe a mão, puxando-o para fora daquele vendaval que o impedia de ver a porta da saída.

Numa quarta-feira chuvosa, mal acabara de tomar o café da manhã, Dr. D'lugue entrou no refeitório, sentou-se à mesa comigo e pediu um cafezinho.

— Bom dia Jorge! Como vai? — Indagou.

— Vou ótimo, doutor.

— Jorge, está na minha sala um senhor idoso com aparência abatida, dizendo que veio aqui à procura de socorro. Não sabe mais o que fazer para resolver um problema familiar. Disse ter recorrido a quase todos os hospitais especializados no Brasil e que os remédios prescritos pelos médicos, até agora, de nada valeram. Você pode atendê-lo? — Indagou, levantando as sobrancelhas.

— Posso sim, vamos lá.

Ao entrar na sala, senti logo a angústia daquele Senhor. Dr. D'lugue apresentou-me a ele dizendo-lhe que poderia acompanhar-me até minha sala. Imaginei logo tratar-se de um neto drogado dentro da família.

— Por favor! Queira por gentileza acompanhar-me?

— Disse a ele.

Após convidá-lo a sentar-se, mal esperou para iniciar sua história. Pedi que se acalmasse. Primeiro, iríamos tomar um cafezinho. Depois de servido, percebi a rapidez com que o sorveu em um só gole. Imaginei logo que o caso era bastante grave.

— Vamos lá, Dr. Marmo Pesonni. — Esperei que ficasse mais à vontade.

— Eu tenho uma filha com um sério problema. Drogas. Isso começou há exatos três anos. Depois que ficou viúva.

— Ela tem quantos anos, doutor? — Indaguei.

— Fez trinta e nove, dia vinte e sete de janeiro.

— A causa dessa medida tomada por ela, o Senhor tem ideia o que foi? — Queria começar a entender o problema.

— Claro que sei. — afirmou — Até os trinta e seis anos, sua vida era normal. Casada com um homem extraordinário. Mãe de uma moça, que hoje estaria com vinte e um anos. Ela casou muito nova, tinha dezoito anos na época, mas nessa idade, já dava uma mão no laboratório. A mãe dela faleceu quando a filha tinha dezesseis anos. É uma historia complicada. Ela e o marido eram meu braço direito na indústria de medicamentos genéricos, que possuo há mais de vinte anos. Tudo começou a sair dos trilhos, quando o marido e a filha Catarina viajavam de carro para Fortaleza, onde a menina iria prestar vestibular para medicina. A mãe não foi, pois tinha de ficar para ajudar-me na indústria. Pelo que se apurou, foi uma irresponsabilidade total de um caminhoneiro bêbado, dirigindo uma carreta carregada de cimento, com destino contrário ao carro do meu genro. Embora na rodovia do acidente as pistas sejam duplas e bem sinalizadas. Dizem que o motorista dormiu ao volante e atravessou a pista, bateu de frente, afirmou o laudo policial. Na colisão, a carga veio para frente esmagando a cabine e o veículo dos meus familiares. Quarenta toneladas de cimento soterrou o automóvel, deixando os ocupantes dilacerados, juntamente com as ferragens do veículo. O trauma causado na vida de Ísis levou-a ao desespero e ao descontrole geral da sua vida. Saía desorientada pela cidade e até suicídio tentou algumas vezes. Não conformada, apelou às drogas, há um ano e meio. Não consigo mais administrar a fábrica, pois dedico o meu tempo quase total apascentando ela. Não sei mais o que faço. Minha idade já não permite que eu continue assim, por muito tempo.

— Realmente Senhor Marmo, a situação é deveras preocupante, mas, nada é impossível de se resolver. O Senhor parece-me um homem que ainda goza de boa saúde, como também não me parece com idade tão avançada. — Assegurei.

— É! Realmente, os meus muitos anos ainda me garante uma boa saúde. Graças a Deus. Eu vim aqui sozinho, porque ela reluta em fazer o tratamento.

— Preciso alertá-lo de alguns pontos importantes do tratamento. Primeiro: aqui não se fazem milagres, principalmente se o paciente não estiver a fim de curar-se. Segundo: mesmo que tenha disposição para tal, o individuo levará no mínimo seis meses ou até um ano, para retornar completamente a uma vida normal. Não atendendo estes principais quesitos, o tratamento será quase em vão.

— Está bem. Vou conversar calmamente com Ísis. Acho que será difícil, em todo caso, conseguindo, voltarei com ela. Doutor, não me preocupo com gastos, quero a minha filha de volta a qualquer preço. Obrigado. — Despediu-se me abraçando.

Os dias passaram, nem mais me lembrava do caso de Ísis. Um mês depois, Dr. Marco apareceu de braços dado com uma senhora de feições abatidas e apresentando certo constrangimento. Coisa normal, naquela situação. Contudo, nada disso deixava escondida a beleza daquela mulher de traços finos e um corpo de nuanças definidas. Notei de imediato no seu olhar certa angústia, parecendo procurar a felicidade perdida.

— Dr. Jorge! Esta é a minha filha Ísis, que lhe falei quando estive aqui. Lembra-se? — Quis saber.

— Claro, Dr. Marmo. Muito prazer em conhecê-la, Senhora Ísis. Sente-se, por favor. Pode chamar-me apenas de Jorge — Frisei.

— Ísis acabou concordando em vir até aqui. Aliás, só resolveu, depois de muito insistir e afirmando que iria gostar de conhecer o Senhor. — Confessou o Pai, retirando-se em seguida, deixando-nos à vontade.

Ali ficamos por quase um minuto, olhando um para o outro, até que eu iniciei dizendo.

— Estou esperando!

— Esperando? O quê? — Indagou Ísis.

— Esperando você desarmar e abrir um sorriso.

Mesmo contra a vontade, os cantos da sua boca descontraíram e timidamente esboçaram um ar de riso, pelo meu jeito esquisito.

— Podemos conversar somente. Não me sinto alegre

— Afirmou.

— Tudo bem! Vamos conversar. Não vamos sorrir. Mas, também não precisa chorar. Não é? — Com um pouco de humor, tentava colocá-la mais à vontade.

— Sim. — Apenas afirmou.

— Vou repetir para você alguns pontos importantes, que talvez o seu pai já tenha conversado com você. Em todo caso, nunca é demais relembrá-los. Aliás, eles serão sempre citados, quando necessário. O principal deles é que você jamais será forçada a nada, vou tentar expor-lhe os problemas de maneira mais clara possível e analisá-los será uma tarefa exclusivamente sua. O tratamento divide-se em dois segmentos: Primeiro, a parte psíquica, que é comigo. A outra, a parte clínica com o médico especialista na parte física. Ou seja, os medicamentos, alguma dieta, coisas assim. Mas, como já afirmei, tudo vai depender da sua aceitação de maneira espontânea. Se tudo isso acontecer dentro do esperado, posso quase garantir a você que o nosso sucesso estará garantido. Alguma pergunta? — quis saber.

— Por enquanto, não. — consentiu.

— Então, estamos acertados. Este primeiro contato foi só para início de um relacionamento seu com todos nós aqui da Clínica. Volte para casa e reflita um pouco mais sobre nossa posição e, se depois, achar que vale a pena prosseguir, estaremos aqui de braços abertos para recebê-la.

Terá duas consultas semanais, pelo menos no início do tratamento. Vou aguardá-la todas as terças e quintas para conversamos calmamente e tentar resolver, da melhor maneira, o problema. Esta bem assim?

— Para mim, pode ser. — Assegurou.

Ísis estendeu-me a mão e agradeceu, com um sorriso mais espontâneo. Despedi-me do Dr. Marmo e saíram de braços dados pelo corredor, até tomarem a rua.

Naquela quinta-feira da mesma semana, Ísis não apareceu, pensei, deverá ter desistido. Talvez não tenha gostado, nem da clínica e tampouco, das minhas explicações. Bom, as regras aqui são essas. Foi uma pena.

Na terça-feira, ela apareceu sozinha e procurou-me. Justificou que havia estado doente. Imaginei logo o que teria sido a tal doença.

— Estou disposta a iniciar o tratamento. Podemos começar hoje? — Quis saber — Papai não pôde vir, o motorista trouxe-me.

— Claro, Ísis, vamos apenas preencher os papéis com seus dados. Coisas de praxe na clínica.

Naquele mesmo dia, iniciamos o tratamento. Os três primeiros meses foram para mim a maior luta que já havia enfrentado, desde o início na clínica. Eu me sentia como um pescador, num mar revolto em cima de um pequeno barco, lutando incansavelmente para trazer a bordo um enorme peixe, que relutava para escapar do anzol. Quando raivosamente marchava para arrancar-me das mãos a vara e a carretilha, eu soltava bastante linha, deixando-o seguir, imaginando estar livre de tudo, até que o cansaço o enfraquecia. Aí então reiniciava a retomada das rédeas que antes o presenteara. Aos poucos íamo-nos aproximando, com intervalos de descanso para não irritá-lo novamente. Nessa medida de forças, mais valia a calma e a experiência do pescador, até colocar dentro do barco sua prenda e sorrir orgulhosamente com a grande conquista.

O tempo passava e, aos poucos, eu ganhava a confiança de Ísis. Não sabia ao certo se ela sentia ódio ou admiração por mim. Pouco me importava, o que eu queria era vencer aquela guerra, cumprindo assim, o meu dever como orientador.

Dez meses passados e o tratamento já caminhava para um final feliz. O seu interesse pela vida se manifestava a cada dia, pela sua vontade de voltar a ajudar o pai na indústria. Três meses depois, já estava completamente segura para assumir a nova vida como ex-dependente.

Dr. Marmo compareceu à clínica para agradecer a todos, em especial ao Dr. D'lugue e a mim. E mais, prometeu fornecer, gratuitamente, todos os remédios da sua fábrica, que fossem usados com os pacientes. Afirmou que dos oitenta e sete tipos que fabrica, dez por cento são de uso na clínica.

A cada dia o número de pacientes aumentava mais e o nosso índice de recuperação atingiu por volta dos sessenta por cento. Por sinal, um número bastante expressivo nessa área.

Dois meses depois da visita do Dr. Marmo, o telefone toca na minha sala e viria a ser um chamado especial.

— Senhor Jorge do Nascimento? — Alguém perguntou.

— Sou eu sim!

— Aqui é a secretária do Dr. Marmo do Laboratório Selsium. Tudo bem com o Senhor?

— Tudo bem.

— O Dr. Marmo precisa falar com o senhor. Quero saber se podemos mandar o motorista apanhá-lo nessa tarde.

— Ah! Sim. A que horas?

— A partir das quatorze horas. Pode ser? — Quis saber. — Para mim, está ótimo.

— Ok. Obrigada e boa tarde.

Que coisa mais estranha, pensei comigo. Em todo caso, não posso deixar de atender ao convite. Só espero que não sejam problemas com Ísis. Será que teve alguma recaída? Bobagem, não pode ser isso, ela estava muito segura de si, quando foi liberada.

Às treze horas e quarenta e cinco minutos, a portaria central solicitava a minha presença, informando que alguém do laboratório Selsium me aguardava. Rapidamente, dirigi-me ao local, caminhando pelo corredor que dava para a saída da clínica. Na parte da manhã, eu já havia comunicado ao Dr. D'lugue que me ausentaria à tarde. Fui recebido gentilmente pelo emissário e, em seguida, tomamos a condução em direção à fábrica, a uns vinte e poucos quilômetros de distância. Lá chegando, a secretária anunciou a minha presença. Para meu alívio, fui recebido com um largo sorriso de Ísis. Abraçou-me cordialmente e com o braço sobre meus ombros, dirigimo-nos ao encontro do pai. Dr. Marmo, da mesma forma, abraçou-me alegremente. Depois de algumas palavras de boas-vindas, pai e filha, como bons anfitriões, colocaram-me bastante à vontade, enquanto eram servidos água e café, trazidos naqueles carrinhos de escritórios de luxo. Após alguns minutos, solicitavam ao telefone a presença de Ísis nalgum setor. Pediu licença e retirou-se. Dr. Marmo convidou-me para conhecer as instalações da indústria, após o cafezinho. Saímos caminhando pelo imenso complexo e, com paciência, mostrava-me cada máquina e sua respectiva função na linha de produção.

Caminhamos por mais de uma hora e garantiu-me não ter visitado todas as áreas. Fiquei deveras impressionado com tudo que vira. Nunca havia entrado num emaranhado daquele tipo. Após nossa volta à sua sala, ele começou a narrar certas dificuldades, que tudo aquilo proporcionava. Ora um setor, ora outro. Mas, sempre problemas não faltavam.

— Jorge, Ísis e eu estivemos reunidos com os diretores por diversas vezes e não estamos conseguindo detectar a origem de um problema na área de produção. — Será aonde quer chegar, imaginei. — Está acontecendo algum tipo de movimento entre os cento e oitenta operadores dos dois turnos. O pessoal da inspeção final já foi alertado diversas vezes pelo órgão fiscalizador do Governo. Já pagamos multas por três vezes e garantiram que, caso continuarmos reincidentes, começaremos a perder patentes de alguns produtos. Estamos pensando que pode ser com respeito a salários, mas, nosso laboratório é o que melhor remunera os profissionais nesse ramo de remédios.

— Doutor! Salários, quase sempre, são reivindicados através de greves. A origem deve ser outra, assegurei.

Cabisbaixo e pensativo calou por alguns instantes, enquanto coçava o queixo com a mão esquerda.

— Quero fazer-te uma proposta! Venha trabalhar conosco. Não sei quanto ganha na clínica, mas dobro o seu salário e dou-lhe todas as vantagens que tem lá. O que acha?

Naquele momento, emudeci e não sabia o que responder.

— Eu sei que você tem compromissos com o Dr. D'lugue, mas espero até conseguirem substituto para o seu lugar. Aqui terá o cargo de Gerente na Produção, no lugar do atual que não consegue resolver o problema.

— E um caso a ser pensado, mas com calma, pois nada conheço de produção.

— Jorge! Não precisa conhecer de produção. Precisa sim, conhecer de como lidar com pessoas, com gente e isso você sabe como ninguém. — Afirmou Dr. Marmo.

— Me dá dois dias para a resposta?

— Claro! Até mais, se necessário for. — Tranquilizou-me.

Despedimo-nos e ele acionou a secretária, para levar-me de volta. Não mais vi Ísis, apenas, deixei-lhe recomendações.

Na viagem de volta, já comecei a matutar sobre o assunto e pensar: qual a melhor medida para resolver o problema? A princípio, não achei que dispensar o gerente de imediato seria a medida mais sensata, pois talvez o problema não estivesse ligado diretamente à sua Administração. Tinha que, primeiro, detectar o nascedouro de toda a situação.

Cheguei à tardezinha na clínica. Dr. D'lugue já havia ido para casa. Passei grande parte da noite pensando na proposta e, também, com certo pesar em deixar um emprego, que tudo tinha a ver com minha formação acadêmica. O emprego oferecido não deixaria de ser um novo desafio para Jorge Dias do Nascimento.

Na manhã seguinte, tão logo o Dr. D'lugue chegou, pedi para falar-lhe.

— Ô Jorge! Sente-se aí. Alguma novidade? — Quis saber.

— Sim, doutor.

Em seguida, passei a narrar os acontecimentos. Ao final, depois de ouvir silenciosamente, sentenciou.

— Meu amigo Jorge. Estou felicíssimo com o que acaba de me contar. Essa é a grande oportunidade da sua vida e você bem merece. Agarre com unhas e dentes. Eu ainda quero ter o prazer de vê-lo no topo. Infelizmente, você sabe; nossa clínica, com essa mania de ajudar a todos, com dinheiro ou sem dinheiro, jamais seremos uma grande empresa. Siga seu destino e que Deus continue sempre do seu lado. Quanto à sua saída não se preocupe, alguns rapazes recém-formados têm me procurado para estagiar.

Em três dias, confirmei a proposta do laboratório, porém, com alguma alteração no que me foi ofertado.

— Dr. Marmo, estive refletindo como devemos agir na solução do problema, adiantei. Se eu ocupar o lugar do gerente, possivelmente, poderá agravar ainda mais o problema. O mais sensato, seria iniciar como assistente dele. Assim, seria mais fácil participar das conversas entre eles, para realmente inteirar-me de tudo que se passa. Jamais, estas decisões são percebidas por alguém que não pertença ao Grupo.

— Jorge. Como agir, é você quem decide — assegurou.

No dia seguinte, fui apresentado ao gerente como seu auxiliar. A partir daí, usei minhas estratégias desconhecidas até dos superiores, inclusive do próprio gerente. A cada dia, fazia transparecer mais a minha "antipatia" pelo meu chefe imediato. Na verdade, não era o que sentia, mas, pareceu-me a melhor maneira de adquirir a confiança da turma. E, consequentemente, atingir o meu objetivo. Reclamava em voz alta sobre a minha insatisfação com o cargo que ocupava.

— Não suporto esse cara e fui logo cair nas mãos dele, isso parece um castigo mesmo, insinuei. Já vi que vamos encrencar e não vai demorar.

Não tardou para que eu tivesse muitos seguidores, com a mesma opinião. Em quinze dias, já fazia parte do movimento contra o chefe. Descobri que o problema, era a pressão demasiada, que ele exercia sobre os funcionários, levando-os ao desgaste físico e psicológico. Tudo isso, por causa do aumento da quantidade de clientes que quase tinha dobrado.

Passei a imaginar a melhor solução. Teria que ser boa para ambas as partes; empregado e empregador.

Voltei para o escritório central, mas, só depois de prometer ao pessoal que estávamos empenhados em resolver o problema o mais rápido possível.

Depois de levantar todos os dados necessários, concluí que deveríamos contratar mais funcionários, já que a produção havia quase dobrado. Mas, pensei: será este o melhor caminho? Talvez exista outro melhor. Isso poderia congestionar o trabalho, pois o ambiente físico não comportaria o aumento do quadro do pessoal. Depois de refletir com mais calma, cheguei a uma conclusão: por que não criar mais um turno? Assim, trabalharíamos com três turnos, de oito horas cada um. Ou seja, em regime de vinte e quatro horas. Todos trabalhariam dentro do que a lei permite e com uma rotina, sem pressão e estresse. O gerente continuaria no seu posto e eu comandaria o outro turno.

Levei a proposta aos responsáveis e a aprovação foi imediata. Em uma semana já haviam contratado a nova turma e iniciou-se outra rotina. A partir daí, o pessoal acalmou-se e tudo voltou à normalidade.

A cada dia que passava, o meu comprometimento com a indústria aumentava. Sempre surgia problema novo a ser resolvido, coisa natural numa grande empresa. Com isso, meu tempo era quase todo absorvido, restava-me, raramente, algum dia na semana. Aproveitei um domingo, depois de cinco meses e fui visitar a turma da Comunidade. Qual foi a minha surpresa, não havia vivalma no local. Dali mesmo, tomei o celular e liguei para Ozeias, que, por sorte, havia guardado o seu número. A notícia imobilizou-me.

— Pois é, amigo, a comunidade não existe mais.

Depois que os dois lideres morreram, o pessoal espalhou-se, cada um para uma banda, adiantou.

— Mas, como assim, Ozeias?

— O João Gordo foi atropelado na faixa de pedestres por um ônibus que passava em alta velocidade. O Seu Pedro piorou e eu levei o coitado para o hospital, mas, só durou uma semana e morreu.

Após despedir-me de Ozeias, permaneci ali por um bom tempo. Enquanto relembrava minha amizade por aquela gente sofrida. Fazia minhas orações, pedindo a Deus que não se esquecesse daquelas duas almas caridosas e ricas em amor para com o próximo. Pedia que arranjasse lá no Céu um cantinho para os dois descansarem eternamente no Paraíso. Na minha oração, pedia também, que os Anjos e os Santos, tomassem conta dos órfãos que eles deixaram, pois deveriam estar sofrendo por aí.

No Laboratório, a produção acontecia de maneira satisfatória. Os empregados cumpriam suas jornadas sem estresse e, de certo modo, satisfeitos com a medida aplicada no setor. A expansão era vista com otimismo por todos os servidores, pois, aumentavam as oportunidades de ascensão em todos os seguimentos.

Um ano depois, Dr. Marmo Pesonni convocou toda a diretoria e convidou-me para participar da reunião. Aberta a seção, apresentou os relatórios do último ano e ficava claro que a empresa exigia novas medidas para acompanhar o seu ritmo de crescimento. Contava com quatro diretores e mais o Diretor Presidente, que, obviamente, era o próprio.

— Senhores Diretores e demais presentes. Conforme acabaram de atestar, a nossa Empresa necessita de urgentes providências administrativas para atender à demanda que hora vivemos. Com isso, achei oportuno criar uma nova diretoria, para fluir a sobrecarga que no momento pesa sobremaneira nos ombros dos Senhores. Com isto, vamos nomear o Senhor Jorge Dias do Nascimento, como novo Diretor de Vendas ao Governo. — Mais uma vez, senti um calafrio, na raiz dos meus cabelos — Como todos os Senhores já bem o conhecem, não será necessário tecer qualquer comentário quanto à sua capacidade de trabalho, já amplamente demonstrada por todo o tempo que aqui está na qualidade de colaborador da nossa Empresa. Espero, dos demais diretores, um apoio total e irrestrito ao nosso colega.

Seguiram-se aí cumprimentos e abraços, por todos os presentes. Fui ovacionado com gritos e assovios de todos os lados. Ísis abraçou-me com um grande sorriso, depois de beijar-me na face. Em seguida, usei a palavra em agradecimento, afirmando que tudo faria para corresponder à confiança em mim depositada. A partir daí, novas estratégias foram implantadas para dar continuidade aos interesses da empresa. Eu já havia mudado do parque industrial da Selsium para um apartamento no centro da cidade e com o novo cargo foi disponibilizado para mim um carro com motorista, o qual dispensei, eu mesmo iria dirigir.

Ísis aniversariava no dia vinte e sete de janeiro, ou seja, daí a duas semanas. Cinco dias antes, minha secretária informou-me que ela estava na linha e queria falar comigo. De imediato, pedi a Helena que transferisse a ligação.

— Alô Ísis! Como vai querida?

— Vou muito bem e você, Jorge? — Quis saber. — Aqui na luta, como você conhece bem.

— Pois é. Papai está muito feliz com o seu desempenho, sabia?

— Olha! A correria é tão grande, que tem um bom tempo que não falo com o Dr. Marmo. Você sabe Ísis, que passo a maior parte do dia fora da Empresa. Coisa de louco.

— Eu sei Jorge. Mas, eu estou te ligando para convidá-lo a comemorar comigo o meu aniversário dia vinte e sete deste, você virá?

— Mas é claro, Ísis! — Assegurei — Será um dos grandes prazeres da minha vida.

— Exagerado. — Brincou — Olha! Já avisei Papai. Não quero festa. Vamos sair e nos divertir numa boate. Você topa?

— Ótimo. Melhor não poderia ser — concordei.

Despedimo-nos, lembrando que uma reunião de diretoria começaria em menos de uma hora. Inclusive, com a presença de Ísis, que era Diretora de Propaganda e Marketing. Após a abertura pelo diretor presidente, iniciou-se a leitura da pauta. Depois de alguns comentários de cada um, chegou a minha vez de expor o meu parecer sobre alguns itens elencados.

— Senhores Diretores. Não sei se com a apresentação dos problemas expostos por Vossas Senhorias, surgirão nesta reunião medidas capazes de uma solução única para acabar com todos eles de uma só vez. Reconheço em todos os presentes um tino apurado para tratar com inteligência e segurança os interesses do Laboratório Selsium Ltda. — Assim, eu tentava esclarecer a situação — Diante da crescente demanda comercial dos mais de oitenta itens que fabricamos, não vejo outra solução, que não seja o crescimento da Empresa, literalmente falando. O nosso parque industrial já está seriamente comprometido com o espaço físico, o que não nos permite mais expandir. Até porque, não temos terreno suficiente para tal. — Esperei instantes, para sentir a reação dos demais.

— Jorge. — Interrompeu o presidente. — Você quer dizer, com isto, que devemos comprar outro terreno maior para transferir a fábrica?

— Não seria bem assim. Pois, com nossa transferência, cessaria a produção por um bom período, o que não seria conveniente, nem para nós e nem para nossos clientes. Assim, estaríamos abrindo espaço ao concorrente e talvez nossa volta ao mercado seria como se estivéssemos iniciando do zero. — Alertei.

— E qual a melhor medida? — Quis saber o presidente. — Comprar o terreno e construir nova fábrica, sem interromper a produção?

— Exatamente. Só que essa nova fábrica, seria no sul do país, já que estamos no norte. Com isso, estaríamos nos dois extremos do Brasil. Teríamos uma logística rápida e mais barata para atender as duas pontas. E mais, facilitaria para nossas exportações futuras para países de todo o mundo. — Concluí.

— Sua ideia é ótima e um tanto quanto presunçosa. Não acha, senhor Jorge? — Quis desdenhar, outro diretor.

— Não concordo com o colega. Na condição em que a Selsium se encontra neste momento, ou pensamos e decidimos grande ou sucumbiremos esmagados pelos concorrentes. Temos que aproveitar o momento, logo agora que nos encontramos à frente de todos eles.

— Concordo com você — Levantou Dr. Marmo — E os Senhores, o que acham da ideia do colega?

Aos poucos, as manifestações favoráveis foram surgindo e terminou unanimemente com uma salva de palmas.

— Resta, agora, que todos os diretores estudem com calma a viabilidade econômica do negócio, inclusive, é claro, a capacidade financeira da Selsium. — Determinou o presidente e deu por encerrada a reunião.

No dia do aniversário de Ísis, conversamos por telefone e ficou acertado que eu iria apanhá-la às nove da noite em sua casa. Lá chegando, fui recebido no amplo salão da luxuosa residência em um bairro nobre da cidade. Foi Dr. Marmo que me recebeu, depois de um cordial abraço.

— Jorge, Ísis pediu que aguardasse, enquanto acaba de se aprontar. — Disse — Você sabe como são as mulheres, sempre atrasadas. Que tal um drink, enquanto espera, aproveitamos para trocar umas ideias.

— Doutor, prefiro uma mineral. Não ando muito bem ultimamente. Uma gastrite terrível me atormenta. — Quis escapar da bebida, com a desculpa. — Ainda há pouco, tomei um comprimido antiácido.

— Isso deve ser a preocupação com o trabalho, não é? — Possivelmente.

— Sabe, Jorge! Acho que está na hora de partir para o início do projeto, já que os estudos foram feitos e a Selsium tem condições de executá-lo, não vejo como prorrogar.

— Eu também sou a favor, temos que ganhar tempo.

— Então! Estava pensando em enviá-lo a Curitiba o mais breve possível para a aquisição do terreno, que, por sinal, deverá ser de um tamanho considerável para, futuramente, não privar a indústria de expandir-se. — Sentenciou.

— Realmente. — concordei. — Acho que seria bom contatar primeiro com a Prefeitura da Cidade. Talvez possam oferecer algum incentivo para nossa instalação. Até porque, vamos criar nova frente de empregos e seremos bons pagadores de impostos. Quem sabe, poderão até fazer uma concessão de uso do terreno por uns vinte ou trinta anos, com direito de compra, no final do contrato. — Lancei a ideia.

Nesse momento, Ísis surge, iniciando a descida na longa escada que dá acesso ao primeiro andar. Com vestido branco, todo vaporizado, parecia uma Deusa vinda do Reino das Fadas. Pausadamente, segurando no corrimão, dava impressão, que contava os degraus, um por um.

— Você não sabe Jorge! A alegria que sinto neste momento. — Comentou Dr. Marmo. — Pela primeira vez, depois do acidente, este é o primeiro aniversário que Ísis comemora. Tudo isso, graças a você.

— Não senhor! Graças a ela mesma. — Afirmei. — Se não tivesse aderido à realidade, jamais teria despertado para uma nova vida.

— Desculpe por ter esperado tanto.

— Não se preocupe Ísis, foi até bom, eu e seu pai estávamos trocando ideias.

Ao abraçá-la, fui também envolvido com seu perfume raro, que somente mulheres finas, como ela, teriam oportunidade de usá-los. Despedido de Dr. Marmo, ofereci meu braço e saímos da sala rumo à garagem. Ela já havia tomado providências ao reservar uma mesa especial na boate. Mal acabamos de chegar e colocar alguns pertences sobre a mesa, ela convidou-me a dançar uma música que iniciava. Lembro-me como se fosse hoje. A orquestra executava *El Reloj*, com Trini Lopez.

Um pouco desajeitado no compasso, há anos sem dançar, Ísis conduziu-me com a destreza de uma exímia bailarina do Balé dos Teatros Russos. Duas músicas seguidas, nos prenderam naquele clima cheio de cumplicidade. De volta aos assentos, já havia sobre a mesa uma Chandon e duas taças, com cerejas mergulhadas, à nossa espera. Depois de cumprimentá-la, beijei-a na face, brindamos seu aniversário, antes de sorver aquela bebida dos deuses.

Não mais nos servimos de champanhe até o final da noitada. Somente alegria e sussurros aos ouvidos provocavam boas gargalhadas entre nós. Antes do amanhecer, deixava Ísis na porta da sua casa. Na despedida, trocamos o último abraço.

Depois de segurar minhas mãos, ela olhou nos meus olhos e confessou que aquela noite seria inesquecível. Agradeceu, beijando-me na face.

Voltei para casa, pisando nas nuvens, sem acreditar em tudo que acontecera. Depois de dormir menos de três horas, já estava na fábrica para iniciar o expediente. Por volta das dez horas, fui chamado à presidência. Dr. Marmo me aguardava na sua sala.

— Bom dia Jorge. Desculpe por chamá-lo aqui, mas, é que temos de providenciar a sua viagem à Curitiba, o mais rápido possível. Ah! Espero que você e Ísis tenham se divertido. — Confessou.

— Divertimo-nos bastante doutor. — Assenti.

— Pois bem! Mandei a secretária providenciar a sua passagem para amanhã cedo, inclusive a reserva do hotel. Poderá ficar por lá o tempo que for necessário, bastando que

traga soluções. De acordo com os acontecimentos, manteremos contato. Ok?

— Acertado. Toda novidade lhe será comunicada.

De volta à minha sala, fui cuidar de toda a papelada que precisava levar como por exemplo balancetes da indústria para o caso de necessidade. Ao finalzinho da tarde, Ísis apareceu na minha sala dizendo que soubera da minha viagem e veio desejar-me sucesso naquela empreitada. Convidou-me para um cafezinho, enquanto comentávamos sobre a expansão programada da Selsium.

Às sete da manhã seguinte, o motorista se anunciava ao interfone. No Aeroporto, mal tive tempo de fazer o *check-in* e o embarque era imediato. Em Curitiba, passei o resto do dia no hotel pesquisando na internet o local ideal para a instalação da nossa filial. Pesquisei, também, as áreas pertencentes à Prefeitura, inclusive se dispunham de região exclusiva destinada à indústria farmacêutica. A princípio, nada me chamou a atenção. Resolvi então, procurar a seção de desenvolvimento urbano da cidade. Fui informado que os terrenos poderiam ser adquiridos por um preço menor do usual do mercado. Porém, a Empresa teria que enquadrar-se nas exigências da legislação municipal. Se tudo fosse atendido, poderia até gozar dos benefícios de redução de impostos.

Em três dias, com a ajuda de uma empresa especializada, conseguimos montar todo o processo. Feito isso, demos entrada no Protocolo Geral. Informaram que o processo seguiria para estudos e que o resultado poderia ser obtido por meio da internet, no prazo de trinta dias. Diante de tal situação, não me restava alternativa a não ser regressar à minha Cidade.

No dia seguinte, às sete e meia, entrava na minha sala, já acionando a secretária para ligar na presidência, pedindo que tão logo Dr. Marmo chegasse, me avisasse. Às dez e trinta o telefone tocou, informando que ele acabava de chegar. Pedi então para perguntar-lhe se podia me receber. A resposta foi afirmativa.

Após os cumprimentos de boas vindas, relatei resumidamente os resultados da viagem. Pelo que me pareceu, ele gostou das medidas que tomei e, em seguida, ordenou à secretária que convocasse uma reunião com toda a diretoria para a manhã seguinte.

Naquela sexta-feira, a reunião arrastou-se até as treze horas. Após a aprovação dos resultados das medidas tomadas em Curitiba, Dr. Marmo convidou a todos para o almoço, já reservado, numa churrascaria da cidade. Ísis fez-se acompanhar pela secretária, possivelmente para não sentir-se perdida no meio de tantos homens, comentando a todo tempo o mesmo assunto de negócios. Não sei se coincidência, mas sentamos lado a lado. Trocamos algumas conversas, mas, nunca sobre trabalho, inclusive, fiz-lhe convite para um cineminha no sábado, que aceitou achando uma boa ideia. Não sei se era impressão minha, mas, sempre notei que Dr. Marmo expressava um ar de alegria, sempre que nos via juntos. Talvez seja mesmo, apenas impressão.

Voltamos todos à Fábrica para cumprir algumas horas que ainda faltavam para o final do expediente.

Aproveitei o sábado para organizar algumas coisas básicas da minha vida pessoal, tais como: buscar roupas na lavanderia, cortar cabelo e fazer a barba e, se possível, uma sauna para relaxar. À noite, compareci à casa de Ísis. Como sempre, uma mulher de presença marcante, impecavelmente vestida como para uma noite de gala. Procuramos um filme que agradasse à ambos, por incrível que pareça: "Assim caminha a humanidade", com James Dean, foi o que escolhemos. Pouco conversamos durante a seção. Parecia que cada um vivia recordações diferentes, com a sequência da película. O astro principal, apresentando comportamentos avessos aos costumes da época, empolgava Ísis, embora não fosse contemporânea como eu, daquela Juventude Transviada. Ao final comentou: acho que seria muito legal viver naqueles anos, com aquela turma de delinquentes. — Risos.

Despedimo-nos e Ísis agradeceu-me por eu estar sempre disponível para fazê-la divertir-se.

Passado um mês, nossa resposta já estava disponível na internet. Para nossa tranquilidade, tudo estava aprovado. Tínhamos trinta dias, a contar da data da publicação, para assinar a compra e mais cento e oitenta dias para apresentar o Projeto a ser aprovado e iniciar a construção. Dos cinquenta mil metros solicitados, foram concedidos quarenta, ou seja, duas quadras. Tínhamos que correr com tudo. Contratar um bom arquiteto para projetar instalações modernas e funcionais e não incorrer no risco de construir um Elefante Branco e com pouco aproveitamento físico, como hoje sentimos aqui na Selsium.

Uma das minhas sugestões foi que o Projeto contasse com duas unidades distintas: uma vertical, para abrigar toda a parte administrativa e outra horizontal para atender toda a parte produtiva. Assim, as áreas afins não se confundiam no desempenho das suas atividades.

Assinamos a compra do terreno e, concomitantemente, já estudávamos as propostas de diversos bancos interessados em financiar parte das obras e instalação de todo o maquinário necessário para a produção, quase todo ele importado da Alemanha. O Projeto, depois de noventa dias, permitia dar o pontapé inicial das fundações. As minhas viagens a Curitiba eram constantes, mas, de pouca permanência. Contratamos uma construtora local e apenas supervisionávamos os trabalhos. O prazo máximo para a entrega era de dois anos.

Enquanto as atividades do Laboratório seguiam, o seu ritmo de crescimento, o meu relacionamento com Ísis também caminhava para um rumo mais comprometedor. Acredito que grande parte de tudo isso é de responsabilidade do seu Pai. Nessas alturas, não tenho dúvidas que ele faz muito gosto nesse romance. Tanto é que está sempre arrumando alguma missão em que as duas diretorias estejam envolvidas. Eu já contara a Ísis que Jorge jamais havia casado, apenas alguns envolvimentos amorosos mal sucedidos e sem maiores comprometimentos. Com isso, cresceu um grande desencanto amoroso em seu coração. Diante das informações que obtivera, notei que vinha sempre tentando reverter os sentimentos do coração de Jorge. Na ultima viagem que fiz a Curitiba, Ísis acompanhou-me, disse estar interessada em conhecer as obras da futura filial da Selsium. Em apartamentos separados, permanecemos por três dias naquela Cidade tão acolhedora. O último dia foi muito corrido, visitando todo o Complexo. À noite, após a chegada ao hotel, convidei-a para um drink mais tarde no meu quarto. Por volta das nove e meia, a campainha anunciava a sua chegada. Bastante descontraída, sentou-se no grande sofá, após um longo suspiro, confessou o cansaço que o dia lhe proporcionara. Servi coquetel de frutas sem álcool, que já havia encomendado ao barman. Enquanto bebíamos, conversávamos de tudo, menos sobre coisas da Empresa. A luz do abajur proporcionava um ambiente propício a qualquer medida mais ousada da minha parte. Notei que Ísis não iria se opor, se eu ousasse em roubar-lhe um beijo. Pensei, esta é a grande oportunidade e aproximando com muito cuidado, encontrei seus lábios que pareciam estar à espera dos meus. O beijo foi bem correspondido. Deu-me a impressão que ela já o esperava a algum tempo. A partir daí o envolvimento foi total, só terminou no dia seguinte, quando recebemos o café da manhã no quarto.

Naquele mesmo dia, retornamos e fomos direto para o Laboratório. Tudo levava a crer que os acontecimentos da viagem, não foram coisas apenas de momentos proporcionados pela ocasião, mas, sobretudo, o resultado de uma atração que já sentíamos em surdina e que só se manifestou-se quando surgiu a oportunidade. Com isso, tive a certeza que havíamos iniciado um verdadeiro romance. Contudo, preferimos que ficasse no anonimato. Pelo menos, por enquanto.

A euforia do Dr. Marmo era visível, com a construção da Nova Selsium e acredito também, pela felicidade que Ísis deixava transparecer, embora sua discrição policiasse tal comportamento.

Passamos a ter um relacionamento amoroso mais amiúde, quando era possível, claro.

As obras caminhavam a todo vapor, já havíamos concluído as coberturas dos galpões. Pedimos prioridade daquele setor, porque já havíamos sido informados que o maquinário estava a caminho do Brasil. A parte do anexo que abrigaria a área administrativa poderia ficar para a etapa seguinte. Novos produtos seriam lançados no mercado com vendas garantidas. São medicamentos de alto custo que o Brasil já importava há muitos anos. Com a quebra de patentes, após decorridos dez anos de proteção da lei, passamos a fabricá-los a preços bem mais módicos. Esta é a vantagem que as indústrias de produtos genéricos levam sobre os grandes laboratórios. Eles investem fortunas em pesquisas de algumas drogas com o objetivo de revolucionar o combate a algum tipo de doença de difícil cura. Com a constante evolução da medicina, é necessária sempre a criação de meios modernos do combate às moléstias. Grandes projetos já estão em estudos para o futuro do Laboratório, inclusive na área de exportação para países que mantêm acordos bilaterais com o Brasil, pertinentes à nossas especialidades.

Na nossa volta a Curitiba, encontramos grande progresso na obra dos galpões. A parte interna já estava completamente concluída, apta para receber toda a parafernália, para início das instalações. Tudo seria executado pelos técnicos da indústria fabricante, para garantir perfeito funcionamento.

Dr. Marmo antecipou-me um convite para um jantar que me iria oferecer daí a dois dias. Ou seja, no sábado. Não mencionou se Ísis estaria presente, nem também o assunto que seria tratado. Talvez apenas uma cortesia, imaginei. Na hora marcada eu estava presente, com dez minutos de antecedência. A mesa já reservada em lugar propício para conversas mais íntimas e distante do burburinho peculiar desses ambientes. Tão logo me foi servido um Club Soda, avistei a figura magra, mas, bem apresentada do Dr. Marmo. Os seus ternos bem talhados exibiam os seus um metro e oitenta de um físico bem cuidado, de um homem com idade não menos de setenta e cinco anos. Cumprimentou-me com a *finesse* que lhe era peculiar, ao mesmo tempo em que se desculpava pelos cinco minutos de atraso. Ao ser atendido pelo garçom, não foi necessário dizer a sua preferência por qualquer bebida. Como cliente importante e tradicional do Estabelecimento, já fora servido de imediato, o Scott da sua preferência, estilo Cowboy e, à parte, água mineral com gás. Após sorver a primeira dose, de imediato, a segunda já estava à mesa. Mas, já era do meu conhecimento, que Ele nunca aceitaria a terceira.

— Senhor Jorge, — Manifestou entrar em algum assunto. — Eu já tenho conhecimento, do seu relacionamento com Ísis. Aliás, é coisa que muito me agrada, pois, considero Você como pessoa muito merecedora do amor de minha filha. Além das suas qualidades profissionais, o que mais pesa em seu favor, é o seu caráter de homem de uma conduta ilibada, pelo menos, é o que tem me demonstrado, desde quando nos conhecemos. Ísis já comentou comigo, sobre sua vida pregressa, disse-me que, já teve algumas descrenças amorosas e que por isso, mantém-se solteiro até hoje.

— E verdade, doutor! Fui prorrogando, prorrogando e até hoje não decidi ter uma companheira, para compartilhar comigo uma vida a dois. — Justifiquei.

— Pois é. Vim conversar com Você, porque homem se entende com homem. Se Eu fosse Você, pediria Ísis em casamento. Vocês se merecem. Ah! Quero deixar bem claro. Ela nem sonha que lhe fiz tais confidências. Se ficar sabendo, ficará muito magoada com nós dois. Fiz isto, contrariando os meus princípios. Só e unicamente por uma razão: Quero ver vocês juntos e felizes, antes de morrer. — Confessou.

— Que é isso doutor! Vamos conviver juntos, por muitos anos.

— Deus te ouça meu filho, é isso que espero. — Falou, coçando a cabeça.

Terminado o almoço, seguimos juntos até o estacionamento, onde o Motorista o aguardava, já com a porta traseira aberta. Ainda, antes de entrar no veiculo, recomendou-me procurar informar-me a data da chegada do equipamento da Filial, repassando a ele.

Quando cheguei, já havia representantes do governo á minha espera. Queriam contratar o fornecimento de toda a fabricação de uma nova Droga, que havíamos colocado na nossa linha de produção.

— Nós temos interesse em comprar toda a produção, até o final deste ano. — Propôs. — O Governo tem que combater um foco da doença, antes que vire epidemia.

— Não sei se os senhores já tomaram conhecimento, mas a nossa produção dessa droga ainda é limitada e não podemos disponibilizá-la na sua totalidade, pois temos também que atender os nossos outros clientes. Ainda levará algum tempo para a fabricação atingir um patamar suficiente, para abastecer plenamente o Governo e os demais. Contudo, vamos fazer o possível para destinar o máximo a vocês, — Tranquilizei o emissário, — Vou pedir à área de produção um levantamento do quanto poderá ser destinado à campanha. Despedimo-nos, garantindo que tão logo possível repassaria a informação.

Dentro de mais uma semana, possivelmente as máquinas estariam chegando ao porto, foi o que obtive a respeito da solicitação do Dr. Marmo. Imediatamente transmitida à sua Secretaria.

A diretoria deverá reunir-se na sexta-feira pela manhã, para decidir sobre diversos assuntos pendentes: Um deles refere-se a uma ação que a Selsium move há anos contra uma Empresa Americana, fornecedora de matéria-prima, ao cessar intempestivamente o envio de um princípio ativo de certo medicamento. Foi interrompido o fabrico do produto, ocasionando assim o descumprimento do contrato com o Governo. A multa com que o laboratório teve que arcar, quase o leva à falência na época.

Na terça-feira Ísis telefonou, pedindo que a acompanhasse ao shopping, para que eu a ajudasse escolher um presente para seu Pai, que iria aniversariar no domingo. Embora tenha relutado não entender do assunto, não pude escapar do compromisso, mas, a justificativa dela convenceu-me. Disse que se fosse presente do sexo feminino, não precisaria de ajuda.

Na sexta-feira às oito horas a Diretoria já estava toda presente no Auditório, esperando somente a chegada do Presidente. Enquanto isso já trocava conversas informais, sobre os assuntos da pauta. Um dos presentes abordou um assunto, que fez meus ouvidos se aguçarem. Ele comentava sobre o Processo contra a Multinacional, que já se arrastava há um bom tempo, sem ter ao menos chegado a ser julgado na Primeira Instância. Informava Ele, que tinha visto em um jornal televisivo que, só depois de quase vinte anos, as famílias das vítimas de um desastre aéreo iriam receber a indenização da companhia aérea. Aproximei-me do colega, a fim de obter maiores detalhes, pois a informação pareceu-me familiar.

— Que desastre é esse de que você esta falando, eu não me lembro. — Fiz-me de ingênuo, — Onde foi isso?

— Oh, rapaz! Não se lembra daquele avião, que caiu no Norte, não se sabe se na Selva Amazônica ou no Pará, com quase duzentos passageiros, matando todos eles, e que até hoje não encontraram os destroços? Isso foi mais que noticiado na época. — Tentava fazer-me lembrar.

— É! Lembro-me vagamente dessa história.

— Pois é! Esse caso do processo da Selsium, além de tudo, é contra empresa estrangeira, que torna mais complicada a situação.

Hei! O presidente acaba de chegar. — Informou. Vamos tomar nossos lugares.

A reunião transcorreu como sempre, debates e discussões, e, ao final, alguns itens ficaram pendentes.

No domingo, a comemoração seria uma surpresa para Dr. Marmo. Apenas um almoço na residência, preparado por Ísis e o prato preferido, seria uma feijoada light, que raramente comia, devido ao seu colesterol elevado. O único convidado fui eu, que, por sinal, muito me honrou ser lembrado. Após os cumprimentos, Ísis voltou para a cozinha, para as ultimas providências. Eu e o aniversariante, sozinhos, parece que o animou a tocar no velho assunto.

— Com é, Jorge? Será que hoje vou ganhar o presente que há muito espero de Você? — Cabisbaixo, coçava o queixo, enquanto olhava de baixo para cima. — Risos.

— Dr. Marmo! Ainda estou ensaiando, tenho que perder o medo. E se eu levar um fora?

— Eu posso garantir que não. — Afirmou.

Nisso, Ísis acabou de entrar trazendo uma grande travessa fumegando, uma feijoada de dar água na boca. Após uma breve oração, começamos a nos servir. Realmente há muito não fazia parte de um banquete com aquela qualidade. A feitura com esmero, usando ingredientes light e com temperos de ervas finas. Ísis acabava de provar, mais esta grande qualidade. Aquilo completava tudo que eu esperava de uma mulher, para chamá-la de minha.

Após o cafezinho, senti que seu pai estava agoniado à espera do meu pedido. Foi quando arrisquei: Ísis, Você quer se casar comigo? Percebi que ela não esperava aquela minha atitude. Ficou imóvel olhando para mim, sem nada dizer.

— Você ouviu isso, minha filha? O Jorge quer casar contigo! — Tentando acordá-la.

— Há! Ouvi sim papai! Ouvi o que o Jorge disse.

— E então? Responda ao rapaz.

— Realmente fui pega de surpresa. Pensei que iríamos comemorar somente o aniversário de papai. Mas, pelo que vejo, teremos muito mais motivos para alegrar este almoço. — Falou com ar de espanto. — Jorge, é isso mesmo que você quer?

— Não responda à minha pergunta, com outra pergunta. Quer ou não quer casar-se comigo? — Insisti.

— É claro que quero. E como quero. Seria uma imbecil em recusar este seu pedido. — Confirmou Ísis.

— Estava apreensivo, com medo de receber um não.

— Deixa de bobagem Jorge, Você bem sabe que sempre esperei por este momento.

— Queria pedir apenas duas coisas: Que seja o mais breve possível e com uma cerimônia simples, sem festa e badalação, pois sabe que sou avesso a essas coisas. Se possível com a participação de seu pai e as testemunhas. — Ponderei para que nada se tornasse público, — De preferência, naquela capelinha que conhecemos lá em Curitiba.

— Por que em Curitiba Jorge? — Perguntou Dr. Marmo.

— Sabe o que é doutor, não vou me sentir bem com muita gente olhando, desfilando a caminho do altar, com uma noiva bem mais nova que eu e, ademais, que não tenho familiares e nem amigos para compartilhar comigo esse grande acontecimento, — Justifiquei.

— Bem! Por mim, não vejo inconveniente — Concordou Dr. Marmo.

— Faremos como Você quer. O que importa para mim mesmo é a nossa união — Ísis gentilmente atendeu o meu pedido.

— Ótimo. Que tal meu convite para comemorarmos hoje à noite, jantando num bom restaurante?

— Podemos ir sim, aliás, será a comemoração do nosso noivado — Assegurou Ísis.

— O convite é extensivo a toda a família. Pai e filha — Risos.

— Eu agradeço a gentileza, Jorge! Mas a comemoração fica mais romântica, sem a participação de convidados — brincou Dr. Marmo.

— Ísis não se preocupe, a aliança será colocada no seu dedo, na hora do jantar. Assim que eu voltar a pedir-lhe formalmente em casamento.

— Há! Quer dizer que as alianças já estão prontas? Sabe que você é muito convencido, Senhor Jorge! Mesmo antes de ter o meu sim, mandou confeccionar as alianças? — Brincou Ísis — E se eu dissesse não, como ficaria sua situação, com alianças, sem noiva?

— Não haveria problema com elas, foram compradas com a possível devolução — Gargalhada geral. — Bem! Já que tudo está acertado, irei embora. Mais tarde, passo para apanhá-la para o jantar. — Despedi-me.

Sai da residência dos Pesonni, com certa preocupação. A cada dia que passava, aumentava ainda mais minha cautela, em manter sempre a minha verdadeira identidade. Não só perante Ísis e seu pai, como também em relação à minha vida pregressa, cheia de tanta complicação, inclusive esposa e conhecidos do passado. A minha grande esperança, que existia em voltar ao meu convívio de então, transformou-se em pesadelo, caso isso viesse a acontecer. Max não existe mais e Jorge é uma farsa. Tenho que trabalhar esta situação, com muita precaução e inteligência, para que tudo não vá de água abaixo. A realidade atual tem que ser mantida a todo custo, pois estou numa estrada de mão única, sem retorno. Portanto, minha imagem física tem que ficar bem longe de qualquer holofote. Mas, estarei bem atento a tudo isso, que poderá comprometer-me.

Na hora marcada, apanhei Ísis e dirigimo-nos ao restaurante, conforme o prometido. A noite bastante chuvosa parecia não cooperar com os meus planos, pois esperava um luar maravilhoso e, se possível, com lua cheia. O ambiente acolhedor do restaurante, com uma calefação, transformou a noite fria em um precioso convite ao aconchego, de um bom motel após o jantar. A comida, de boa qualidade acompanhada com uma taça de vinho do Porto, completava para proteger do frio, que existia do lado de fora.

Como prometido, formalizei novamente o pedido e coloquei no dedo de Ísis a aliança, gravada com o meu nome. O mesmo aconteceu com o meu dedo, da mão direita. A partir desse momento, Jorge e Ísis estavam noivos. Após o jantar, convidei a minha noiva para uma passadinha no motel. Ela concordou de imediato. Nem mesmo a forte chuva impediu o nosso programa. A passadinha rápida que deveria durar pouco mais de uma hora prolongou-se noite afora. Quando pensamos em deixar o motel, aquela cama acolhedora nos prendia em baixo do edredom, aquecido pelo amor ardente de um casal apaixonado.

Somente ao amanhecer a chuva partiu, deixando os primeiros raios do sol penetrarem na fresta da cortina colorida do quarto. Levantamos rapidamente e, após tomarmos o café da manhã, saímos correndo para a fábrica, para o primeiro expediente.

Na reunião da diretoria naquele dia, constava da pauta a visita às obras da nova fábrica em Curitiba. Como já havia acertado em reunião anterior, eu seria o diretor responsável pelo acompanhamento da sua construção, até o final.

No dia seguinte, parti no primeiro voo para a capital do Paraná, em cumprimento à minha inspeção. Após deixar a bagagem no hotel, corri para o canteiro da obra, para inteirar-me da atual situação e iniciar a elaboração do relatório sobre o seu andamento. Em dois dias, o meu trabalho estava pronto. O cronograma estava um pouco atrasado, mesmo assim constatei que aproximadamente 70% já estavam concluídos. A parte operacional, que havíamos colocado como prioridade, já estava pronta e as máquinas e todo o equipamento haviam chegado do exterior e sua montagem, feita por técnicos das fornecedoras, seguia em ritmo acelerado. A nossa previsão era que o complexo fosse inaugurado nos próximos seis meses, conforme determinação do diretor presidente da Selsium.

De volta à matriz, solicitei uma reunião da diretoria, para divulgação do relatório da nova fábrica. Na reunião, prestei informações sobre minha viagem. Cobrei do diretor financeiro um exame do fluxo de caixa, para saber da capacidade atual do aporte disponível, para não deixar a Empreiteira atrasar a obra, alegando falta de repasses. Informou-me que estava providenciando junto aos Bancos uma complementação orçamentaria, para atender a forte demanda nos gastos.

Dr. Marmo mostrou-se satisfeito com o andamento e ressaltou que, sem dúvida, é um passo decisivo que a Selsium está dando, rumo à sua consolidação futura no mercado internacional dos medicamentos genéricos, tendo em vista que no Brasil já somos uma marca conhecida em todo o território nacional. Agradeceu a presença de todos e deu por encerrada a reunião.

Ísis pediu-me que ficasse e esperasse por ela, pois havia marcado uma coletiva com a imprensa, para falar da nova fábrica. Mas, arranjei uma desculpa e retirei-me antes que o pessoal da televisão chegasse e começasse as gravações. Parece que estava adivinhando, na minha sala estava um grupo de japoneses à minha espera. A secretária informou-me que o presidente ligou determinando que eu os atendesse. Tratava-se de representantes de um holding, interessados em nossos produtos, para enviá-los a países da África, onde realizavam uma campanha em socorro humanitário, no combate a doenças com iminência de transformar-se numa epidemia.

Embora alegando tal iniciativa, informei que nossa Empresa não estava, no momento, preparada para atender tal solicitação, tendo em vista estarmos trabalhando no limite, para atender nossa clientela interna. Contudo, se ainda estiverem interessados nos nossos Medicamentos, num futuro próximo, poderemos atendê-los na nossa nova fábrica, que será inaugurada dentro de seis meses. Não descartaram a possibilidade e prometeram procurar-nos oportunamente.

No restante da tarde, meu tempo foi totalmente dedicado às pendências dos dias em que estive ausente. Uma das principais refere-se à oportunidade surgida, com a quebra de patente de um medicamento de alto custo, que está livre para o fabrico de genéricos, é nossa especialidade.

Ísis telefonou para minha secretária, pedindo que, tão logo tivesse tempo disponível, retornasse a ligação, mas, por incrível que pareça, foi até o final do expediente e não consegui esse tempo disponível.

— Dona Mônica, ligue para Ísis e verifique se ela ainda está na empresa.

— Pois não, Dr. Jorge farei isto agora

— Se já estiver ido embora, não precisa ligar para sua casa.

— Dona Ísis, um momento, Dr. Jorge vai falar. Está na linha, doutor?

— Alô Ísis.

— Oh, Jorge! Imagine se fosse caso de morte, eu já havia morrido. — Brincou.

— Perdão, meu amor. Sabe que hoje à tarde não tive um minuto de sossego? Um grupo de japoneses tomou-me quase o tempo todo. Mas, diga lá! Já que você está viva.

— Sabe o que é, meu bem. Precisamos decidir logo onde iremos morar. Estive pensando, se você não se opuser, eu prefiro continuar junto do meu pai. A casa é muito grande, e até porque seriamos útil com companhia para ele. Sozinho, coitado, a solidão poderia ser cruel.

— Claro Ísis, vamos discutir isso com calma ainda esta semana. É necessário que ele manifeste a sua opinião. — Ponderei com cautela.

— Sim, amor! Concordo que ele participe da decisão.

— Então! Pode marcar com ele, para discutirmos o assunto. Tá bem, querida?

— Tá bem amor. Um beijo.

O restante da semana, embora com bastante trabalho na indústria, as coisas fluíam de maneira satisfatória. Os nossos compromissos na área de vendas eram sempre atendidos tempestivamente, não podíamos negligenciar nas entregas, evitando reclamações por parte dos nossos clientes.

Com o novo Parque Industrial de Curitiba, a nossa previsão é de aumentar em três vezes a nossa produção, no primeiro ano de funcionamento e, no prazo de cinco anos, em dez vezes.

Amanhã, sábado, deverei ir até a casa dos Pesonni, para decidir com Ísis e seu pai sobre a nossa moradia. Talvez fosse morar na casa com Dr. Marmo, a medida mais sensata. Ísis tem razão, o velho já perdeu a esposa e agora, viver sozinho sem a única pessoa que ainda lhe resta da família, seria doloroso para ele. Mas, isso irá acontecer somente se Dr. Marmo achar que lhe é conveniente. É claro!

— Dona Mônica, por favor, quero falar com Ísis.

— Alô Dona Ísis, o Dr. Jorge quer falar com a senhora, um instante, por favor.

— Como vai a minha diretora predileta?

— Ah! Vou bem obrigada. E meu noivo amado, vai bem? Qual o motivo da agradável surpresa?

— Sabe Ísis, estive pensando. Vamos resolver logo amanhã o assunto com o seu pai?

— O assunto que você diz, é o da moradia pós-casamento? — Fez-se de desentendida.

— Sim, meu amor. Qual o outro problema pessoal que temos, para resolver com ele?

— Nenhum, claro. Podemos sim. Olha! Aproveite e vá almoçar conosco.

— Claro, posso fazer esse sacrifício — Brinquei — Por você, é claro.

— Faça isso por mim. Por favor.

— Estarei por lá por volta das dez horas. Ok?

— Ok. Espero-te. Beijos.

Resolvendo isso amanhã, ficarei mais tranquilo, pois será um problema a menos, na segunda.

No primeiro dia útil da semana, teremos uma reunião de diretoria. Não me parece ser um bom acontecimento. Uma das diretorias está desagradando o presidente e isso, quando acontece, é demissão na certa. Mas, deixe isso para lá, o meu assunto é outro com Dr. Marmo.

Como sempre, cheguei vinte minutos antes da hora marcada. Detesto fazer-me esperado, acho que é uma verdadeira falta de educação tal comportamento.

— Bom dia, Selma. — Fui recebido pela Governanta.

— Bom dia, Dr. Jorge. Como vai o senhor?

— Muito bem, obrigado Selma.

— Ísis e Dr. Marmo, logo descerão. Aceita algo para beber, Dr. Jorge?

— Não, não Selma. Obrigado.

— Fique à vontade. Logo estarão no salão.

— Aliás, eu é que sou apressadinho, o horário marcado foi a partir das dez horas e ainda falta quase meia hora. — Justifiquei com um sorriso sem graça. — Eu sempre procuro chegar um pouco antes, nos meus compromissos.

— Mas, o senhor está certo. As pessoas educadas, como o senhor, são assim mesmo, — Tranquilizou-me Selma. — Não disse? Lá vem Ísis, descendo as escadas. Linda, como sempre. Não é, Dr. Jorge?

— Sem dúvidas. Linda, cada dia mais.

— Olá querido! Desculpe fazê-lo esperar. Chegou há muito tempo? — Indagou — Desculpe.

— Eu é que peço desculpas, cheguei bem antes do combinado.

— Melhor assim, meu amor. Gosto da sua pontualidade. Igual a você, somente relógio londrino. — Brincou sorrindo.

— Papai descerá logo, esta acabando de se vestir.

— Mas, espere ai! Dê uma voltinha, para que eu veja você por inteiro, com toda esta elegância.

— Que é isso, Jorge, não estou nada diferente dos outros dias, — Desculpou-se. — Aliás, estou usando roupas do uso cotidiano.

— Concordo, porque até no cotidiano, você está sempre elegante.

— Bondade sua meu amor. Sinto-me feliz com o elogio, isto significa que você me ama. A pessoa amada é sempre notada quando é correspondida. Meu pai está descendo, vamos para a outra sala.

— Vamos. Como passou de ontem, Dr. Marmo? — Indaguei.

— Graças à Deus, bem e você, Jorge, como está?

— Bem, obrigado.

— Vamos nos assentar. Papai ocupe o seu lugar de sempre. Jorge sente aqui, perto de papai e eu ficarei de frente, para conversarmos melhor.

— E então, Jorge? Fiquei muito feliz, em aceitar o pedido de Ísis para viverem aqui comigo, depois de casados. Será ótimo para todos nós, principalmente para mim. Não sei se conseguiria viver sozinho, com Selma cuidando de mim nesta casa triste, depois da morte da minha querida Mafalda.

— Pois é Dr. Marmo. Minha dúvida, é que talvez o senhor sinta a sua liberdade prejudicada e por educação, suportasse a minha presença. Tenho medo que isso venha a ocorrer. Não quero de maneira nenhuma que a rotina da casa de vocês, seja mudada com a minha presença. — Revelei a minha preocupação.

— De maneira nenhuma, pelo contrário. Não quero perder a minha filha e sim, ganhar um genro. — Tranquilizou-me. — Quero que esta casa, tenha mais movimento como em anos atrás.

— Obrigado Dr. Marmo. Sendo assim, sinto-me mais à vontade. Farei tudo para não incomodar. .

— Não vai incomodar ninguém, Meu Amor. Já conheço os seus costumes, mesmo antes de casarmos. Você é um daquelas pessoas, que teve uma boa educação, de bons princípios, — Elogiou Ísis.

— Espero nunca decepcioná-los por toda essa confiança, que sempre depositaram em mim. Não sei se mereço tanto.

— É claro que merece isso e muito mais. Você salvou Ísis, do pior caminho e a fez feliz novamente. Eu é que me pergunto; será que mereço isso tudo novamente? — Ao dizer isto, Dr. Marmo ficou com os olhos rasos d'água.

— Mas, afinal de contas, vamos almoçar ou ficar trocando elogios? — Intercedeu Ísis para arrefecer os ânimos.

— Vamos sim, antes que esfrie. Pode ir servindo Jorge. Vou terminar primeiro o meu Scotch.

— Ô Selma! Este tutu está divino, do jeito que eu gosto.

— Claro Ísis, fiz o seu prato predileto, que há muito tempo não era servido. É para acompanhar a costelinha de porco com mandioca.

— Muito bom mesmo! — Concordei com Ísis. — Estou cansado de restaurante.

— Calma, meu amor! Depois do nosso casamento, iremos comer todos os dias, em casa. Eu, você e papai. Não sei se Selma vai gostar.

— Claro que vou! Não vai modificar em nada. Vou apenas colocar um pouco mais de água no feijão, (risos), como diz o ditado.

O dia foi muito agradável. Após o almoço, fui para casa descansar mais tranquilo, tendo em vista o acertado, que iríamos morar na Mansão dos Pesonni.

Na segunda-feira, às oito horas, todos aguardavam na sala de reuniões a chegada do Dr. Marmo. O clima um pouco nervoso, reinava entre os participantes embora não se sabia exatamente o teor do que se iria discutir. Uma coisa era certa: cabeça iria rolar. O presidente que não era de se atrasar, chegou com quinze minutos após às oito. Desculpou-se pela demora, atribuindo ao trânsito o ocorrido. Após a abertura dos trabalhos, informou os itens que seriam discutidos. Abordou em primeira mão a sua insatisfação pelo não cumprimento, de algumas das suas determinações por parte da diretoria de recursos humanos. Alegou o Presidente haver solicitado à referida diretoria um relatório minucioso sobre a situação da Selsium, perante o Ministério do Trabalho, órgão que fiscaliza e controla o comportamento das empresas, nas suas obrigações trabalhistas.

Devido ao não atendimento da sua solicitação tempestivamente, acreditou que o acúmulo de trabalho na referida divisão dificultava a elaboração do relatório. Mas, o fato do não recolhimento das obrigações trabalhistas, nos seus devidos vencimentos, impedia a informação à presidência, até que a situação fosse efetuada. Para infortúnio do diretor, a informação chegou ao conhecimento do presidente, através do próprio Ministério do Trabalho, pois a fiscalização do órgão numa das suas auditorias rotineira às empresas constatou as irregularidades. Além de exigir o recolhimento de imediato dos encargos, ainda foi atribuída uma multa maior que a própria dívida.

Após a divulgação do ocorrido, a reunião ficou um pouco tumultuada, devido às explicações infundadas que eram apresentadas pelo Diretor. Não tendo justificativas satisfatórias para convencer os presentes, ele achou por bem demitir-se naquela oportunidade. Porém, o presidente alegou que o assunto de demissão ele não costuma tratar em reunião. Casos dessa natureza, ele só resolve em seu gabinete, a sós com o servidor. Isto não é decisão de diretores e sim, de presidente. — Apresentando certa irritação, deu por encerrado o assunto e convocou o diretor para comparecer, após a reunião no seu gabinete. Prosseguiu, discutindo os demais itens da pauta. É obvio que ele será exonerado do cargo, mas não na presença dos demais, seria acima de tudo, um ato constrangedor e humilhante para o demitido.

Ao término da reunião, agradeceu a todos e fomos liberados. Fui para casa após o expediente, com certa pena daquele colega e, ao mesmo tempo, indignado com a sua falta de cuidados, que a função exigia da sua parte. Ele é sabedor do temperamento do Dr. Marmo, trata-se de patrão extraordinário, mas, coisas dessa natureza ele não perdoa nem a filha. Tenho certeza que este tipo de atitudes, ele toma contrariando a sua vontade.

Só consegui ir para a cama, após a meia-noite. Estava assistindo a um filme que pegara na locadora, que me prendeu até as cinco da manhã. Acordei sobressaltado com o telefone tocando insistentemente. Era Ísis.

— Jorge, desculpe acordá-lo. Estou no hospital, meu pai sofreu um enfarte e está no centro cirúrgico.

— Mas, como foi isto? A que horas?

— Acordei pouco depois da meia-noite, com algum barulho estranho. Corri para o quarto dele e o encontrei agonizando. Liguei imediatamente para o hospital e pouco depois, chegou a ambulância e fomos às pressas para o Pronto Socorro. Foi a salvação. O médico disse que se demorasse a ser socorrido, não teria sobrevivido.

— Mas, Ísis, somente agora foi ligar-me? — Falei irritado — Tinha que ter feito isso, logo na hora do acontecido.

— Perdoa amor! Mas, qualquer minuto desviado naquele momento, poderia ser fatal para ele. E só resolvi ligar agora, porque queria deixá-lo descansar um pouco mais. Na verdade, agora quase nada podemos fazer para ele. Esta nas mãos de Deus e dos médicos.

— Estou indo imediatamente.

— Não precisa correr. Está no centro cirúrgico e, pelo visto, não sairá tão cedo. Fique calmo. — Sentenciou.

Apressadamente aprontei-me e sai às pressas rumo ao hospital. Estacionei o carro de qualquer maneira e subi as escadas, de dois em dois degraus. Na recepção fui informado onde era a sala de espera do centro cirúrgico. Lá estava Ísis.

— Minha querida! Deveria ter me avisado. — Abracei-a demoradamente. Senti a sua tristeza, estampada na sua pálida face.

— Pois é! Queira Deus que papai consiga sair dessa. Embora com a sua idade avançada, sempre foi um homem com uma saúde invejável. Isso vai ajudá-lo muito, a superar a situação.

— É claro! Ele tem uma saúde de ferro. — Acrescentei ás suas afirmações. — Vai superar tudo. Com certeza.

— Vamos até ali na lanchonete. Já está aberta.

— Será que conseguiremos um leite bem quente? — Perguntei a Ísis.

— Certamente. Será bom para esquentar. Está bastante frio, aqui dentro.

— Hei! Espere. Aí vem o médico que esta atendendo papai.

— Você é a filha do paciente, não é?

— Sim, doutor! Como está ele?

— Terminamos agora a cirurgia. Uma safena e duas mamárias. Os colegas estão finalizando as suturas e logo depois, ficará em observação até voltar do efeito da anestesia.

Deverá acordar daqui a uma meia hora, mas, permanecerá na UTI. Correu tudo bem. Vamos aguardar.

— Obrigado, doutor. Foi tão grave assim?

— Meu medo é que ele não suportasse, à demora da Cirurgia. Foram quase cinco horas. Mas, o perigo já passou. Agora, é só aguardar voltar da anestesia.

— Ah! Que alívio o senhor está me dando doutor! Assim, fico mais tranquila. — Falou Ísis levantando as sobrancelhas.

— Agora vamos tomar o tal leite quente, minha querida.

— Vamos sim. Vou também comer alguma coisa, estou com fome.

— Sabe Ísis! Para mim, tudo isso que aconteceu com seu pai foi produto daquela reunião de ontem.

— Engraçado, ainda não tinha aventado essa hipótese. Mas, acho que você tem toda razão. Papai sofre muito quando tem contrariedade. Foi isso mesmo que o levou a esse enfarte.

— Por favor! Tem aí um leite quentinho?

— Tenho sim. É puro ou com café?

— Prefiro com café. E você Ísis?

— Se puder! O meu, prefiro com chocolate. Pode ser?

— Claro! Vão comer alguma coisa? O pão de queijo está acabando de assar.

— Oba! Pode nos servir alguns. — Disse Ísis.

— Ísis, você sabe que seu pai deverá mudar o seu ritmo de trabalho. Não sabe?

— Sei sim, Jorge. Já estive pensando nisso. E o difícil, vai ser conseguirmos essa proeza. — Meneou com a cabeça.

— É. Concordo. Mas tem que ser feito a qualquer custo.

Ele tem que aceitar. Se é que tem vontade de viver por mais alguns anos.

— É verdade. Vamos?

— Vamos. Estou sentindo que você está muito ansiosa. Quem sabe, lá na sala de espera, você acalme mais.

— Vamos sentar naquele sofá. Estou muito cansada.

— Não quer tentar, dormir um pouco naquele sofá duplo? Ficarei na vigília. Estou descansado. Aproveite. Quando tiver qualquer novidade, eu te acordo.

— Não. Obrigada. Como posso dormir Jorge? Só acalmarei, quando falar com papai.

— Esta bem. Pelo menos, deite. Assim descansará o corpo.

— Ponderei. — Sei que não dormirá. Mas, fará relaxar.

— Tá bem! Farei isso.

Vinte minutos depois, lá vem dois enfermeiros empurrando a maca, levando Dr. Marmo rumo ao quarto. Ísis levantou-se e foi ao seu encontro.

— Por favor, não fale com ele. Deverá continuar em repouso, pelo menos por mais uma hora. Isso lhe fará bem. — Sentenciou a enfermeira. — Vocês poderão ficar no quarto ao lado dele. Porém, sem incomodá-lo. Por favor. Obrigada.

— Sim! Ficaremos em silêncio. Ele, como está?

— Está bem. Acordou, falamos com ele e disse que estava bem e dormiu outra vez. É normal. Embora a anestesia acabasse seu efeito, mas deixa a sonolência por mais algum tempo. Não se preocupem. Ele reagiu muito bem.

— Graças a Deus. Que ele fique bom logo. E tudo que eu quero! — Desabafou Ísis.

— Pois é! Agora vamos deixar seu pai descansar. Vamos sentar e deixá-lo dormir.

Dr. Marmo só deu sinal de vida, quase uma hora depois chamando por Ísis.

— Ô minha filha! — Estendeu a mão para ela. — Você viu? Quase fui. Mas acho que ainda não foi desta vez.

— Mas o susto passou meu pai. Deus não quis que fosse desta vez.

— Jorge! Você também está aqui?L

— Claro, doutor. Estamos aqui ao seu lado, torcendo para que tudo dê certo. E deu. Graças a Deus.

— Ísis, pergunte ao médico, se podem me dar água. Estou com muita sede.

— A enfermeira recomendou que não desse nada oral, e que o doutor virá mais tarde, para prescrever a sua dieta. Portanto, vamos aguardá-lo.

Dr. Marmo permaneceu no hospital por mais nove dias. Foi liberado, porém, com algumas restrições. Pequenas caminhadas dentro de casa e não subir escadas. Até segunda ordem.

Enquanto dávamos expediente na fábrica, além dos cuidados da Selma, uma enfermeira foi colocada à sua disposição. Após duas semanas, o paciente ainda estava em casa para total recuperação.

Dr. Marmo determinou que eu fosse visitar as obras em Curitiba e que não aceitasse desculpas no atraso, pois queria inaugurá-la o mais rápido possível.

Esperei mais dois dias para viajar. Queria saber os resultados dos últimos exames, para ouvir da equipe médica o diagnóstico.

Foi tudo confirmado normal. Sua recuperação estava dentro da previsão dos cirurgiões.

Segui viagem na quarta-feira daquela semana. Desembarquei logo cedo e após deixar a bagagem no hotel, dirigi-me em seguida para o canteiro de obras. Confesso que até me surpreendi com o andamento. O cronograma estava bastante adiantado na previsão. O pessoal da engenharia acompanhou-me na visita, detalhando cada passo que seria dado na sequência dos trabalhos. Saí impressionado com a eficiência da empreiteira, aliás, antes de contratá-los fizemos uma pesquisa de mercado e constatamos que além de ser a mais gabaritada para tal fim mantinha rigoroso controle para cumprimento tempestivo na entrega das obras contratadas.

De volta, relatei em reunião os resultados da minha viagem. Dr. Marmo já havia nomeado o novo diretor financeiro. Pelo visto, não me deixou dúvidas que se trata de um jovem: dinâmico, inteligente e acima de tudo, bastante interessado em conhecer a vida da empresa, nos seus detalhes. Todos se mostraram satisfeitos com os meus relatos, das informações colhidas junto à empresa responsável pelas obras da futura filial da Selsium.

Após a reunião, Ísis convidou-me para acompanhá-la até sua casa, para colocarmos em dia nossos assuntos. Coisas de mulher. Um café bem gostoso foi servido por Selma e, claro, acompanhado por um bolo de coco, que somente ela sabe fazer. Mal assentamos à mesa, Selma chega de braços dado acompanhada do Dr. Marmo. Em casa ele era tratado com os mimos de Selma.

— Jorge! Você sabe que recebê-lo em nossa casa, nos dá um imenso prazer.

— Ô Dr. Marmo! Obrigado por tamanha consideração.

— Tenho uma novidade para os dois: o médico acaba de sair. Estou totalmente liberado para o trabalho. — Falou com alegria. — Amanhã mesmo volto ao batente.

— Que ótimo papai! Sente-se aqui, bem pertinho de mim. — Obrigado filha. Sabe Jorge, estou sendo tratado a pão de ló. — Brincou.

— Mas, é assim que tem de ser. Aliás, esse trio está à sua disposição, 24 horas por dia. É o mínimo que podemos fazer para ajudá-lo a recuperar o mais rápido possível. — Confessou Ísis, cheia de felicidades. — Olha! Este cafezinho de Selma, está nota dez. Não é pessoal?

— Está mesmo, uma delícia minha filha. Não sei o que seria de nós, sem a Selma nesta casa. — Confessou. — Este bolo, então!

— Muito bom Selma. — Afirmou Ísis.

— Jorge, queria pedir uma coisa a vocês dois. Porque não abreviamos esse casório? Já que resolveram, ser tudo muito simples, não vejo porque, tamanha delonga. — surpreendeu Dr. Jorge.

— Bom. Da minha parte, tudo bem. Não sei se Ísis tem alguma objeção.

— Não! Não tenho nenhuma objeção.

— Então? O que estão esperando para fazer correr os papéis, e marcar logo a data? Não vejo o porquê de tamanha demora.

— Sim! Também concordo. É só Ísis autorizar e vou correr atrás disso. — Prontifiquei.

— Amanhã mesmo, passo para você todos os meus documentos. Assim, não precisará da minha presença nas repartições.

Levei uns dez dias para juntar os papéis nos órgãos da Justiça. Agora, basta eu e Ísis comparecer à igreja e marcar a data, com o pároco. Aquela ideia de casar em Curitiba, não vingou. Ademais, não há necessidade de ir para bem longe, da vista dos jornalistas e curiosos. Pois, a cerimônia será bastante íntima e ninguém, além das testemunhas, tomará conhecimento do ato. Nossa lua de mel será rápida e por perto, tendo em vista a preocupação com a saúde do Dr. Marmo.

Naquela semana mesmo, procuramos a igreja, o padre tinha a agenda livre, no primeiro sábado do mês seguinte, ou seja: Vinte e um dias à frente. Foi ótimo, a data disponível dava tempo para a noiva encomendar roupas para a cerimônia.

Dr. Marmo gostou muito, quando informamos a ele o dia exato do casamento. Pareceu-me que recebeu a notícia, como um alívio para a sua ansiedade. Senti no seu semblante dois olhos pequeninos brilharem com uma intensidade que eu jamais notara. Parecia mais uma criança recebendo o presente, que há muito sonhava em ganhar. Só não saiu divulgando nos quatro cantos do mundo porque pedimos sigilo absoluto.

O tempo foi passando, enquanto corríamos nos preparos. A ansiedade aumentava e os dias e horas, pareciam voar.

Finalmente, o tempo expirou. O dia 16 de maio chegou. Levantei-me bem cedo e da janela do meu apartamento, meus olhos procuravam bem distante, enxergar a imagem remota daquele homem cheio de mistérios. Vida marcada por percalços: Lutas, fama, dinheiro, fracassos, drogas. Enfim, havia experimentado tudo que a vida poderia oferecer a um ser humano. Até mesmo coisas que nenhuma pessoa gostaria de ter vivido e que a sorte lhe impingiu a contragosto. Procurava no infinito uma explicação, porque, depois de tudo que se passou, já não mais sabia quem realmente era. Diante de tudo, perguntava para mim mesmo: Será que fui em outra encarnação. Maximiliano de Castro e Silva e voltei agora na pessoa de Jorge Dias do Nascimento? Será que voltei para ser premiado, por todas as desgraças, que passei com Max? Sobrevivendo a horrores e maus-tratos que a vida me impôs? Quem sabe! Talvez apenas em Deus exista a resposta, para tudo isso. Sei apenas que uma nova etapa surgiu em minha vida e a mim, compete apenas cumpri-la. Executá-la com a mesma coragem com que sempre enfrentei as minhas vitórias e os meus fracassos. Mas, sobretudo com um único objetivo: Sobreviver a qualquer custo.

Tenho que preparar-me para daqui a pouco comparecer ao Cartório, pois Ísis exigiu que as duas cerimônias, fossem em horários diferentes. O religioso só acontecera às seis da tarde na capela "Nossa Senhora da Saúde" Num bairro da periferia.

Conforme o estabelecido, às dez horas lá me encontrava às portas do Cartório de Registros, para cumprir a primeira etapa do meu compromisso com Ísis. Às dez e quinze parava na porta o BMW preto, com a noiva no assento traseiro. O motorista, gentil, abria a porta, donde elegantemente descia a noiva, trajando um vestido cor-rosa-claro, combinando com aquela manhã ensolarada, do mês das flores.

Naquele momento, senti-me novamente valorizado de verdade. Enquanto ela caminhava ao meu encontro, imaginava o quanto a minha vida havia mudado. Imagine? Eu, Max. Ou melhor. Eu Jorge, recebendo naquele instante, uma das mulheres mais ricas da cidade, para não dizer, também, uma das cobiçadas pelos homens mais importantes do meio empresarial, para ser minha legítima esposa. Só esperava que tudo não acontecesse como antes, quando perdi mulher e tudo mais na vida. Não. Não vai mais acontecer. Uma vez já é o bastante, para um pobre coitado como eu.

— Desculpe o atraso meu amor! Sabe como é mulher.

— Não está atrasada meu bem. Eu é que sou apressado mesmo. — Pensei comigo: Esperaria o tempo que fosse. Eu não poderia, era perdê-la. — Vamos. O tabelião já nos aguarda. — Adiantei.

— Papai esta chegando também, com as testemunhas. Entremos e sentemos, enquanto o restante do pessoal também vai se acomodando.

A cerimônia não durou mais que meia hora. Após cumprir as etapas de praxe, as testemunhas foram convidadas a assinar o ato, depois das nossas assinaturas. Terminada a cerimônia, o tabelião fez a leitura do contrato e, ao final, procurou saber se entre os presentes existia alguém que fizesse oposição àquele ato jurídico. Como ninguém se manifestou, deu-se por encerrado o trabalho, atestando a sua validade. Uma das cláusulas que ficou bem clara, na leitura do documento, é que o regime de casamento era: "Separação Total dos Bens". Coisa que é público e notório e que de nada me surpreendeu.

Bem! Queria ou não. Já estávamos casados perante a lei dos homens. Agora resta o ato religioso, que acontecerá logo mais.

Despedimo-nos depois que o pai da noiva convidou a todos para um almoço comemorativo, no restaurante, "Le Gourmet" a partir do meio-dia. Tempo razoável, para que possam ir às suas casas, para livrar-se das roupas formais, por vestimentas mais descontraídas.

Corri para casa para um banho rápido e voltar para o próximo compromisso. Reunimo-nos novamente para o almoço. O cardápio fora especialmente preparado para a ocasião. Vitelo assado com arroz piamont, acompanhado de salada russa. Realmente um banquete dos deuses.

A recepção na igreja ocorreu exatamente no horário estipulado. Ísis foi pontual, pois sabe muito bem que eu primo em ser de horário londrino. Terminada a cerimônia, foi servido ali mesmo no salão da igreja um champanhe francês aos presentes. Dentro de uma hora, desfez-se a reunião.

Dr. Marmo havia oferecido uma viagem para Miami, a qual dispensamos, por motivos já citados. Optamos por uns dias em um hotel de luxo no litoral baiano. Foi uma semana inesquecível. Requinte e sofisticação à moda baiana.

Voltamos renovados para a vida estressante da fábrica. A rotina foi retomada, expediente total para colocar as tarefas acumuladas no período. Voltamos a Curitiba para receber a entrega do equipamento, montado e pronto para entrar em franca produção. Já poderíamos iniciar os testes, mesmo antes da sua inauguração. Fazia-se necessário, para que tudo estivesse funcionando com absoluta perfeição na sua inauguração. Dr. Marmo e Ísis acompanharam-me desta feita. Quando colocaram as máquinas para rodar, dava-se para notar a alegria que contagiava pai e filha, para não dizer: Eu também. O orgulho estampado no rosto, do dono de tudo isto, parecia estar escrito. "Missão Cumprida". Agora é só aguardar o arremate do resto da obra, para marcar a sua inauguração. Realmente essa nova fábrica será o orgulho da Selsium, a menina dos olhos do seu dono.

Marcamos a volta para aquele início de noite. Após algumas horas, aterrissamos em nossa cidade. O automóvel da empresa já nos aguardava para nos transportar até nossas casas. Por ordem do Dr. Marmo o condutor deveria deixar-me primeiro, para só depois seguir para a residência dos Pesonni. Pois ainda restavam algumas malas a serem arrumadas com mais tempo.

— Pois é Jorge! Estou muito satisfeito, com o andamento da nova fábrica. E isso tudo, eu devo a você. A sua constante preocupação em acompanhar passo a passo tudo que aconteceu. Meus parabéns rapaz.

— Obrigado doutor. Mas, minha participação nisso tudo, é muito pequena. Apenas cumpro as suas ordens.

— Deixe de modéstia, meu bem. Papai está certo no que diz. Você realmente esta sendo peça fundamental, para que tudo caminhe conforme o desejado. Eu também parabenizo este marido. Este maridão, nota dez — Risos. — Obrigado meu bem.

— Chegamos, Dr. Jorge. — Avisou o motorista.

— Ah! Sim, obrigado. Ísis pode seguir com seu pai, vou apenas arrumar um resto de coisas, dentro de uma hora estarei por lá. Aproveito também para levar o carro, que ainda está na garagem.

— Não quer que eu fique para servir de companhia a você?

— Não. Não. Acompanhe o seu pai. Logo, logo estarei por lá. Não se preocupe.

— Tá bem! Estaremos esperando você com um cafezinho bem quente. — Com um gesto peculiar, alongou os lábios e simulou um sorriso.

Após uma inspeção geral no apartamento, constatei que nada estava sendo esquecido. Apanhei a mala restante, mais um paletó que estava sobre cama e parti imediatamente para a nova residência.

Dito e feito, Ísis já havia determinado a Selma que preparasse o lanche, com tudo a que tinha direito, inclusive tapioca recheada com queijo de coalho e manteiga do Sertão, que aprendi a saborear, do vasto cardápio de Selma.

Após o lanche, fomos todos descansar depois um dia esticado, com tanta correria. Uma ducha bem quente foi o bastante para relaxar o corpo, proporcionando um sono profundo, até as seis horas da manhã.

Às sete e trinta, a condução já se encontrava na porta da mansão, aproveitamos a carona do Dr. Marmo e às oito horas, já estávamos todos na fábrica. Uma reunião com toda a diretoria iniciou-se às nove. Foi tudo muito rápido, era apenas para decidir que, após as inspeções dos órgãos competentes, a filial de Curitiba iria começar a produzir uma boa parte da linha de medicamentos, para suprir a demanda da fábrica matriz. Foram destacados alguns técnicos para o início das operações, até que o quadro de funcionários fosse treinado, por uma empresa local, especializada no assunto. Contudo, a inauguração, só aconteceria formalmente, com a conclusão total das obras do complexo.

Decorridos noventa dias, tudo já estava pronto para a inauguração, da nova unidade da Selsium. Eu e Ísis passamos uma semana em Curitiba, cuidando dos preparativos, para o grande acontecimento que ocorreria dentro de dezesseis dias. Contratamos uma empresa para organizar e recepcionar duzentos convidados, entre autoridades locais, deputados federais e estaduais, pessoal ligado às áreas farmacêuticas e afins. Só regressamos à matriz após tudo organizado, conforme as orientações do diretor presidente.

Às dez horas do dia 21 do mesmo mês, estávamos toda a diretoria e demais convidados para dar início às solenidades. Após os procedimentos de praxe, foi descerrada pelo senhor prefeito a fita que dava por inaugurada a primeira fábrica de medicamentos genéricos, da capital do estado do Paraná. Assim, fincava pé no sul do país, uma empresa vinda do outro extremo do Brasil: A Selsium Laboratórios Genéricos Ltda. A novidade foi recebida pelas autoridades presentes, como um novo marco para o desenvolvimento do parque químico industrial da cidade.

Partimos de volta a Belém, com a certeza de que nosso futuro na região seria coroado de êxitos, apontados anteriormente em nossas pesquisas. Dr. Marmo nomeou diretores novos, tendo em vista que eu e Ísis não poderíamos nos ausentar de Belém, devido ao estado de saúde do seu pai. Ficou decidido que periodicamente alguns de nós faríamos visitas à nova unidade, para acompanhar seu desempenho. Isso, além dos relatórios, que receberíamos diariamente. Após nove meses de funcionamento, começou a apresentar os primeiros sinais de vitalidade, para seguir em frente com suas próprias forças. Com isso, comprovava as exaustivas pesquisas, feitas por uma empresa altamente gabaritada. Dr. Marmo jamais iniciava qualquer atividade que envolvesse investimentos sem, antes de tudo, ter certeza do seu sucesso. Embora sua formação seja química, e, aliás, trata-se de um dos profissionais mais respeitados do país, possui também talento admirável, na área dos negócios. Costuma relatar em momentos de descontração, para mim, a história da Selsium. Sabe, Ísis, ele conta que no início da sua carreira era apenas um propagador de remédios, de uma multinacional em que trabalhava. Mas, sua visão nas oportunidades que o ramo oferecia o fez pedir demissão e se iniciou como sócio de um amigo que lhe propôs montar um pequeno laboratório para fabricar medicamentos, que não exigiam receita médica, que à época eram livremente vendidos no mercado farmacêutico. Como não possuía capital para a sociedade, foi-lhe proposto que participasse do negócio apenas com seus conhecimentos no fabrico dos medicamentos, e que, com seus honorários, fosse aos poucos, adquirindo cotas da empresa, até atingir cinquenta por cento do negócio. Com o passar dos anos, já possuía metade da pequena fábrica. Seu parceiro já contava com uma idade avançada e o negócio precisava ser ampliado para acompanhar o mercado. Foi quando surgiu a grande oportunidade.

Senhor Salvatore era o nome do sócio, italiano naturalizado e possuidor de algumas outras empresas de maior porte. Certo dia o chamou para uma conversa:

— Meu amigo Marmo Pesonni! Chegou a hora de termos uma conversinha de pé de ouvido. — A seriedade que impunha no assunto, assustava Dr. Marmo. — Já se passaram alguns anos e a nossa fábrica vem sobrevivendo graças à sua dedicação a ela, pois, como tem visto, a minha contribuição é mínima, devido aos meus outros negócios que absorvem quase totalmente o meu tempo. Como não sou mais jovem como você e não almejo crescer mais, os meus negócios, resolvi propor-lhe a venda dos meus 50% para que você, com seu dinamismo, faça deste laboratório um dos maiores do Brasil.

— Agradeço a proposta que me faz, mas, bem sabes que não tenho dinheiro, para comprar a sua parte. Porém, o deixo bem à vontade, para vender a quem possa lhe pagar. — Retrucou o rapaz...

— Não, Marmo! Talvez não tenha notado, mas eu só lhe propus fundar este laboratório com a única intenção de ajudar o amigo. Afinal, minha amizade com o seu pai é de infância e desde o começo noto em você a dedicação ao trabalho, com a esperança de algum dia ser dono do seu próprio negócio e nesse tempo que estamos como sócios, provou-me também que além do talento, é acima de tudo, um homem honesto. Aliás, coisa rara nos dias de hoje. Principalmente no mundo dos negócios.

— Tudo o que você disse eu agradeço, mas, quem vende alguma coisa, quer receber. — Insistiu Dr. Marmo.

— Quem disse que você não vai pagar? Claro que vai, com prazo. Assim como conseguiu pagar a metade. Não se preocupe, vai pagando como puder esse dinheiro não pertence às minhas empresas. É pró-labore, portanto, é de minha conta pessoal. Não tenho que prestar contas a ninguém. E tem mais, quero tudo isso resolvido, rapidamente, para você tocar sua vida nova, com total independência e coragem. Pois, isso não lhe falta. E estamos conversados.

Tudo que acabei de lhe contar Ísis, não é invenção da minha cabeça. Acontece que seu pai, tem mudado. — Comentei, enquanto ela escutava, sem nada dizer. — Não vai falar nada?

— É verdade Jorge! Até estava mesmo querendo comentar isso com você. Engraçado! Papai jamais foi homem de comentar sua vida passada com alguém, inclusive comigo, que sou única filha.

— Sabe o que eu acho? Talvez Ele percebesse que chegou a hora de participar mais, do convívio desta nova família que surgiu, com o nosso casamento. Essa união trouxe para ele aquela esperança de um novo prazer, de voltar para casa e com quem comentar o seu dia, as suas alegrias e frustrações. Aliás, para mim, estamos aos poucos, preenchendo a grande lacuna, deixada pela sua mãe.

— Pode até ser. Mas, continuo achando, tudo muito estranho. Confesso, porém, que estou até gostando de tudo isso. — Risos. — Nunca participei na minha juventude, dos seus negócios, tendo em vista que ao nascer, papai já tinha uma vida financeira estável, embora a Selsium não passasse de uma empresa de pequeno porte. — Com certa discrição, também aos poucos, ia abrindo a sua vida passada.

Naquela quarta-feira pretendíamos chegar bem cedo na fábrica, para a reunião semanal da diretoria. Uma neblina densa cobria toda a cidade. No percurso, nossa visão não alcançava, mais que vinte metros à frente. O veículo rompia vagarosamente e o motorista, com os limpadores ligados à toda velocidade, acompanhava a fila de carros que mais parecia um ritual das cidades do interior, acompanhando o cortejo funeral, de uma pessoa importante. Finalmente, desembarcamos na porta, embora com atraso de meia hora, o que também acontecia com os demais diretores. Somente conseguimos nos livrar um pouco daquele frio, quando estávamos todos, acomodados na sala de reuniões com as portas fechadas, deixando lá fora a temperatura, que não passava de treze graus.

Dr. Marmo iniciou os trabalhos aos exatos trinta minutos de atraso. Numa breve saudação justificou o ocorrido, pedindo desculpas a todos, como também compreendeu a situação idêntica dos demais.

Na pauta, um dos assuntos principais, eram referências à nova filial. Foram abordados comentários de todos os setores, mas, no geral, reconheciam o sucesso que vinha alcançando, no seu todo. Ao terminar a reunião, voltamos para casa. Dr. Marmo não abre mão da comida de Selma, que aprendeu a cozinhar as iguarias da sua preferência, com a sua inesquecível esposa. A comida de hoje é moqueca de surubim, com camarão ao coco. Duvido que alguém se recuse a saborear esse delicioso prato, uma das especialidades regionais.

Às duas da tarde voltamos à fábrica e, desta feita, os agasalhos pesados foram abandonados em casa. A temperatura já havia atingido, por volta dos vinte e seis graus naquela tarde, expulsando totalmente o nevoeiro que se instalara, até a primeira metade daquele dia. O trânsito fluía com normalidade. Exceto, alguns gargalos nos locais costumeiros.

O jantar, como sempre, parecia que fora feito sob encomenda. O curioso é que Dr. Marmo aprecia os pratos brasileiros, como se fossem os melhores. Não lhes tiram o prestígio, nem mesmo diante daqueles famosos da sua terra natal. A culinária italiana é respeitada em todo o mundo, principalmente através da sua variedade farta, dos pratos oriundos das massas e pastifícios, criados a partir da farinha de trigo. Dificilmente sugere a Selma um nhoque ou uma macarronada.

Após a refeição, costumamos assistir à televisão. Isso, quando não tem assunto melhor, para o bate-papo. Aliás o que ultimamente nos tem afastados da telinha.

Dr. Marmo quase todas as noites tem sorrateiramente nos conduzido à grande sala de estar para dar continuidade à narrativa, da história da sua vida. Ísis disse-me que parte dos acontecimentos, ela se lembra vagamente por ser ainda uma criança à época. Mas, os episódios vividos pelo casal, talvez ele a tenha poupado, até porque contar-lhe serviria apenas para atormentar a sua mente infantil. Como também, em nada iria contribuir para solucionar os problemas.

Naquela noite, seu Pai iniciou a conversa, partindo evidentemente de onde havia parado.

— Tão logo assumi por inteiro a responsabilidade dos negócios, a minha primeira providência foi mudar o nome da empresa. Doravante se denominará Laboratório Selsium Ltda. Queria a minha própria marca. Daquele dia em diante, não seria mais: Fábrica de Medicamentos Palermo. Era uma homenagem que meu sócio, Salvatore de Biazi prestava à cidade italiana.

— Resolvi ficar noivo de Giovana, com a qual já mantinha um namoro, há mais de um ano. Giovana era filha de patrícios italianos, que vieram antes de mim, para trabalhar na lavoura de café. Essa agricultura naquela época era considerada uma das mais promissoras no Brasil. Com isso, italianos, japoneses, etc. migravam com suas famílias para trabalhar nas lavouras mantidas por ricos fazendeiros. O trabalho era quase na sua totalidade desenvolvido manualmente tendo em vista a falta de maquinários adequados. A tecnologia, ainda longe de surgir, requeria um esforço maior do homem no desempenho das suas tarefas.

— Entre noivado e casamento, foram seis meses. Resolvemos evitar filhos por algum tempo, queríamos estruturar um pouco mais as nossas finanças.

O laboratório seguia bem, até quase os quatro anos seguintes. Com isso, consegui quitar tudo com o meu amigo Salvatori. Porém, em 1954, com a morte do presidente, Getúlio Vargas, a empresa começou a entrar em crise. Um dos principais clientes, que sustentava a pequena fábrica, era o governo federal. Nosso fornecimento foi suspenso, até que a situação voltasse à normalidade. Com isso, agravou-se sobremaneira a vida de uma empresa praticamente sem capital para sustentar-se no mercado. Devo ressaltar que nossa linha de medicamentos resumia-se a apenas uma meia dúzia de produtos, eram: pomadas, xaropes, fortificantes, mercúrios para curativos, etc. Todas as fórmulas, desenvolvidas por nossos técnicos. Não se falava em "Medicamentos Genéricos" como hoje, com a quebra de patentes.

— Após onze meses, resolvi desfazer de tudo. A situação era insustentável. Anunciei a venda, e dentro de uma semana apareceu o comprador. Aliás, na verdade, era um intermediário que se dizia representante do interessado. O preço pedido não foi contestado, exigiu apenas o balanço para ser examinado, pelo comprador. Foi pedido o prazo de quatro dias, para ser estudado o negócio. Depois disso, fui procurado para finalizar a transação. Marcaram o dia seguinte no Cartório para efetivar tudo.

Lá estava eu ansioso, para ficar livre de tudo. Indenizar os meus poucos funcionários e procurar outro rumo para minha vida.

Estava sentado esperando o intermediário, quando entrou Salvatori. Levantei-me para cumprimentá-lo.

— Salvatori! Você por aqui?

— Em carne e osso. — Brincou. — Para o compromisso.

— Ah! Marcou aqui com alguém.

— Marquei! Com você.

— Não estou entendendo.

— Eu sou o comprador da sua empresa. Não a botou a venda?

— Sim, Mas a pessoa não falou de quem se tratava, que era você.

— Mas, era eu.

— O que você quer fazer em um ramo, que já disse não entender?

— Mas, você entende. Não é?

— Claro! Mas o que tem a ver comigo? Estou vendendo, para sair do ramo.

— Preste atenção Marmo! Antes de sair da Itália, prometi ao seu pai que iria ajudar você. Aliás, eu e o velho Pesonni fomos criados como irmãos. Considero você como meu sobrinho. Existe parte dessa amizade com seu pai que você desconhece. Quando ocorreu, era apenas um a criança.

Em 1943, na Segunda Guerra, eu e ele fomos convocados e seguimos para o campo de batalha. Combatemos lado a lado durante seis meses, até que um dia fui alvejado, por uma bala de fuzil, disparado pelo inimigo. Eu estava numa trincheira e seu pai em outra, quando fui atingido na coxa esquerda. Senti que iria morrer, pois o sangue exauria de meu corpo em bicas. Gritei socorro ao amigo Pesonni. Vendo que eu estava ferido, correu ao meu auxílio, enfrentando uma chuva de balas, entrou na trincheira, providenciou um torniquete com um pedaço de pano, retirado da própria camisa. Jogou-me nas costas e caminhou até onde o socorro pudesse chegar. Dali fui direto para o hospital da Cia. E de lá para a cidade. Onde fui dispensado. Seu pai ainda continuou em campo, até o final da Guerra em 1945. Devo a vida a ele. Infelizmente, quando voltou no final da guerra, como você sabe, viveu apenas mais oito meses. Bem! Podemos terminar o nosso negócio? Eu compro a fábrica. Mas, com uma condição:

— Qual é! Pode falar.

— Que você volte, como meu empregado. E claro, um bom salário.

— Mas, eu estou pensando em procurar outra atividade.

— Não pense mais. O seu futuro, aqui será melhor. Garanto.

— Tá bem! Com o dinheiro da venda, liquido os meus compromissos. Eu topo. — Concordei.

Essa história é muito longa. Vamos todos dormir. Outro dia, voltaremos ao assunto. — Despediu-se e recolheu aos seus aposentos.

Eu e Ísis, permanecemos mais um pouco.

— Sabe, Jorge! Quando papai fez tudo isso, eu estava apenas com uns dois ou no máximo três anos. Portanto, não tinha juízo para assimilar o que acontecia à minha volta. O tempo passa rápido sobre nossas cabeças. — Comentou com ar de surpresa. — Imagine, fiz quarenta e três anos. Estou ficando velha mesmo.

Ah! Queria falar com você. Estive esta semana na minha médica ginecologista. Afirmou que embora com minha idade avançada, ainda tenho chance de ter filhos. Isso, com um tratamento, acompanhado por ela. É claro.

Notei um brilho nos seus olhos, comentando o assunto.

— Bom, se ela acha que há possibilidade. Podemos tentar. — Apoiei a ideia.

Ainda bem, que enquanto trabalhava na clínica do Dr. D'lugue, narrei a ele o problema com Evellin e imediatamente ao seu colega urologista, que através de uma pequena cirurgia, corrigiu o desvio existente na uretra, que não permitia a evasão do esperma. Hoje, estou apto a procriar.

— Sabe de uma coisa, Ísis. Acho que um neto seria o maior presente para seu pai.

— Concordo. Vamos agir rapidamente com esse tratamento. — Sua disposição contagiou-me. — Vou ligar agora mesmo para a médica.

— Vamos sim, amanhã mesmo. — assenti com a cabeça.

Saímos cedo para o consultório e logo fomos encaminhados para o laboratório, para a coleta de material. Por volta das onze horas, já estávamos dispensados e com retorno agendado para oito dias após a consulta.

Percebi que estava ansiosa para iniciar o tal tratamento. À noite, em casa, nada foi comentado com Dr. Marmo. Não que se tratasse de segredo, mas sim, como medida cautelar. Não queríamos criar expectativa, de um acontecimento que poderia: ser ou não concretizado. Evitando assim, certa frustação para o seu pai. O que não seria nada recomendável à sua saúde.

— Vamos esperar, até termos certeza que realmente tivemos sucesso no tratamento. Não quero transformar tudo isso em uma pseudociese. — Falou Ísis com certa segurança.

— É o que acho também. Só vamos contar a ele, quando você tiver realmente em processo de gestação. — Endossei sua decisão.

Enquanto o tratamento seguia, eu e Ísis guardávamos sem comentar a grande ansiedade que tomava conta dos nossos pensamentos. Para afastar um pouco tudo isso, pedíamos ao seu pai, que contasse um pouco mais da sua história. Ele parecia aliviado, quando retomou a narrativa. Parece que sentia vontade de desabafar o que tinha guardado dentro do peito.

— Pois, é! Paramos exatamente quando contava da venda da Selsium para o amigo Salvatori. — Lembrou sem precisar de ajuda. — A Empresa voltou a funcionar, a todo vapor. Claro, o que faltava era investimento. E isso, o patrão fez de imediato. Os lucros começaram a aparecer, dentro de pouco tempo. Não só aumentamos a nossa linha de produção, como também, com a quebra de patentes, começamos na fabricação dos genéricos mais populares.

Salvatori raramente aparecia no laboratório, tudo era confiado a mim, inclusive a conta bancária. Ele sempre dizia: Não quero retiradas, os lucros devem ser investidos na própria empresa, para que ela não volte a ter problemas com as crises do país. Afirmava, quando eu tentava repassar os lucros para sua conta pessoal.

Caminhamos assim por mais três anos, sempre apresentando crescimento na linha de produção. O governo voltou a comprar nossos produtos, embora já não fosse considerada uma presença vital à nossa sobrevivência, era apenas mais um cliente.

Um fato ocorrido marcou definitivamente os rumos do laboratório. Numa tarde de quinta-feira, recebi um telefonema de Guiussep, filho de Salvatori. Informava a morte do pai, naquela madrugada. O episódio deixou-me em estado de choque. Perdera um grande amigo, um conterrâneo de inigualável qualidade.

Rapidamente dirigi-me ao funeral, para prestar solidariedade aos familiares e despedir-me daquele companheiro do meu falecido pai e também e acima de tudo, a quem devo muito do seu apoio moral e financeiro que a mim dispensou aqui no Brasil.

Consternado com o acontecimento, deixei a fábrica fechada por três dias. Guiussep ligou-me, sabendo que havia paralisado as operações. Deu ordens para voltar a produzir, pois o laboratório, como as demais empresas do grupo, deveriam seguir suas rotinas, para cumprir seus compromissos com seus clientes.

Antes do prazo de trinta dias, foi aberto o inventario de todos os bens deixados por Salvatori. Dois meses depois, ligaram do escritório central onde se encontrava toda a administração do grupo.

No horário marcado, compareci, esperando qualquer ordem dos herdeiros, Guiussep e sua irmã Amélia. Não tinha ideia de qual seria o destino da Selsium. Quem sabe, até mesmo a sua venda. O ramo das empresas da família não era compatível com a fabricação de remédios. Não demorou para que os irmãos di Biasi chegassem. Convocaram-me para uma reunião com toda a Diretoria.

— Guiussep iniciou os trabalhos, comentando rapidamente o fato e, em seguida, gentilmente, pediu-me que levantasse, para que pudesse ser apresentado aos diretores. Lembro-me até hoje das palavras que Guiussep usou para a apresentação.

— Senhores, quero apresentar-lhes o senhor Marmo Pesoni, amigo de meu pai, desde antes de imigrarem para o Brasil. Inclusive nossos pais, lutaram juntos na Segunda Guerra, defendendo a pátria, que nosso querido Salvatori tanto amava. Infelizmente ele partiu, deixando a todos nós boas recordações.

Mas, vamos ao assunto. Marmo trabalha numa das empresas do papai, a Selsium. Fábrica de remédios. Aliás, trabalhava até os dias de hoje. A partir de amanhã, já não pertencerá ao Grupo DI Biasi.

— Ela foi vendida, Senhor Guiussep? — Indaguei já imaginando estar fora do laboratório.

— Não! Não foi vendida. Vai ser transferida de dono.

— Afirmou com ar de riso. — Ela vai ser transferida para uma pessoa que papai designou no seu testamento. Tudo. Tudo foi deixado para uma única pessoa. A Selsium é toda sua, senhor Marmo. No testamento, ele foi bem claro. "Tenho uma dívida com o pai de Marmo". Devo a ele minha vida. Portanto, o Laboratório Selsium Ltda. deverá ser totalmente transferido ao Senhor Marmo Pesonni, sem precisar prestar contas da situação. A determinação deverá ser cumprida, não cabendo contestação de qualquer natureza, por parte dos herdeiros. Que minha vontade seja respeitada, na sua íntegra. Assinado. Salvatori Di Biasi. Peço a todos uma salva de palmas ao novo dono da Selsium.

— Estou sonhando ou tudo isso é verdade? — Perguntei ainda meio confuso, com tudo que acabara de ouvir.

— Claro que é verdade. Amanhã mesmo, cuidaremos da papelada. Você Marmo, já é o único dono da fábrica. Nós só queremos uma coisa. Que seja muito feliz. — Sentenciou Guiussep.

— Foi assim que tudo aconteceu, meus filhos. A Selsium continuou crescendo, até chegar nisso que vocês conhecem hoje.

— Papai? Por que só agora o senhor conta tudo isso? Alguma coisa eu sabia, mas, era uma parte pequena de tudo que aconteceu.

— Tem razão, minha filha. Eu sempre esperei o momento certo para lhe contar todas as dificuldades por que passei junto com sua mãe. E o momento chegou. Agora já sabem o passado meu e da fábrica de remédios que possuímos e que para mim é uma dádiva de Deus. E então? Vamos descansar que o dia amanhã será puxado. — Encerrou a história e fomos dormir.

Já se passaram 45 dias do início do nosso tratamento, quando voltamos à nova consulta que estava agendada. Tão logo a médica abriu a porta do consultório, entramos curiosos para saber se tinha alguma novidade nos exames laboratoriais, que lhe enviamos havia dois dias.

— Ísis, ainda não posso afirmar a vocês que os exames me garantem uma certeza, da sua possibilidade de engravidar. Isso ainda é um pouco prematuro. Mas, uns cinquenta por cento já é assegurado. Portanto, faremos novos exames nos próximos quinze dias. Aí, terei mais segurança no diagnóstico. — Falou sem dar a palavra final.

— Eu compreendo, doutora. Vamos aguardar.

— Uma coisa eu lhe garanto: Os medicamentos que prescrevi desde o início são de última geração para este tipo de tratamento.

— Nós sabemos do seu empenho. Fique tranquila.

— Ísis demonstrou sua confiança. — Continuaremos sem comentar com papai o assunto, o que você acha Jorge?

— É claro, meu amor! Vamos aguardar, até que tudo aconteça. Espero que o tratamento continue indo bem e que no final, sejamos premiados com a bênção de Deus.

— Tomara que ele esteja te ouvindo. — Comentou sorrindo.

— Estive pensando. Que tal, darmos uma esticada até Curitiba? Ficaremos por lá por uma semana. Parte do dia, ficaremos na fábrica inspecionando o que se passa por lá. Na outra metade, vamos curtir a cidade e à noite nos divertir.

— Bem pensado. — Assentiu ensaiando sorrir. — Vai depender de papai. Será que longe de Belém por tanto tempo não prejudicará o andamento de tudo, no laboratório?

— Claro que não! Seu pai ainda tem expediente, para gerir tudo sozinho. Até porque, serão apenas cinco úteis.

— Tá bem! . Vamos conversar com ele. Se concordar, iremos na segunda-feira próxima.

À noite, expusemos os planos ao Dr. Marmo, que concordou de imediato.

Na segunda, pegamos o primeiro voo, com escala em São Paulo, chegando a Curitiba ás 11h45, fomos direto para o hotel, descansamos um pouco e fomos curtir aquela bela cidade. Ísis queria conhecer o famoso Teatro de Arame. Realmente, foi um grande passeio. O parque que abriga toda a estrutura é cuidado com muito esmero. Os gramados sempre aparados exibem flores de espécies variadas, que enchem os olhos de qualquer pessoa.

Somente no dia seguinte, visitamos a fábrica. Encontramos tudo como o esperado. Dr. Marmo escolhera bem o pessoal para administrá-la. Durante toda a semana, tivemos passeios e noitadas maravilhosas. Ísis parecia estar no auge da sua felicidade. Desligamos de tudo e de todos e nos entregamos ao prazer total. Boates, motéis, restaurantes. Fizemos questão de conhecer o que havia de melhor, que Curitiba oferece a quem deseja se divertir.

No domingo à noite, regressamos a Belém. O motorista já nos aguardava no aeroporto.

No final daquela semana, Ísis iria fazer novos exames, para que a médica examinasse o andamento e o efeito dos remédios em uso.

Continuamos na rotina da fábrica e, na data marcada, comparecemos com os exames em mãos.

— É! Parece que já temos novidades. Acho que você esta grávida. Falta apenas o último teste, para que eu tenha certeza total. — Com alegria no rosto, a médica nos informou.

Ísis não conseguiu conter-se. Com um grito, recebeu a boa notícia. Voltamos para casa, cheios de felicidade. Informamos a Dr. Marmo que ao receber a notícia, ficou com os olhos rasos d'água. Foi só alegria.

— Deus atendeu o meu pedido: Sempre pedi a ele que não deixasse os "Pesonni" acabar aqui no Brasil. Com a minha morte, restaria apenas você minha filha e depois, mais ninguém para dar continuidade à nossa raça. — Falou Dr. Marmo, num certo desabafo.

— Agora papai, pode ficar tranquilo que os Pesonni vieram para o Brasil, para sempre e aumentando cada vez mais. — Disse Ísis encorajando seu pai.

Parece que realmente, Deus ouviu as preces do Dr. Marmo. Quando voltamos para a próxima consulta, a médica constatou que além da gravidez, Ísis iria ser mãe de gêmeos. Estava, assim, garantido a continuidade da família italiana aqui nas terras brasileiras.

A gestação correu normalmente e dentro de nove meses, nasciam dois robustos ítalo-brasileiros de olhos claros e cabelos loiros.

A Selsium desenvolveu-se no mercado. Passamos a competir com as maiores indústrias do ramo. Nossa produção triplicou, para atender o mercado internacional. Nossos produtos, já eram conhecidos em três continentes. Os anos iam consolidando a marca e a credibilidade, mantida através do rígido controle de qualidade, que mantínhamos como o principal patrimônio.

Nove anos já se haviam passado. Ísis não mais conseguiu engravidar. Parece até que os gêmeos: "Salvatori e Vitorio" Vieram ao mundo, para justificar às preces do avô. As crianças receberam os nomes, atendendo um pedido do Dr. Marmo, para homenagear o amigo Salvatori e o bisavô Vitorio.

Podíamos nos considerar uma família realizada, não havia motivo nenhum para pensar diferente. As crianças sempre saudáveis seguiam suas rotinas escolares monitoradas pela mãe. As férias, eram sempre esperadas com ansiedade por eles. Todos os anos, a família seguia rumo ao litoral, onde tínhamos uma casa à beira-mar. Dr. Marmo sempre fez questão de nos acompanhar, para que estivesse sempre junto dos netos. Ísis e as crianças permaneciam na praia, eu e Dr. Marmo voltávamos, ao descansar apenas dez dias. A fábrica exigia a nossa presença, quase que constantemente. Mas, mesmo assim, dava para recuperar do estresse.

Na reunião da diretoria que aconteceria na segunda-feira seguinte, lancei uma proposta que deixou todos surpresos, até que eu conseguisse explicar em detalhes todo o meu plano. Até o presidente ficou um pouco confuso com os meus planos para a Selsium. Resumindo: a minha ideia era diversificar as nossas atividades. Não via motivos para que ficássemos amarrados eternamente ao ramo de medicamentos. Propus que abríssemos o capital da empresa e partíssemos para a construção de um Shopping e se o investimento correspondesse as nossas expectativas, fossem ampliando, criando outros mais. Depois de longo debate, decidiu-se que se contratasse uma empresa especializada, para promover um estudo da viabilidade econômica do empreendimento.

Dentro de seis meses, tínhamos o resultado positivo. Decidiu-se que a Selsium, empresa que apenas fabricava remédios, enveredasse também numa atividade completamente fora da sua especialidade.

Traçada toda a estratégia, transformamos o laboratório numa S. A. Quarenta e nove por cento foram transformados em títulos e lançados na bolsa de valores. O sucesso foi absoluto, dentro de poucos meses eles dobraram de valor. Era o que aguardávamos para dar início à segunda parte do plano de expansão. Adquirimos um terreno em área nobre de Curitiba. Dentro de 24 meses, inauguramos. "Park Shopping Selsium" cuja administração terceirizou-se a uma empresa especializada. A Lindolfo Roberli Administradora Ltda. famosa pela eficiência do seu presidente em outras redes de shoppings que administra.

O negócio surpreendeu a todos, em pouco tempo de funcionamento já estávamos convencidos, da garantia e do retorno do capital investido, num prazo previamente estudado.

Com isso, não faltou coragem e determinação para seguir em frente, com novos empreendimentos em outras capitais. Porém, antes do término do quarto, que estava sendo construído em Campo Grande-MS, Dr. Marmo teve que deixar a presidência geral do Grupo Pesonni devido a problemas de saúde, que a própria idade lhe impunha. Convocou-se toda a diretoria para uma reunião extraordinária, na qual anunciaria a todos os novos rumos, na cúpula da empresa.

— Sabe de uma coisa Jorge? Estou muito preocupa com duas coisas: — Confidenciou Ísis. — A primeira delas é com a saúde de Papai, sinto que Ele anda cansado de tudo. Coitado, não é para menos. Tantos anos nessa luta incessante e sempre à frente das grandes decisões. A outra coisa não chega a ser preocupante, acredito que seja apenas uma curiosidade. Quem será o novo Presidente de tudo isso? Porque, comigo Ele não tocou no assunto e eu também não tive a ousadia de perguntar.

— Ora! Dentro da Empresa existe mais de meia dúzia de Diretores e todos muito competentes. Não se preocupe que Ele saberá escolher o melhor dentre Eles. — Afirmei com segurança.

— Sei não! Tomara que saiba mesmo.

Na quarta-feira, às oito horas todos já reunidos na sala, inclusive o próprio presidente, já havia chegado antes de todos. Como era detentor de cinquenta e um por cento de todo o grupo, sua decisão não necessitava da votação dos demais, bastava nomear o novo diretor presidente e os demais, apenas referendavam o seu ato. Para surpresa de todos nós, após um breve discurso, fez o anúncio.

Após uma difícil escolha entre vocês todos, que aliás têm competência de sobra. — Risos — Optei por escolher o meu genro. Jorge Dias do Nascimento, tendo em vista já ter provado por inúmeras vezes a sua capacidade administrativa e o seu faro-fino, para encontrar o caminho certo e na hora certa. Espero que todos vocês, continuem apoiando e defendendo, todos os interesses do Grupo Pesonni. Obrigado a todos.

Dito isso, pediu licença e retirou-se da sala. Enquanto ouvia o burburinho e os cochichos, eu, ainda atônito, respirava com certa dificuldade. Meu espírito, em questão de segundos, percorreu toda a trajetória da minha vida. Não podia ser, imaginava. Logo eu um indivíduo de dupla identidade, que, afinal não mais existo originalmente e tampouco nessa vida falsa de Jorge Dias do Nascimento. Ah meu Deus, não sei se minha situação, esta melhorando ou se complicando mais.

Vieram todos a cumprimentar-me, tecendo comentários elogiosos (talvez falsos) sobre minha ascenção à presidência desse grande conglomerado. Enfim, o jeito é encarar, porque a esta altura dos acontecimentos, não tem como retroceder.

Ísis foi a primeira a cumprimentar o novo líder, mas, pelo menos dela eu tenho certeza que o abraço, era verdadeiramente puro e sincero.

Os dias iam passando e eu cada vez mais empenhado no cumprimento do meu dever, como presidente de um dos grupos mais considerado do país. A rotina exigia que eu dispensasse algum tempo, somente para mim, fora do ambiente que não tivesse qualquer ligação, física ou mental, com toda aquela efervescência, em busca de resultados.

Num domingo bem cedo, pedi a Ísis que levasse as crianças e o pai, para visitarem uma exposição de quadros, onde expunham pintores renomados. Era um evento patrocinado pelo governo do estado. Pedi que dispensassem a minha presença, pois queria desparecer sozinho, num lugar bem diferente. Ísis aprovou a ideia, os meninos iriam adorar e ainda mais, a satisfação que iriam proporcionar ao avô em acompanhá-lo na visita a um salão de obras de arte, que é uma das suas paixões.

— Vá! Meu querido. Descanse um pouco de nós. — Comentou Ísis, com expressão alegre.

— Deverei estar de volta, antes de vocês, mas não se preocupem comigo. Apreciem com calma essa exposição, dizem que está maravilhosa.

Dispensei a companhia do motorista, dirigi até um bairro do subúrbio, onde fui informado da existência de uma pequena Igreja de Nossa Senhora das Dores. Deixei o veiculo à dois quarteirões e segui à pé, trajando roupas comuns, como qualquer morador da Região. Coincidentemente, iniciava-se a missa das dez. O padre, um octogenário, vestia uma batina verde que deixava à vista os anos de uso. A homilia era voltada a transmitir aos fiéis, principalmente, a esperança de dias melhores, como também, enfatizava a fé que todos deveriam devotar à Santa Padroeira.

Enquanto ouvia o sermão, meus pensamentos reportavam-se aos tempos, levando-me a reviver os dias vividos pelo professor Max. Aquele homem que era admirado e respeitado. Aquele cidadão, portador de uma cédula de identidade, a qual poderia ser exibida com orgulho de ser um brasileiro, onde quer que se encontre. Lembrava-me de Maximiliano de Castro e Silva, casado com Evellin, moradores de bairro nobre da cidade de São Paulo e professor da Universidade Federal. Tudo acabou, ficaram apenas as lembranças gravadas no meu subconsciente. Após o devaneio, meus olhos acordaram e percorreram aquele público que ouvia o sacerdote atentamente. Os olhos arregalados pareciam querer entender tudo aquilo. Suas feições eram de um povo sofrido e machucado, pelos rigores da vida. Podia notar em seus rostos também uma grande esperança, nas palavras vindas daquele senhor, que talvez fosse o único capaz de estender-lhes a mão na hora dos seus sofrimentos.

Saí dali com o coração partido e a alma precisando ser reconstituída. Mas, tenho que cair na realidade porque esta estrada de volta não existe mais, o quanto que eu siga em frente, ela vai se apagando atrás. Cheguei em casa, pior que antes, percebi que recuar seria uma grande covardia com todos aqueles que depositaram em mim tamanha responsabilidade e por que não dizer: grande admiração. Meus filhos, Salvatore e Vitorio eram tudo para mim. Não me foi possível formar uma família com Evellin, ainda bem. Caso acontecido, seriam filhos sem pai. Pelo menos nisso, a sorte me ajudou. Mas, pensando bem, não posso reclamar, sou um homem que tem mulher e filhos e muito prestígio. Acho que fui muito recompensado.

— E aí, Jorge! Já voltou?

— Ah! Não demorei, assisti à missa. Aliás, coisa que há anos não fazia.

— Rezou bastante? — Indagou Dr. Marmo.

— E como! Estava em débito com os Santos. — brinquei.

— Meninos, sentem à mesa, vamos almoçar. Estamos famintos. E você, Jorge?

— Claro, estou apenas com o café da manhã.

Naquele mês, as crianças estariam completando 11 anos. Vitorio era o que mais se parecia comigo, muito inclinado aos estudos. No colégio sempre tirava as melhores notas. Queria se formar em qualquer ramo, ligado a pesquisas científicas. Salvatore já mais voltado ao comércio. Vivia indagando tudo que dizia a respeito ao Grupo Pesonni, suas perguntas pareciam coisas de gente grande. Até pequenos detalhes que às vezes fugiam do nosso controle direto. Seria, sem dúvidas, o homem a dirigir tudo isso.

Após o almoço, notei Dr. Marmo com aspecto cansado e inquieto, comentei com Ísis que também havia notado o mesmo. Mas, disse estar tudo bem e se recolheu aos seus aposentos, para a sesta, que já estava se tornando um novo hábito.

Na segunda-feira, seguimos cedo para o escritório onde eu teria uma reunião, com um Grupo Sul-Africano. Recomendamos que Selma ficasse de olho no Dr. Marmo, pois somente os dois estariam em casa, os meninos também foram para o colégio. Pedi à secretária que não fosse interrompido na reunião, somente com chamadas de casa. As negociações se arrastaram até 13 horas, tendo em vista a complexidade dos acertos que envolviam os interesses de ambas as partes.

Retornei às 15h30 horas, a secretária entregou-me um bilhete e informou-me sobre ele.

— Dr. Jorge esteve de manhã na recepção, um senhor que insistentemente queria falar com o senhor. Expliquei a Ele que não poderia atendê-lo, pois havia dado ordens para não importuná-lo. Custei a convencê-lo de que o atendimento no seu gabinete, somente com agendamento. Não me pareceu empresário, nem tampouco gente do seu círculo de amizades que conheço. Pareceu-me mais um cidadão sem nenhuma importância.

— Obrigado. Pode ir.

Ao abrir o bilhete, escrito sem o menor cuidado com a ortografia, quase surtei.

"Doutor Jorge, não pude ser recebido pelo senhor porque a secretária falou que o senhor não queria falar com ninguém. Eu volto na semana que vem. Ela marcou daqui oito dias. Vi sua foto no jornal e tenho certeza que é o professor Max."

Naquele momento, mil pensamentos passaram pela minha cabeça. Quem será este indivíduo?

Será do tempo da faculdade? Algum ex-aluno? Será alguém que conviveu comigo na "Comunidade"? Uma coisa é certa. Essa pessoa conhece a minha vida pregressa e não deixa de ser preocupante. Não deu endereço e nem telefone e a Secretária marcou somente para a próxima semana. Contudo, será uma angústia que não poderei contar a ninguém, para comigo compartilhar no desespero.

Ísis ligou para irmos para casa, está preocupada com o pai.

— Jorge? Aconteceu alguma coisa desagradável na reunião, que o deixou tenso? Estou notando que você não está bem.

— Não! Por quê?

— Está esquisito, com o pensamento distante. Alguma coisa te aborreceu?

— Nada disso, Você está imaginando coisas.

— Não estou não! Eu te conheço bem.

— Sei lá! Deve ser preocupação com a saúde do seu pai. — Justifiquei.

— Deixe de bobagem, papai está bem. Liguei para Selma.

— Ainda bem. Sabe, Ísis, fechei o contrato com os sul-africanos. Vamos fornecer medicamentos, por cinco anos. Existe por lá um surto de gripe suína, que estão empenhados em erradicá-la. Se nesse prazo não conseguirem, o contrato será renovado pelo mesmo prazo. Assim, sucessivamente até alcançarem o êxito total.

— É! Eu li sobre esse problema, lá na África.

— Que tal pegar os meninos e jantar fora? Eles adorariam comer uma pizza. Assim, poderíamos conversar com eles, assuntos relacionados aos estudos.

— Podemos. Mas primeiro vamos ver como está papai. Talvez ele até possa ir junto. Será também uma oportunidade para ele descansar da policial Selma. — Risos. Jorge talvez na semana que vem, lá por segunda-feira, vamos dar um pulo na filial, para solucionar algumas pendências.

— Não posso, Ísis. Na segunda, tenho uma reunião importante com um fornecedor. Trata-se de assunto da maior importância. Não posso mesmo.

— Mas, vamos de manhã e voltamos à noite, meu bem!

— Já disse. Não Posso. Marque para terça, quarta sei lá. Menos na segunda.

— Tá bem! Vou remarcar, já que seu compromisso é tão inadiável.

— Mas é. Já agendei com o fornecedor. Então vamos?

— Vai ser rapidinho. Se meu pai não for é só chamar as crianças.

Naquela noite, somente nós quatro fomos à pizzaria. Dr. Marmo estava indisposto.

A semana para mim virou um mês na minha cabeça. Meus pensamentos, só arquitetavam o pior. Sei lá, se era algum querendo prejudicar-me ou até mesmo, extorquir-me? Coisa boa é que não parecia estar vindo ao meu encontro. Todavia, só resta esperar. Aliás, mais um acontecimento bom ou desagradável, não iria decepcionar quem já passou por tudo que eu já passei. A cada tempo, a vida me experimenta com coisa nova e eu consigo sobreviver a tudo pelo menos, até hoje.

De todas as pessoas que imaginei, quem poderia ser? Uma delas chamou-me mais a atenção. Ainda como professor da Universidade de São Paulo, na cadeira de Psicologia. Tinha um aluno que marcou muito na memória. Tratava-se de um indivíduo alto, forte de tez mais voltada para negro e de uma índole bastante agressiva. No último semestre para a sua formatura, fui obrigado a reprová-lo, pois copiava descaradamente as respostas da prova, no livro aberto que mantinha debaixo da mesa. O ocorrido não permitiu que colasse grau naquele semestre com a sua turma. Mesmo com a interferência do próprio reitor, pedindo que revisse a situação, fui taxativo na minha decisão. Passado algum tempo, fui procurado pelo rapaz, que jurou vingança. Prometeu que o tempo poderia passar, mas, não apagaria da sua lembrança de um dia acertar as contas comigo. Lembro-me da sua ira, afirmando que encontraríamos mesmo que fosse ao fim do mundo. Não sei o que poderá ocorrer nesse encontro, mas, garanto que não me trará flores. As pessoas com esse tipo de temperamento emocional podem sim, guardar dentro de si um rancor por toda a sua existência, até que se possível um dia, satisfazer o seu ego ferido e livrar-se de vez desse carma. Caso contrário, carregara para o túmulo, esse ódio, impregnado aos seus restos mortais.

Contudo, esta situação atual tenho que enfrentar com coragem e determinação, até por que: seja para uma vingança física ou mesmo moral, colocando toda a minha história em 'Pratos Limpos' para o conhecimento de todos, anunciando em voz alta para que os quatro cantos do mundo ouvisse: "*Ecce Homo*" Como disse Pilatos ao Povo Romano "Eis o Homem". Ou quem sabe, até mesmo para extorquir-me, que seria além de uma severa repressão, pela minha atitude na época. Isso poderia proporcionar-lhe o ganho de uma pequena fortuna, para comprar o seu silêncio.

Mas pensando bem, este tipo de conjecturas não foi feito para um homem como eu, a minha formação acadêmica não me ensinou a vasculhar a minha própria consciência. Tenho que aguardar a presença desse homem e primeiro ouvi-lo e, só depois, decidir qual o "tratamento" adequado para a situação.

No último dia útil da semana, mandei a secretária escalar meu segurança pessoal, para permanecer na antessala da presidência, até segunda ordem. Aleguei que não conhecia o tal sujeito e que poderia precisar, tirá-lo do meu gabinete.

Preparei-me para a tal visita, até dinheiro vivo deixei à disposição. Talvez as negociações fossem resolvidas, naquela única visita e ele já saísse da minha sala, levando uma boa grana e também deixar ali a certeza de que tudo estava resolvido e que jamais seria incomodado novamente, sobre aquele assunto. Todo o passado deveria ser esquecido por ambas às partes.

Na segunda-feira de manhã, pedi a Ísis que não me acompanhasse à fábrica, aleguei estar precisando de algumas roupas novas, para receber naquela semana um grupo de acionistas, para prestar contas dos investimentos em Shoppings. Sugeri a Dr. Marmo que a acompanhasse às compras, pois poderia aproveitar a ocasião e apresentar-se de roupas novas à reunião. Achei por bem, que eles não estivessem na fábrica naquele dia. Sei lá, foi apenas uma medida de segurança. Poderia ocorrer algum fato inesperado e eu não queria correr o risco.

Cheguei às oito horas, embora o encontro fosse às nove horas. Pedi que não fosse interrompido, na hora da visita. Era quase nove, o meu espírito não me deixou em paz. Imaginava: e se tudo que arquitetei não correspondesse aos seus anseios? Quem sabe ele não queria nada, além da pura vingança? Ver-me virando pó e humilhado diante de todos que me cercam? Assim, como ele se sentiu diante dos colegas da universidade? Acredito que dinheiro não irá comprar a grande mágoa, que ainda sinta de mim. Sua alma lavada, talvez lhe faça um bem maior que qualquer recompensa financeira. Estou quase convencido de que todos esses anos que passaram não dissiparam as imagens gravadas naquele dia e que o remédio certo, que poderá limpá-las, seria a vingança moral.

— Dr. Jorge. O senhor Ozeias.

— Faça-o entrar. Por favor! — Antes que a porta abrisse, senti que chegara o fim de Jorge Dias do Nascimento.

— Bom dia, professor!

— Bom dia. — Respondi sem entender nada de nada.

— Não se lembra mais de mim? Talvez seja a barba, que deixei crescer. Sou o Ozeias, lá da antiga comunidade. Motorista do deputado.

— Ah! Sim. Claro. — Naquele instante, tudo que havia imaginado durante toda a semana, derreteu-se como manteiga, na frigideira quente. Essa pessoa não se trata do ex-aluno, é apenas um ex-colega de infortúnio, que, aliás, muito fez por mim. — Claro, Ozeias! Deve ter sido mesmo esta barba espessa que encobre todo o seu rosto. — Risos. — Mas, e aí rapaz? Por onde anda você e seu deputado?

— Pois é professor! Acabou-se tudo. O deputado infelizmente não conseguiu se eleger. Acabei sendo dispensado porque ele não tinha mais como manter motorista particular. Coitado, está pior que eu. Não tenho nada, mas, felizmente,não estou atolado em dívidas, como o pobre coitado.

— Mas, Ozeias! Que coisa desagradável. Aliás, devo muita gratidão a vocês dois.

— Pois é professor! Veja como a vida é traiçoeira com as pessoas.

— E então? O que posso fazer por você? Um emprego na indústria?

— Não professor! Queria se possível, uma ajuda para voltar para a minha cidade, em Mato Grosso do Sul, Campo Grande. Lá estarei junto da minha família e a da minha esposa. Não preciso de muito não. Basta pagar para transportar minha mudança. Eu e minha família, vamos de ônibus. O dinheiro das passagens, eu tenho.

— Mas, meu amigo, o que você pretende fazer por aquelas bandas? Já tem emprego garantido?

— Garantido, garantido, não! Prometido. Tenho um primo que é dono de uma empresa de táxi e disse que chegando lá, ele ajeita um para eu trabalhar.

Senti nas palavras daquele rapaz uma humildade sem tamanho. Poderia aproveitar da situação e pedir muito. Muito mais que uma simples ajuda, para voltar à Terra Natal.

— Mas, Ozeias diga-me uma coisa. Esse negócio de trabalhar de empregado, dirigindo táxi, vai dar para sustentar sua família?

— Dá sim, professor. Meu primo disse que o ramo por lá, dá um bom dinheiro. E com o passar do tempo, ele poderá até vender o táxi para mim.

Não procurei mais explicações. Decidi que iria resolver o problema de vez, somente assim poderia retribuir a ele a grande ajuda que me dera, na hora certa e no lugar certo. Fomos até a concessionária e presenteei o amigo com um carro zero, para voltar com a família à sua origem e exercer a profissão de taxista com seu próprio veículo.

Voltei para casa naquela tarde com uma sensação de alívio, de tudo aquilo que acompanhava minha mente por toda a semana. Após o jantar, a costumeira reunião familiar. Cada qual, comentando o seu dia naquele bate-papo descontraído e alegre.

— Jorge! Meu pai está ansioso para passar uma tarde na fábrica.

— Farei isso com todo prazer. Vamos sim, quando quiser Dr. Marmo.

— Sabe, Jorge! Eu não consigo ficar longe de tudo. Aquilo ali é minha vida. Preciso respirar aquele ar de laboratório, parece que aquele cheirinho de remédio me revigora.

— Amanhã mesmo, o levarei para passar o dia por lá. Combinado?

— Combinado. — Concordou. — Aliás, quero ir mais vezes não somente nas reuniões como conselheiro, como também, acompanhar de perto aquela agitação da área de produção.

— Tem razão, Dr. Marmo, vamos fazer isto sempre que estiver disposto. — Senti que a falta da sua participação física, estava causando-lhe um grande mal.

— E vocês, rapazes? Como estão indo nos estudos?

— Eu vou otimamente bem. Já resolvi que serei médico psiquiatra. Quero cuidar de pessoas com distúrbios mentais, quero saber direitinho porque isso acontece. — Afirmou com convicção, Vitorio.

— Papai, estou ansioso para assistir à inauguração do novo shopping. Quando vai ser? — Indagou Salvatore.

— Ainda não marcamos a data filho. Mas, estamos na final da obra. Pode ficar tranquilo, que te avisarei. Vocês terão oportunidade de conhecer Campo Grande, uma bela cidade.

— Meu Bem! Estou notando que papai está ofegante, mas já perguntei a ele e disse-me que esta bem. Imagine, Selma contou-me que de manhã ele saiu à pé para resolver coisas no banco. Temos que dar mais atenção a ele.

Mas papai! Porque não pediu que eu e Jorge, levasse o senhor?

— Deixe de bobagem, minha filha, posso muito bem cuidar das minhas coisas particulares, acompanhado apenas pelo motorista. Que aliás, é de minha inteira confiança.

— Tá bem papai! Mas pelo menos nos avise.

Notei que Dr. Marmo embora com seu espírito inquieto, não deixa de, aos poucos, ir se entregando, na luta pela vida. Acertei com Ísis que iriamos procurar em outro lugar, recursos de um hospital mais capacitado, para dar a Dr. Marmo um atendimento com equipe de médicos mais especializados no seu caso. Não desmerecendo os profissionais que o atenderam até agora.

Começamos a pesquisar na internet, os maiores especialistas existentes no Brasil. Após intensa busca, selecionamos dois renomados médicos em São Paulo. Optamos por uma médica possuidora de um currículo sem precedentes. Ela era responsável pelos cuidados médicos de personalidades políticas e homens de influência e poder financeiro no país. Só conseguimos agendar consulta, para vinte e seis dias depois. Aproveitamos o espaço de tempo para visitar a filial, como também supervisionar rapidamente a rede de shoppings.

Partimos para São Paulo, um dia antes da consulta, tempo necessário para tudo e um breve descanso. No dia seguinte, logo cedo, chegamos ao hospital. Fomos bem recepcionados na pessoa da médica Doutora Zuleika. Como de praxe, tão logo procedeu a um breve exame das radiografias, acompanhadas de relatórios dos médicos, solicitou novos exames laboratoriais, como também ressonância magnética do abdômen superior, com contraste. Tendo verificado o quadro clínico do Dr. Marmo, achou por bem interná-lo a fim de receber alguns medicamentos, até os resultados dos exames ficarem prontos, no dia seguinte, à tarde.

Ísis vislumbrada com a eficiência no atendimento do hospital e a competência que a Dra. Zuleika demonstrava, fez com que suas esperanças renascessem. Passou a ter certeza que havia encontrado o caminho e a pessoa certa para recuperar a saúde do seu pai. Voltamos aliviados para o hotel, pois ele já estava sendo cuidado pelos profissionais do hospital. No dia seguinte, voltamos cedo para acompanhar de perto, todo o tratamento. A médica apareceu no quarto já à tardinha, alegando que somente naquele momento os exames ficaram prontos. Notamos que sua fisionomia demonstrava uma preocupação.

— Doutora, e aí? Está tudo bem? — Indagou Ísis com certa preocupação.

— Sinto informar a vocês, mas, costumo ser franca nos meus diagnósticos. — Falou com certa segurança, — O quadro clínico do Dr. Marmo é muito, muito preocupante. Ele necessitaria urgentemente de submeter-se a nova cirurgia. A capacidade de bombeamento do seu coração está reduzida a menos de 20%, donde provém este cansaço e o comprometimento das vias respiratórias. — Enquanto expunha o problema, esperávamos que apontasse o caminho a tomar.

— Mas, doutora! Outra cirurgia?

— Não Ísis. Este é o problema. Seu pai não resistiria a um novo procedimento, devido à idade avançada, como também a debilidade em que se encontra. Infelizmente, este é o meu diagnóstico. — Finalizou a explicação.

— Mas, doutora! Tem que haver uma maneira, de resolver o problema. Afinal de contas saí de minha cidade, por falta de competência dos médicos. Estamos aqui, porque pesquisamos o que havia de melhor neste país, foi por isso que estamos aqui neste hospital e precisamente no consultório de uma das pessoas mais competentes no assunto e a senhora vem me dizer que não temos uma saída para resolver este grave problema? — Desabafou Ísis quase em prantos.

— Eu compreendo a sua angústia, mas, existem coisas na nossa vida, que por mais dedicação e conhecimentos que dispensamos para solucionar, foge, vai além da nossa capacidade, como humanos. Essas coisas competem somente a Deus, aquele que nos criou e que não nos deu sabedoria plena, para solucionar tudo na vida, com se fosse, um simples quebra-cabeças. Por mais que aprendamos as coisas, temos sempre as nossas limitações. Esta é a realidade. — Falou como se ilumina por Deus.

— Que tal, se déssemos um pulo até a lanchonete do hospital? Vamos tomar um cafezinho, para espairecer um pouco.

— Vamos sim, preciso recompor-me.

— Então! O sono a que seu pai foi induzido o levará a um profundo desligamento mental. Vamos fazer isso, para que o corpo descontraia e proporcione a ele uma sensação de bem-estar. — Explicou Dra. Zuleika.

Ísis não se conforma com as palavras da médica, queria apenas que ela encontrasse uma maneira, na medicina, para prolongar por mais alguns anos a sobrevivência do seu pai.

— Dra. Zuleika, seja franca. Se no Brasil não existe recursos, para resolver o problema, diga-me em que parte do mundo, nós encontraremos a solução? Não quero vê-lo morrendo aos poucos. Dinheiro para ir a qualquer país, nós temos. — Apelou Ísis com veemência.

— Estou sentindo que ainda não está aceitando a realidade. Que eu saiba, não existe no mundo uma medicina tão avançada, para submeter a uma cirurgia um coração com capacidade de trabalhar de apenas 15%. E ainda mais agravante: Pertence a um corpo com mais de 90 anos e debilitado. Também descartamos a hipótese de transplante, baseados nos mesmos agravantes citados — Sentenciou a médica, com muita propriedade. — Estamos submetendo o seu pai a uma sonoterapia, com duração de três dias para recuperar as energias, comprometidas com o problema. Se soubesse a existência no mundo de um lugar, que resolvesse este e outros problemas dessa natureza, certamente eu seria a primeira a levar a minha mãe, que está enferma há mais de dez anos. Dedico a ela toda a atenção 24 horas por dia, e nem por isso, jamais desesperei. Já entreguei para Deus. — Desabafou. Senti que Dra. Zuleika quis com isso alertar Ísis, de que nada resolve entrar em pânico.

— Talvez você conhecendo minha mãe, possa compreender o meu sofrimento também. Eu sou filha única, do segundo casamento de mamãe, seu primeiro marido, morreu vitimado de um desastre aéreo, há mais de trinta anos, onde morreram todos os quase duzentos passageiros, que faziam um voo de São Paulo para Belém, donde seguiriam depois para Amsterdam. Minha mãe quando ainda lúcida contava essa história esquisita para mim que à época, era apenas uma adolescente. Ela dizia que o marido iria voltar, pois tinha absoluta certeza de que ele sobrevivera. Até porque, até hoje não se têm notícias de onde caiu a aeronave e nem tampouco, se existiu sobrevivente. Tudo foi dado como uma tragédia, acontecida talvez em alto mar e em águas profundas e que se alguém sobreviveu foi comido pelos tubarões. A verdade e que não se apuraram direito os fatos. Talvez nem mais os familiares se lembrem do ocorrido. Exceto dona Evellin, minha mãe. Desde criança a ouço repetir: um dia ele voltará. Ela contava que decorridos pouco mais de dois anos da tragédia, resolveu casar-se novamente porque sentiu que isso poderia fazê-la esquecer daquele tormento. Mas, foi em vão. Talvez um filho, seria a solução. Após o meu nascimento, ela começou a fragilizar. Aos poucos, apresentava certa demência que se acentuou até ser diagnosticada com "Afasia" que é um distúrbio na formulação e compreensão da linguagem. Geralmente está relacionada a uma lesão do lado esquerdo do cérebro. Por se tratar de uma doença degenerativa, no curso do tratamento, descobriu-se também que se tratava da doença de Alzheimer, tendo em vista que a afasia se comporta, de forma semelhante. Resumindo: mamãe não reconhece nem a mim, sua própria filha. Esse quadro demencial já se arrasta há mais de dez anos e de uma forma de piora gradual. Contudo, às vezes ainda chama pelo marido morto. Meu pai é americano, resolveu nos deixar e voltar aos Estados Unidos. A única coisa que faz por nós é o suporte financeiro e nada mais.

Desde que Dra. Zuleika começou a narrar sua vida, emudeci. À medida que avançava, acreditava que não iria suportar o silêncio que segurava preso na garganta. Parecia que iria explodir o peito, se não soltasse aquele choro convulsivo e angustiante, que cada uma das suas palavras narrava a história do meu passado. Parecia que meu coração estava sendo apunhalado com finas lanças, fabricadas pela minha consciência, como um castigo por ser o único culpado por tudo aquilo, que escutava em silêncio. Será que Deus trouxe-me de volta àquela cidade, àquele hospital, para ouvir tudo isto desta moça, que é justamente filha daquela mulher que tanto amei na vida? Será que é um castigo ou prêmio para atender às minhas orações que sempre fiz ao Pai, pedindo que trouxesse de volta a minha vida perdida todos esses anos, mundo afora? Seja como for, aqui estou em carne e osso, diante da filha da mulher que não mais, posso chamar de minha.

— Desculpe-me, doutora, talvez com a minha intolerância esteja querendo contrariar a vontade de Deus. — Quis desculpar-se Ísis.

— Você não precisa desculpar-se dona Ísis, eu compreendo perfeitamente seu comportamento, de uma filha amorosa como é. Seria estranho, se reagisse nessa situação, com naturalidade. — Tranquilizou Ísis educadamente. — Vocês não aceitariam um convite de conhecerem minha mãe? Amanhã de manhã estarei de folga, poderia apanhá-los no hotel. Seu pai estará aos cuidados do pessoal do hospital.

Mesmo que queiram estar ao seu lado, ele não saberá, pois estará em sono profundo. Antes de me dirigir ao hotel, passarei no hospital para vê-lo. Às nove sai um boletim médico que preciso acompanhar de perto.

— Vamos sim! Concorda Ísis?

— Claro Jorge, Vamos conhecer a mãe da Dra. Zuleika.

Apoiei o convite porque estava ansioso. Louco de vontade de rever Evellin, mesmo que fosse na situação em que se encontra. Quero proporcionar aos meus olhos aquela rara oportunidade de enxergar o passado, no presente. Encontrar-me de novo naquele bairro, rever a casa que construí, sonhando com um futuro tranquilo. Quero respirar de perto, o mesmo ar que Evellin estiver respirando. Sentir ao seu lado, a sensação de que nada mudou. Que nunca nos separamos e que jamais nos afastará. Estarei sempre ao seu lado, velando dia e noite, para que sua vida se prolongue por muitos anos. Sonhar que junto dela, estarei atento para servi-la, até o final das nossas vidas. Pobre miserável que sou, tudo não passara de sonhos. Sonhos que serão apenas sonhos até o final da minha vida. Pelo menos isso, a vida ainda não me roubou.

Despedimos da Dra. Zueika, após voltar ao quarto do Dr. Marmo, regressamos ao hotel.

— Jorge, o dia hoje foi muito cansativo e cheio de tantas coisas desagradáveis. Que tal jantarmos em um belo restaurante? Preciso espairecer um pouco.

— Vamos sim. Foi bem lembrado. — Imaginei. Quem precisa relaxar sou eu. — Vou tomar uma ducha e logo sairemos.

Meus pensamentos ainda estavam confusos. Evellin não saía da minha cabeça, mesmo sabendo do seu estado de saúde, parece que ainda sentia por ela o mesmo amor de antes. Será que minha convivência com Ísis há tanto tempo, não fez desaparecer o amor que sentia por Evellin? Ou será que amo as duas? Impossível, um destes dois deverá ser falso, ou melhor, poderá ser uma grande admiração. Ísis é uma mulher maravilhosa, culta e educada como Evellin porém, foi a que surgiu na minha vida na hora em que me encontrava perdido e totalmente desorientado, sem saber realmente quem eu era. Maximiliano ou Jorge? Aliás, até hoje, ainda não sei exatamente, quem sou. Na minha consciência, bem lá no fundo acho que não sou, nem um, nem outro. Eu não existo, e isto me tortura todo tempo.

— Jorge! Chegamos. Está no mundo da lua? Pague logo o táxi. — Repreendeu-me Ísis.

— Aqui está, amigo. Pode ficar com o troco.

— Obrigado e boa noite. Não quer que eu aguarde, para levá-los de volta?

— Não, obrigado, vamos demorar. — Sentenciei.

— De qualquer forma, aqui está o meu cartão. É só ligar.

Foi um belo jantar, apenas a minha mente, ainda conturbada, quase não dava atenção às palavras de Ísis. Voltamos para o hotel, por volta das 23 horas.

No dia seguinte, acordei bem cedo, para aguardar a chegada da Dra. Zuleika. Estava ansioso para rever Evellin. O seu estado de saúde dava-me a segurança de não ser reconhecido. Mas, isso ao mesmo tempo, revelava um profundo dó, que talvez fosse mesmo, uma grande culpa que atormentava o meu ser. Até hoje, vejo nitidamente aquela figura esbelta de uma mulher bonita e de um rosto angelical, que exalava ternura no seu olhar penetrante, que parecia dizer: vou te amar, por toda a minha vida. Evellin. Mulher que sempre teve o hábito da leitura, mantinha na sua cabeceira, livros dos mais expressivos escritores. Conhecia as obras do russo Liev Tolstoi, como ninguém. Passava noites e noites fascinada com leituras intermináveis. Lembro-me da sua admiração incontestável por Shakespeare. Leu e releu sua obra: Vênus e Adónis. Sua bagagem literária alimentava grandes comentários que travávamos por horas a fio. Eram momentos de verdadeiro devaneio literário. Na música, então! Passava momentos desligada de tudo ouvindo Strauss, Vivaldi, Wagner, Mozart e outros.

Mas, infelizmente a história hoje é outra: Esquecimento, doença, ostracismo. Do meu lado: saudades, sentimento de culpa e angústias, trazidas pela fatalidade. Sou hoje um homem com dupla identidade que se resume em não existir, de não ser ninguém.

— Jorge! Atenda ao telefone. Deve ser a Doutora, esperando na Portaria.

— Alô! Ah, sim! Diga a ela que já estamos descendo. — Respondi à recepção. — Vamos Ísis. Ela já chegou.

— Um minuto só. Estou acabano de me ajeitar. Descemos e a encontramos no sofá, em frente à televisão.

— Bom dia, Dra. Zuleika! Como passou de ontem?

— Bom dia. Passei bem, obrigada. E vocês?

— Muito bem. Graças a Deus. — Respondeu Ísis, com sorriso gentil.

— Podemos ir?

— Sim claro! Vamos conhecer dona Evellin. — Afirmei.

Enquanto seguíamos rumo ao destino, as duas trocavam comentários, sobre o estado de saúde do Dr. Marmo. Eu, alheio às informações da médica, preocupava-me em rever as ruas, os prédios, os viadutos intermináveis, que à minha época, quase não existiam. Apenas o viaduto do Chá já me era familiar. Recordações do meu tempo de estudante. Da vida de um professor, cheia de planos que depois se completaram, com o casamento. Planos de uma velhice feliz e saudável, em companhia da mulher amada. Despertei do sonho, somente depois que Zuleika chamou a atenção, dizendo que estávamos próximo à sua casa. Foi maravilhoso, quando ainda à distância, pude enxergar o Templo onde vivi a época gloriosa da minha vida. Pude notar a imponência daquela bela casa, onde a família Castro e Silva desfrutou por um bom tempo, as delícias de um casal eternamente apaixonados. Uma cumplicidade amorosa era protegida por aquele teto. Lembranças que hoje só existem na minha memória. Tudo acabou. Fui levado para bem distante, onde aprendi que este mundo, é uma "Maquina de Entortar Homens". O destino trouxe-me de volta, não sei se foi para martirizar ainda mais minha alma ou simplesmente foi um dos seus caprichos.

— É aqui a nossa casa. — Mostrou Zuleika. — Estejam à vontade, como se fosse de vocês.

— Obrigada querida, Você é muito gentil. — Reconheceu Ísis.

— Desculpem. Embora estejam notando o tamanho, mas temos apenas uma empregada doméstica. Um jardineiro que presta eventualmente alguns serviços. Não falando da enfermeira, que mantenho ao lado dela. Sabe como é! A prioridade é mamãe, que necessita de uma pessoa constantemente ao seu lado. — Justificou Zuleika.

— Realmente a casa é muito grande, para atender apenas vocês duas. — Concordei.

— Pois é! Mas, por se tratar da casa construída, pelo seu primeiro marido, mamãe nunca quis desfazer-se deste patrimônio.

— Concordo com você e parabéns por manter até hoje a vontade dela. — Reforcei o respeito pela vontade da mãe. — Continue a fazer a sua vontade.

— Isso é o mínimo que posso fazer a ela que sempre comentava: Foi a única coisa que sobrou, do seu grande amor. E o pior é que ela sempre jogava isso, na cara do meu pai. — Risos. — Coitado, ela sabe que essa paixão antiga, nunca apagará. — Comentou. — Entrem, por favor, sentem-se enquanto peço a enfermeira prepará-la para receber vocês.

Enquanto permanecíamos esperando, um silêncio tomou conta das nossas vozes. Meus olhos percorriam a imensa sala, à procura de algum objeto ou móvel, que de mim fosse conhecido. Nada daquele tempo fazia parte do conjunto que supria o ambiente. Depois de muito observar, notei a pouca distância uma cristaleira, repleta de copos e taças. Achei curioso que em uma das prateleiras existia um par de taças isoladas das demais. O que mais chamou aminha atenção, foi as suas bordas rodeadas por uma fina faixa de cor bem acentuada, por um vermelho-choque. Aquele detalhe fez-me levantar da poltrona e caminhar, para observar melhor de perto. Justamente o que eu imaginava. Aquelas taças foram especialmente gravadas: Max e Evellin, para o brinde, na hora do casamento. Mais uma vez me convenci que eu era uma pessoa muito especial, na vida daquela mulher. Ainda de pé frente ao móvel foi surpreendido com o chamamento de Zuleika.

— Entrem, por favor. Ah! Você está olhando estas quinquilharias de mamãe?

— Ela tem todas as pessoas como conhecidas, mas, na verdade não reconhece ninguém. Fiquem à vontade, enquanto preparo um suco para nós.

Dra. Zuleika nos deixou a sós com Evellin. Enquanto olhava fixamente para Ísis, que tentava algum diálogo, ela apenas observava com certa curiosidade, às palavras proferidas por uma pessoa que ela procurava lembrar, de onde conhecera. Eu, por minha vez, imaginava encontrar uma mulher desfigurada e abatida pela doença que a acometera. Ledo engano, a sua fisionomia, pouco diferia da Evellin de anos atrás. Sua fidalguia ainda habitava na sua memória afetada pelo mal, que vencera as suas forças físicas. Seu olhar somente voltou-se para mim, após a entrada da filha trazendo uma bandeja com chá e biscoitos. Assim que nossos olhos se encontraram, senti que o seu semblante teve uma mudança radical. Após demoradamente observar-me, nada disse, apenas seus olhos rasos d'água não resistiram e transbordaram, deixando escorregar pela sua face, lágrimas abundantes de um choro, que não aconteceu, apenas a sua emoção era revelada. Seu coração parecia conter em seu peito toda aquela vontade de extravasar o que guardara durante tanto tempo, liberou apenas lágrimas. Parecia que tudo aquilo era um recado, enviado apenas para mim. Ninguém entendia aquele quadro que presenciavam, apenas eu.

— Max! Meu querido Max. Eu sabia que um dia, Você iria voltar. Por onde andou todo esse tempo meu amor? Porque me abandonaste? — Falava com a segurança de uma pessoa de sã consciência.

— Desculpem. Desculpe Jorge. É como falei a vocês, ela confunde os pensamentos. — Explicou Zuleika. — mamãe! Vamos tomar o remédio, que está na hora. Este medicamento faz cair a sua angústia. Ela está muito emocionada, por ter confundido seu marido, com o Max, seu falecido. — Disse.

— Eu compreendo. Vamos deixá-la descansar. — Sugeriu Ísis.

Voltamos à outra sala e enquanto ouvíamos mais sobre a sua doença, terminávamos de tomar o chá, que fora servido. De volta ao hotel, Zuleika comentava sua surpresa, pelo fato de sua mãe, nunca ter emocionado com visitas daquela maneira. Justificou, explicando que talvez meu rosto, tenha uma grande semelhança com o homem da sua vida. O Max. E isso a fez lembrar a sua certeza, que um dia ele voltaria. Acredito que suas explicações, fora de uma filha como médica.

Naquela tarde, fomos ao hospital e encontramos Dr. Marmo bem disposto. O método aplicado foi muito eficiente, pois ele realmente encontrava-se muito debilitado e precisando de um descanso profundo. Zuleika bastante animada ponderou que se o quadro clínico continuasse respondendo bem ao tratamento, dentro de dois dias teria alta, para voltar a Belém. Recomendou, no entanto, que o contato com ela deveria ser semanalmente, pois, fazia questão de procurar todos os meios para prolongar ao máximo o seu tempo de vida.

Na sexta-feira daquela semana, tomamos o voo da tarde e ainda chegamos a Belém, antes do anoitecer. Naquela noite, quase não dormi. Sentia meu cérebro dividido em duas partes distintas: Uma, revivendo a vida de Max. A outra vivendo a vida de Jorge. Confuso, não sabia a qual das partes deveria obedecer, para seguir em frente com minha vida.

Dr. Marmo estava ansioso para voltar para casa e rever os netos. Convocou a todos para no sábado se reunirem num almoço especial. Seria a comemoração do seu sucesso no tratamento. Pobre coitado, mal sabia da gravidade da situação.

A animação foi geral. Nossos filhos: Salvatore e Vitorio abraçavam a todo instante o amado avô, contentes em receber de volta aquele que transcendia a qualidade de parentesco, era para eles o ídolo que sempre os inspirava a trilhar uma vida honesta, humilde e digna, para serem cidadãos honrados e respeitados. O almoço foi uma alegria e confraternização total. Selma preparou os pratos preferidos do patrão. Ele, por sua vez, não deixava de elogiar a competência daquela incansável serviçal, que acompanhava a família Pesonni há anos e anos.

Na segunda-feira bem cedo já retornávamos à rotina, os filhos para o colégio, eu e Ísis para a indústria. Depois de inteirar de tudo, marcamos uma reunião de diretoria para o dia seguinte, pois, ainda naquela semana, iria percorrer todos os shoppings, para reunião com os respectivos diretores e seus respectivos superintendentes. Ísis não iria, permanecia em Belém para cuidar do pai.

Passei dez dias visitando todas as unidades, a última foi Curitiba, onde supervisionei simultaneamente a filial da Selsium e a obra do novo shopping.

Na minha viagem, isolada da família, embora com uma agenda carregada, ainda sobrava tempo para que minha memória acusasse constantemente de ser o responsável pelo sofrimento de Evellin, por não ter voltado em tempo de evitar que ela fizesse um casamento frustrado, para depois, sofrer pelo resto da vida. Na última noite, ainda em Curitiba, tive um sonho com Evellin que acalmou o meu espírito e me fez repousar, como se estivesse flutuando nas nuvens. Ela apareceu toda de branco, descendo dos céus e com um sorriso angelical. Sentou-se à beira da minha cama e disse: Meu amor, sinto que você está se martirizando, por uma culpa que não é sua. Vou ajudar você a recordar: Tão logo teve seus objetivos interrompidos por uma fatalidade, sempre desejou voltar ao nosso convívio, porém, o destino nos traiu e levou você para bem longe de mim. Não se esqueça de que foi prisioneiro, por longos anos e quando sua atual esposa aceitou você, sem nunca ter exigido que revelasse a sua vida pregressa, acolheu-o como "Jorge. Um homem perfeito" Somente assim, teve nova oportunidade de vida, que infelizmente eu não tive. Portanto, esqueça a sua vida passada. Esqueça aquele Maximiliano de Castro e Silva e viva o resto da sua vida como: Jorge Dias do Nascimento. Procure amar e agradeça todo dia a essa mulher maravilhosa que surgiu na sua vida. Carinhosamente, beijou-me a face, e toda iluminada, despediu-se com um largo sorriso e aos poucos meus olhos comtemplavam a sua ascensão, até desaparecer no infinito. Acordei com minha consciência aliviada, parecia que aquele sonho levara para bem longe todo o peso que carregava na consciência.

De volta a Belém, encontrei Ísis à minha espera no aeroporto, coisa que não estava prevista. Depois de abraçá-la com ternura, senti que o meu amor era diferente, era mais profundo que antes.

— Meu querido! Como sabia que viria agora de manhã, não antecipei a você: Vamos para São Paulo, no voo que parte dentro de meia hora. — Ordenou.

— Mas o que foi? Seu pai?

— Não! Papai está bem. Dra. Zuleika ligou-me de manhã, sua mãe faleceu essa madrugada. Não sei por que, mas me senti na obrigação de comparecer ao velório.

— Claro! Vamos dar um apoio moral para Zuleika. Vou apenas apanhar minha bagagem. — Confirmei a decisão, antes mesmo que minha memória processasse a informação. Enquanto aguardava à beira da esteira a passagem da minha mala, meus olhos percebiam o movimento dos passageiros. Dava a impressão que todos assistiam a um espetáculo: As malas mais pareciam nossos destinos, trazidos pela esteira da vida. Deveríamos ficar atentos, pela sua passagem, pois cada um deveria identificar a que lhe pertencia, fosse ela uma mala reluzente, recheada com pertences de primeira qualidade, ou aquele pacote amarrado, contendo apenas coisas simples e sem valor. Notei que agarravam aquele bem, olhavam se nada havia ficado para trás e partiam cada um para lados diferentes seguindo com o seu destino. De volta, encontrei Ísis na fila de embarque. Dentro de algum tempo, já estávamos devidamente instalados em nossos assentos. Enquanto a aeronave taxiava, Ísis comentou:

— Não sei o porquê dessa minha decisão de comparecer a esse velório, pois poderia comunicar por telefone ou telegrama, dando nossas condolências. — Comentou Ísis.

— Ora Meu Bem! Deve ter sido a atenção que a doutora dispensou ao seu pai e a você. — Justifiquei.

— É! Pode ser. De qualquer forma, ainda vamos depender dos seus serviços.

— Tem razão! Espero que seja por um bom tempo. — Dei uma opinião apoiando.

Encontramos um velório repleto. Acredito que além das amizades que Zuleika possui dentro do seu círculo de trabalho, Evellin era muito conhecida e bem relacionada, quando ainda exercia sua função de educadora.

O féretro saiu da capela, acompanhado por uma verdadeira procissão que, a passos lentos, chegou ao destino. Após breves discursos enaltecendo a pessoa de Evellin, um sacerdote leu alguns trechos da Bíblia. Enquanto o esquife era descido vagarosamente, presentes jogavam rosas e lírios, como uma última homenagem. Naquele instante, quase não contive a vontade, que meu coração ordenava: "Grite! Para que todos possam ouvir o seu clamor. Evellin, você será sempre meu grande amor". Mas, eu sabia que seria loucura da minha parte. Apenas joguei na sepultura um cravo vermelho para simbolizar todos os meus sentimentos. Tenho certeza, que apenas ela compreendera aquele meu gesto. Naquele instante, acreditei realmente que Evellin havia estado comigo, na noite da sua partida.

Após a cerimônia, fomos nos despedir de Zuleika que, aos prantos, agradeceu a nossa presença e confessou que jamais se esquecerá do nosso ato de solidariedade que a ela dispensamos.

Partimos ainda naquela noite, no último voo, que faria escala em Belém.

Na manhã seguinte, Ísis foi sozinha para a fábrica. Encontrava-me fisicamente exausto e espiritualmente triste pelo sofrimento, que não seria desabafado com ninguém. Aproveitei, também, após algumas horas de sono, para desfrutar da conversa agradável que Dr. Marmo sempre dispunha. Trocamos muitas ideias, sobre tudo. Seus conselhos e seus conhecimentos, para mim, são de grande valia.

No período da tarde, voltei à minha rotina de trabalho. As coisas aconteciam dentro das expectativas.

Nos seis meses seguintes, conseguimos concluir e inaugurar o Shopping de Campo Grande e o entregamos à diretoria, comandada pela Empresa Lindolfo Administradora Ltda. para ser locado o mais rápido possível.

Dr. Marmo pediu-me que convocasse uma reunião para a semana seguinte e determinou que como membro do conselho, faria questão de participar. Não comentou a pauta e eu, por minha vez, senti-me constrangido em perguntar sobre o assunto a ser tratado. Embora eu seja o diretor presidente, tinha apenas a obrigação de cumprir a solicitação de um membro do conselho, que, por acaso, é o dono majoritário do Grupo Pesonni. Quando estávamos todos reunidos na sala, Dr. Marmo adentrou, conduzido pelo seu motorista particular, em uma cadeira de rodas, para evitar esforços físicos em demasia (Recomendação da sua médica) Eu, por educação, levantei-me, como os demais e retirei-me da cadeira do presidente, oferecendo à Dr. Marmo, para instalar-se no meu lugar. Quando o seu auxiliar, já tentava posicionar sua cadeira no lugar da presidência, fora repreendido:

— Este não é determinado a um conselheiro, pertence ao senhor presidente. Observou. — Coloca-me no meu devido lugar. — Jorge, assuma seu posto de presidente do Grupo Pesonni.

Embora eu insistisse, juntou-se aos demais Conselheiros. Após eu ter aberto a sessão, convidei nosso Conselheiro para fazer uso da Palavra.

— Senhores diretores: Deverei ser breve nas minhas ponderações. Mesmo afastado fisicamente do Grupo Pesonni, acompanho da minha casa, através dos balancetes que me são enviados mensalmente, toda a vida financeira de todas as empresas, do nosso grupo. Acompanho também, o grande movimento dos senhores, em vigília permanente aos nossos interesses fora de Belém. Em razão disso tudo conclui que já é bastante oportuno dispormos de um meio de comunicação, que possa nos atender tempestivamente, sem depender dos serviços de terceiros. Ou seja: está na hora de possuirmos nosso próprio meio de locomoção para longas distâncias. Achei por bem, levar à apreciação dos senhores, a compra de uma aeronave executiva. Já iniciei as negociações com a Embraer, para compra de um jatinho do tamanho que atenda as nossas necessidades. Depende apenas do aval dos senhores. Passo às mãos do senhor presidente a proposta, contendo todas as condições, inclusive o tempo da entrega que será de um ano. Mas, enquanto isso colocará a nossos serviços, a título de aluguel, um aparelho de porte igual ao adquirido. — Todos ouviam surpresos, sem nada dizer. — Vou retirar-me e deixá-los à vontade. Espero o apoio de todos e consequentemente, o comunicado da nossa Presidência, a todos os nossos acionistas. Obrigado e tenham todos um bom-dia.

Dito isto, Dr. Marmo retirou-se deixando todos à vontade, para que o assunto fosse discutido. Ao final da reunião, todos votaram favorável como também comentaram que embora o chefe com idade avançada e com a saúde bastante comprometida, ainda é um homem eficiente. Suas ideias e suas decisões não deixam dúvidas de ser uma pessoa em sintonia com a modernidade, que se exige de um grande empresarial. Dentro de uma semana, contratamos um piloto, pois a aeronave já estava à nossa disposição.

Decorridos mais de oito meses, Dr. Marmo continuava relativamente bem. Isso tudo, graças ao empenho da Dra. Zuleika em mantê-lo vivo e sem sofrimentos, pelo tempo máximo possível. A disponibilidade do avião, também facilitou sobremaneira, nossas viagens a São Paulo. Eu e Ísis concluímos que nossa família sempre unida, proporcionava a ele uma imensa vontade de sobreviver, para compartilhar das alegrias dos netos à sua volta. Salvatore e Vitorio, sempre demonstrando um grande afeto pelo avô, aliás, poderia até afirmar que Dr. Marmo, era mais que o pai de Ísis. Ele era o grande herói dos rapazinhos. A cada dia, ficava mais evidente e definida a vontade de cada um: Salvatore era um Administrador nato e Vitorio sempre focado, para ser um futuro médico, com ênfase, nos estudos da mente humana. Nós fazemos questão de não interferir, nas suas vocações, apenas cobramos resultados nos estudos. Embora com pouca idade para o trabalho, Salvatore insistiu, até que permitimos um estágio de *office-boy* no laboratório, apenas no período da tarde. Mas, só permitimos devido ao grande apoio que recebera do avô. Já queria desde cedo começar a entender como funciona aquilo tudo. Como incentivo e mesmo sem nenhum vínculo empregatício, resolvemos remunerá-lo pelos serviços prestados, além da mesada que recebia regularmente.

Já haviam passado quase dois anos da previsão de vida, feita pela Dra. Zuleika. Mas, devido a sua respiração, que se encontrava bastante difícil, resolvemos internar Dr. Marmo de acordo com as recomendações médicas. Ele não poderia ser transportado para São Paulo. Depois de uma semana no hospital, nosso otimismo estava se esgotando. Quase não conseguia mais comunicar-se verbalmente, apenas através de vagarosos gestos ou até direcionando os olhos às pessoas ou objetos. Sua respiração ajudada por aparelhos, ainda mantinha o ar dos seus pulmões. A fisionomia, aos poucos, demonstrava a sua falta de esperanças. Seus olhos encovados iam perdendo o brilho esverdeado. Era esperado pelo seu final, a qualquer momento. Nossos filhos inconformados compartilhavam com a mãe aquela cena angustiante de sofrimentos. Chegamos a rezar unidos, para que Deus tivesse compaixão, de todos nós. Ao amanhecer daquela noite, o pai compadeceu-se e o levou para o seu descanso eterno. Ao final, estávamos divididos, entre a dor e o consolo. Quando do seu último suspiro, segurava nas mãos dos netos com todas as forças, que ainda lhes restavam. Naquele momento, Dr. Marmo era apenas um corpo deixado por um espírito, que partiu para outra dimensão. Talvez, quem sabe, para um lugar onde possa dar continuidade ao trabalho que sempre soube exercer aqui na terra: Solidariedade e amor. Fora também, um homem de caráter sem igual, jamais soube de um ato qualquer praticado, que denegrisse sua imagem de pessoa íntegra.

Este foi um dos legados, deixados aos seus netos. Será uma fortuna, que dinheiro nenhum do mundo poderá comprar. Seus ensinamentos sábios guiarão todos nós pelo resto das nossas vidas.

O sepultamento ocorreu na manhã seguinte. Amigos, empresários, funcionários, gente de todas as classes marcaram presença, no último adeus ao velho Pesonni. A família de Salvatori de Biasi (Filhos e Netos) compareceu trazendo conforto e solidariedade à todos nós. Duas horas antes do sepultamento, tivemos a grata satisfação, de receber o abraço sincero da Dra. Zuleika, acompanhada de uma colega do hospital. Seguidamente, Dr. Marmo foi sepultado. Acabou-se. Não restava mais nada senão, o vazio que nossas almas levavam de volta para casa. O espaço deixado em nossas memórias, dificilmente será preenchido por alguém, com tantos predicados. Mesmo depois de alguns meses, o inconformismo de Ísis e dos meninos parecia não ter fim. Cabia a mim confortá-los na aceitação daquela realidade.

Após três meses, fomos alertados pelo corpo jurídico do grupo Pesonni, que deveríamos ter iniciado o inventário, trinta dias após o falecimento do Dr. Marmo. Não atentamos em fazê-lo, tendo em vista que além dos acionistas, Ísis é a herdeira de todo o patrimônio deixado pelo pai, tendo em vista ser a única filha do casal Pesonni. Sugeri, então, que desse uma Procuração ao Departamento Jurídico para resolver toda a situação. Feito isso, resolvemos pegar os meninos e passar o mês de férias que se iniciava nos colégios. Fomos para Punta Cana, a pedido de Salvatore, que pesquisou a respeito do lugar e ficou encantado. Resolvemos atender o seu pedido. Seguimos após a reserva em um Resort. Realmente, foi uma bela opção. Curtimos um lugar maravilhoso com o acolhimento de um povo hospitaleiro.

De volta a Belém, parecia que todos haviam recuperado um pouco, da grande perda do pai e do avô. Retomamos cada um à sua rotina, os rapazinhos deveriam comparecer ao colégio, no dia seguinte. Eu e Ísis chegamos cedo a indústria e já tínhamos uma agenda lotada à nossa espera, inclusive um recado do jurídico, para procurá-los tão logo após nosso regresso.

Comparecemos à sala dos advogados e fomos recebidos por Dr. Samuel, o chefe do departamento.

— Bom dia! Como foram de viagem? Deu para descansar? — Indagou — Sentem-se, por favor. Dr. Jorge! Dra. Ísis! É com respeito ao inventário. Não quis incomodá-los durante as ferias, mas agora já posso informar: Nada pude fazer na ausência de vocês. O cartorial informou que é exigida a presença dos dois, pois, trata-se de uma determinação, deixada pelo seu pai. Sendo assim, coloco-me à disposição para acompanhá-los até o cartório.

— Estranho! Não é Jorge? — Falou Ísis. — O que poderá ser doutor?

— Olha! Nesses casos, há sempre alguma condição que deverá ser cumprida. — Explicou. Mas, em todo caso, não vamos antecipar fazendo conjecturas.

— Tá bem! Podemos ver isso na parte da tarde? Após o almoço?

— Claro Dona Ísis. Fiquem à vontade. — Confirmou Dr. Samuel — Estarei aguardando vocês no cartório, às 14 horas.

Chegamos para o almoço e já nos aguardavam, com a mesa servida. Vitorio mal esperou que tomássemos assento e disparou: Quero comunicar a vocês, que fiz matrícula em um cursinho para o vestibular.

— Mas, meu filho! Você ainda é muito novo, para pensar nisso. — Ponderou a mãe. — Dê tempo ao tempo.

— Não mãe! Eu vou atropelar o tempo. Já estou terminando o segundo grau este ano. Você está esquecendo que no ano que vem, completo dezessete anos. Farei o vestibular, se eu passar e não aceitarem a minha matrícula, entro de imediato com mandado de segurança. — Foi seguro nas suas decisões. — Quero formar-me o mais rápido possível, para exercer a minha profissão de psiquiatra. Quero, também, fazer o mestrado na área de neurologia.

Ouvimos em silêncio e logo depois apoiamos a decisão do nosso filho.

Salvatore também não se conteve.

— Pai! Estou decidindo também, fazer o mesmo. Pretendo fazer administração de empresas. Sabia que já conheço as empresas do grupo, o bastante para opinar nas suas decisões? Assim que ingressar na faculdade, quero tomar parte nas reuniões de diretoria, como convidado. É claro! O que acha disso?

— É! Vamos ver. Ainda é muito cedo, para cuidar desse assunto. — Acalmei o seu ânimo. — Vamos com calma.

— Jorge, não temos ainda muito tempo, para chegar ao cartório. Lembrou Ísis. — Sabe muito bem, que não gosto de fazer ser esperada.

— Tem razão, meu amor.

Às duas da tarde, éramos aguardados, por Dr. Samuel.

— O chefe do cartório, já esta esperando a nossa presença. Vamos à sua sala? — Convidou-nos nervosamente, o advogado.

— Sim! Vamos logo. — Confirmei.

— Dr. Simões. Este é o casal, da parte do espólio do Dr. Marmo Pesonni. Estão presentes para cumprir a determinação do pai da Dra. Ísis.

— Prazer. Simões. Não sei, mas, acredito que não seja do conhecimento de vocês, o testamento cerrado, deixado pelo Dr. Marmo Pesonni, arquivado neste cartório. Vou apanhar no cofre, o envelope que somente poderia ser aberto por vocês, na presença de duas testemunhas no caso: o advogado de vocês e eu.

Ísis e eu nos entreolhamos, com certo gesto de curiosidade, misturado com espanto. Voltou em seguida e entregou a ela o tal envelope que continha um lacre, com a chancela do cartório e endereçado a Ísis Pesonni do Nascimento.

— Abra você, Jorge!

— Em absoluto! — Rejeitei. — A correspondência esta endereçada a você, que é a herdeira de tudo.

— Estou muito nervosa, Jorge! O que será que papai aprontou?

— Não tenho a menor a menor ideia, meu bem. Só uma coisa posso lhe garantir: Seu pai sempre foi uma pessoa que jamais seria capaz de praticar um ato impensado. Seja qual for o conteúdo deste envelope, tenho certeza que procurou fazê-lo, depois de muita reflexão. — Tentei acalmar Ísis.

Após a abertura, três cartas foram encontradas: uma, endereçada à filha, as outras, aos netos individualmente. Depois de alguns minutos de incerteza, ela encorajou e abriu a missiva. Eis o teor:

"Querida e amada filha"

Que a paz do Senhor, esteja convosco.

Aconteceu o que era esperado o que um dia se consumasse. Não me encontro mais fisicamente no meio de todos vocês. Mas, jamais serão abandonados espiritualmente, se assim o Pai me permitir. Espero que minhas decisões, não venham de encontro com as suas ideias, na condução dos negócios futuros, do Grupo Pesonni. Tenho certeza de que as medidas que tomei foram acertadas, tendo em vista que tivestes a bênção de Deus, colocando em sua vida, como seu esposo, uma pessoa maravilhosa como o Jorge.

Sendo você, possuidora da metade dos bens do Grupo Pesonni, achei por bem: doar toda a parte, que me era disponível. Assim sendo: seu esposo Jorge Dias do Nascimento, doravante, será seu sócio com partes iguais. No intuito de proporcionar a ele, minha eterna gratidão pelas ações inteligentes e tempestivas, prestadas ao grupo que se tornou um dos maiores conglomerados deste país.

E o mais importante de tudo isso, foi a inestimável ajuda psicológica que dispensou a você, no momento que mais precisava. Quero que vocês conjuntamente possam proporcionar aos meus estimados netos as recomendações que lhes fiz através das cartas, a eles endereçadas.

De onde eu estiver, rogarei à Deus que me permita sempre, estar ao lado de todos vocês.

Um abraço a você, Jorge, Salvatori e Vitorio.
Marmo Pesonni

Após a leitura da carta, Ísis ficou pensativa, enquanto o titular do cartório prosseguiu na divulgação do teor, contido no testamento propriamente. Tudo que fora por ele relatado no documento informal ratificou-se formalmente e que, por Lei, tem Fé Pública. Mais uma vez, fui surpreendido pelas forças do destino, que muita das vezes, atirava-me ao fundo do poço mais profundo, a poucos metros do inferno, outras feitas, elevava-me às alturas que poucos homens conseguiram alcançar. Imagine: Maximiliano, o Max mendigo de rua, drogado e com identidade cassada pelo seu desaparecimento e julgado morto. Reaparece e em menos de duas décadas, transforma-se em Jorge: rico, poderoso e admirado. Somente agora, sou capaz de compreender os poderes espírituais daquela cigana, que um dia chamei de "Velha Louca". Tenho certeza, se estivesse deixado ler o restante dos traços da minha mão, teria dito:

"Antes de toda a sua glória, passarás primeiro pelo inferno." Mas, fiz questão de ignorar os seus poderes.

Ísis escutava atentamente a leitura sem nada dizer. Ao término, esperava uma reação talvez de insatisfação ou revolta pela atitude do pai, mas, pelo contrário. Com lágrimas nos olhos, abraçou-me dizendo: Eu sabia que meu pai sempre seria um homem justo, até depois da sua morte. Obrigada minha Nossa Senhora da Guia, por atender as minhas preces. Parabéns, meu amor, você é merecedor de muito mais que isso. — Desabafou. — Obrigada meu Deus.

Tão logo chegamos a casa, à noite, entregamos as cartas aos nossos filhos. Cada um recolheu-se em seus aposentos, depois que relatamos o ocorrido. Meia hora depois, Salvatore voltou demonstrando certa emoção. Seus olhos revelavam um choro, que procurava disfarçar.

— Vocês querem ler a carta do vovô? — Ofereceu. — Não há nenhum segredo.

— Não, meu filho. São coisas pessoais suas e de papai. São segredos de vocês. — Risos.

— Não! Não, mamãe, faço questão de lê-la para vocês. Escutem:

Salvatore. "O Grande"

Deus atendeu meus pedidos, para que mandasse para mim um neto, pois a família Pesonni não podia acabar. Fui atendido em dobro, presenteou-me dando-me você e Vitorio. Partirei desta vida, realizado.

A você, confiaria continuidade do nosso grupo, na sucessão futura do seu pai, pois já tive a oportunidade de verificar o seu tino nato de um perfeito Administrador. Capaz de gerir nossos negócios com competência e liderança, coisas essenciais no mundo dos negócios. Quero relembrar das coisas fundamentais, que sempre lhe ensinei: Seja honesto, leal e justo aos que te servem. Procure ser um bom ouvinte e tome decisões corajosas. Sei que todos estes predicados, fazem parte da sua índole, quis apenas avivar estes conceitos, que existem dentro de você. Sei que minha memória, servirá de timoneiro que o conduzirá com segurança nas águas turvas no mundo dos negócios.

Um forte abraço.
Vovô Marmo

— É meu filho! Seu avô colocou em suas mãos uma grande responsabilidade, só lhe restará no futuro seguir a sua cartilha. — Reforçou Ísis. — E eu estarei aqui, sempre ao seu lado.

— Pois é meu filho, sua mãe tem razão. Onde está Vitorio? — Indaguei.

— Está trancado no quarto, parece que estudando, — Arriscou Salvatore.

No dia seguinte, eu e Ísis voltamos ao trabalho, e nada comentamos sobre a atual situação do grupo. Aliás tudo que aconteceu, diz-se apenas assuntos de interesse da família Pesonni.

Dois dias depois, Vitorio nos surpreendeu, oferecendo a carta para que eu a lesse e todos ouvisse. Não aceitei e passei a Ísis para que o fizesse. Ela pediu licença a Vitorio e iniciou a leitura:

Meu neto Vitorio

Você também é uma pessoa muito especial. Sua opção de vida, escolhendo a medicina como ramo que mais tocou o seu coração não foi um acontecimento trazido pelo acaso.

Deus colocou isso no seu caminho porque lhe deu a missão de salvar vidas. Atribui-lhe a grande responsabilidade de curar ou mesmo amenizar o sofrimento alheio.

Se for verdade que em outras dimensões, os espíritos têm poderes sobre os vivos, eu estarei sempre ao seu lado, para não deixá-lo fraquejar.

Que Deus o abençoe.
Marmo

No ano seguinte, Vitorio cumpria sua promessa. Passara no vestibular e iniciou os seus estudos na medicina, com ênfase em psiquiatria.

A mesma sorte não teve seu irmão, que somente no ano seguinte entrou para a universidade. Enquanto isso, dedicou seu tempo estudando e trabalhando nas empresas do Grupo.

Um ano depois, Vitorio já cursava o segundo ano, na PUC em São Paulo e seu irmão, iniciava administração na Universidade Federal de Belém.

Influenciada por mim, Ísis nunca deixou de manter contatos com Zuleika, isso porque sempre tive essa moça, como minha filha. A flha que não foi. A filha que não é.

Na época em que Vitorio mudou-se para São Paulo, ela franqueou a Ísis moradia para nosso filho, em sua casa. Mas, preferimos comprar um apartamento, para que ele tivesse mais liberdade para estudar.

O tempo parece ter voado, Vitorio estará se formando no final deste ano. Salvatore também, já ocupa cargo de diretor, no Grupo Pesoni.

Ísis comentou que Zuleika havia dito decidido vender a mansão a uma construtora. Fizeram uma oferta tentadora, pois queriam construir ali um prédio residencial de dezoito andares. Aquilo despertou lembranças do passado, que tocaram profundamente em mim. O único legado deixado por Evellin seria transferido a pessoas estranhas ao passado. Resolvi procurar a herdeira, o mais rápido possível, até mesmo sem saber, o que dizer. Pedi a Ísis que agendasse um encontro com Zuleika. Queria convencê-la a não aceitar o preço ofertado, bem inferior ao valor de mercado. Até porque seria da minha parte um ato simbólico, como reconhecimento a toda atenção que dispensara ao Dr. Marmo.

No dia da visita, embarcamos na nossa aeronave e poucas horas depois, pousávamos no Aeroporto Internacional de Congonhas. Zuleika gentilmente, nos aguardava no saguão de desembarque. Fomos levados diretos à sua casa, onde discutimos o assunto, com mais tranquilidade.

— Dra. Zuleika, desculpe a minha indiscrição nesse assunto, que somente a você pertence. — Tentei justificar. — Mas, quero apenas ajudá-la sem maiores interesses.

— Que é isso, Dr. Jorge! Agradeço muito a preocupação de vocês, em querer o melhor para mim. Na verdade, essa oferta veio ao encontro de uma velha aspiração que nunca pude realizar, com isso, despertou em mim, a grande oportunidade de levar à frente o meu sonho de ter uma clínica bem montada, com uma equipe de profissionais de alto nível em doenças do coração, como sabem a minha especialidade. Teremos também, médicos especialistas em todas as áreas da medicina. Esta casa e este imenso terreno, já era muito grande para mim e minha mãe, imagine agora! Preciso apenas de um cantinho. Talvez um apart-hotel.

Enquanto Zuleika expunha o seu projeto de vida, minha cabeça funcionava à procura da melhor solução. As duas tagarelavam sem parar, quando encontrei a saída para a situação.

— Estive pensando Zuleika! Que tal, sermos sócios? Ou melhor, sócia de Vitorio! — Propus — Ele formará no ano que vem e poderá fazer com você, uma parceria no exercício da medicina.

— Não entendi, explique melhor. — Ficou surpresa.

— É simples. Você participará com este terreno, que tem mais de cinco mil metros quadrados e nos construiremos aqui, um belo hospital. Você e Vitorio, serão sócios no empreendimento. — Explanei.

— Mas, Dr. Jorge! Embora meu patrimônio valha um bom dinheiro, mesmo assim, não terei condições de arcar com minha parte, para erguer um hospital. Os custos incluindo a aparelhagem são muito altos. — O plano, pareceu-lhe inviável — Não se esqueça de que vocês têm recursos para mais que isso e eu sou apenas uma médica assalariada.

— Preste atenção Zuleika! Você participará com o valor equivalente, ao preço do terreno para adquirir cotas, como sócia minoritária.

Conforme os lucros, você vai adquirindo cotas, até atingir cinquenta por cento. Entendeu? Você cuidará da área da sua especialidade e Vitorio por sua vez, será responsável por tudo, ligado à Psiquiatria e Neurologia. O que acha?

— É tudo muito lindo, só que minha cabeça está em parafuso. Fui pega de surpresa. Preciso pensar para dar a vocês a minha resposta. De qualquer maneira, abriram-se na minha vida, novos caminhos que estão me deixando maravilhada.

— Pois é! Pense bem e com muito carinho. Estaremos aguardando, sua resposta. Vamos ainda visitar Vitorio, antes da nossa volta e aproveitar para explicar a ele, essa nossa proposta que ira beneficiar vocês dois.

Voltamos para Belém naquela mesma noite. Salvatore havia chegado da rua e veio abraçar-nos.

— Meu Filho, onde estava até esta hora? — Perguntou Ísis, — Fico preocupada. A rua é perigosa à noite.

— Eu não estava na rua, estava dentro de casa, namorando. — Namorando?

— Sim, mamãe. A senhora se lembra de uma mocinha clarinha, e de cabelos curtos, que estava no velório do vovô?

— Ah meu Filho! Havia tanta mocinha loirinha e de cabelos curtos. Como hei de lembrar. Não prestei atenção à isso.

— A senhora vai se lembrar. Ela é bisneta do senhor Salvatore Di Biasi. Conhecemo-nos naquele dia e só voltamos a nos ver, por coincidência, um mês atrás. E aí!!

— E aí! Estão de namorico?

— Namorico, não! A coisa é séria mesmo. — Afirmou. — Está vendo, Jorge, logo com quem.

— Deixe de implicar, Ísis. Aliás, não se esqueça de que foi o velho Di Biasi, que sempre protegeu o seu pai, até por demais.

Não se esqueça disso. — Relembrei o passado, narrado pelo próprio Dr. Marmo.

Antes de decorrido trinta dias, recebemos um telefonema da Dra. Zuleika. Concordando, é claro. A proposta que lhe fiz, era irreversível, bastava ter a menor visão de negócios para aceitar. Tudo foi muito rápido. Nosso departamento jurídico providenciou tudo.

Preferimos não implicar o grupo, nesse empreendimento. Ísis fora favorável ao uso das nossas economias pessoas físicas e as deixadas pelo seu pai, em diversos tipos de aplicações em bancos e ações de empresas multinacionais, atuantes no Brasil.

Em pouco mais de três anos, inauguramos um moderno hospital, com excelência para atender a um público de alto nível. Realmente, poderia compará-lo aos demais, que prestavam atendimento de ponta e fora batizado de: Hospital Nossa Senhora da Saúde, em homenagem à Santa, de quem fora devota Evellin por toda à vida. Zuleika e Vitorio, com dedicação e competência, conseguiram em pouco tempo, torná-lo um referencial nas especialidades que comandavam. No decorrer desse tempo, Salvatore também foi aos poucos, assumindo o controle de todo o grupo. Quando convencido da sua capacidade, resolvemos transferir a ele, a presidência. Mas, exigiu que me tornasse um dos conselheiros.

Em menos de dois anos, estava casando-se com Yara, uma herdeira da família "Di Biasi".

Por algum tempo, eu e Ísis continuamos a monitorar os passos dos nossos filhos, depois, percebemos que havíamos perdido o controle e cada um, alçou o seu voo.

Ultimamente ando muito preocupado com Isis. Queixou-se-me por duas vezes de dores no peito. Ainda esta semana iremos a São Paulo, para uma consulta com doutora Zuleika. Estamos esperando apenas a disponibilidade do nosso jatinho, pois ele é muito solicitado pelos diretores do Grupo.

Sabedor da situação da mãe, Salvatore imediatamente cancelou todos os seus compromissos para voarmos na próxima sexta-feira até a Capital Paulista.

No dia marcado, já éramos esperados pelos médicos, inclusive nosso filho Vitorio e sua sócia, doutora Zuleika.

Isis passou o dia todo submetendo-se a uma intensa bateria de exames. Radiografias, ressonância magnética e outros procedimentos de alta complexidade. O diagnóstico final foi dado três dias depois, numa reunião com todos os participantes. Constatou-se não se tratar das nossas desconfianças relacionadas ao coração. A triste realidade era outra: Isis estava com câncer pulmonar que já se transformara em metástase, atingindo e comprometendo todos os órgãos do seu corpo pela corrente sanguínea.

Recebemos o comunicado pela doutora Zuleika, com a mesma desesperança que tivemos, quando no caso do doutor Marmo. A gravidade era irreversível. Não há chances de modificar a situação, até mesmo porque o estágio atingiu um grau fora de qualquer tipo de atuação da medicina. Contudo, fomos aconselhados a removê-la para um dos hospitais mais conceituados de São Paulo, cujo corpo médico pertence a um grupo de profissionais da elite.

Realmente, doutora Zuleika tinha razão, o diagnóstico fora o mesmo: Situação clinica da paciente irreversível. Porém, aceitamos interná-la sob a condição de que nos responsabilizássemos, caso os procedimentos hospitalares fossem ineficazes, fatalmente o óbito esteva prestes a se consumar.

Seis meses se passaram, a equipe médica e seus colaboradores conseguiram um fato inédito na medicina. Isis sobreviveu por mais cento oitenta dias, ora na UTI ora no apartamento. Porém, as dores intensas que antes eram constantes, não foram mais sentidas no período. Sua passagem fora de maneira serena e tranquila, sem demonstrar a costumeira fadiga da hora da morte (Informações médicas) seu semblante, transmitia uma paz que parecia ter brotado do fundo da sua alma, no último suspiro.

Fizemos o translado para Belém, onde seria sepultada ao lado do pai.

Nossos filhos, familiares e amigos, pareciam conformados com o ocorrido, talvez seus espíritos já viessem sendo preparados, para este triste fim de Isis. Parecia-me, pelas suas feições, que tudo aquilo estava dentro da normalidade da vida: Nascer, viver e morrer. Este é o ciclo da existência de qualquer ser, seja ele, animal ou vegetal. Todavia, eu não comungo com a maneira de encarar este acontecimento, como os demais e principalmente em se tratar de uma pessoa tão especial na minha vida. Isis continuará sendo para sempre, a minha eterna esposa e companheira pelo resto da minha existência. Partiu apenas a matéria que meus olhos não mais presenciarão. Contudo, sua imagem dócil e meiga permanecerá indelevelmente na minha lembrança.

Capítulo 7

Tudo já acabou, cumprimos todos os ritos e exigências que a sociedade considera da maior relevância. Tudo acabou para todos, menos para mim, herdeiro de toda a solidão deixada por ela.

As pessoas estão sempre ao meu lado a conformar-me dizendo: A vida é assim mesmo, vamos seguir em frente.

Não sei ainda como será este seguir em frente. Não sei.

Estamos reunidos na igreja do nosso bairro, Hoje se completam sete dias do seu falecimento. Será celebrada a missa em louvor da sua alma. O clima parece-me de festa. Hinos, cânticos religiosos e tudo mais a que uma alma cristã tem direito. Nos costumes atuais, não se recomenda uma alma com prantos de carpideiras, como no passado. Terminada a cerimonia, desfez-se a reunião e deu-se tudo por acabado.

Na manhã seguinte, ainda com o corpo doído pela noite mal dormida, fui acordado pela nossa fiel governanta, trazendo-me uma carta, que o carteiro deixara há instantes.

— Engraçado, doutor Jorge!

— O que foi Selma?

— Se fosse noutra época, eu juraria que esta letra era de dona Isis.

— Deixe de bobagens criatura. Deixe me ver.

Quando coloquei as mãos naquele envelope, não tive dúvidas. Era de Isis sim.

Um calafrio tomou-me da planta dos pés, até o final do ultimo fio de cabelo. Era dela. Falei comigo mesmo.

Rapidamente abri o envelope e tive absoluta certeza, que se tratava de uma letra bem talhada, uma característica pessoal que Isis imprimia em tudo que escrevia. Era dela, com absoluta certeza. Eis o teor:

"Querido Jorge, que a Paz de Deus esteja com você.

"Seria uma grande ingratidão da minha parte não ajudá-lo superar a dor que tenho absoluta certeza está dilacerando o seu coração.

"Durante todo o tempo em que estive enferma, não posso julgá-lo como de sofrimento e dor. Deus recompensou-me, dando-me tempo suficiente, para que pudesse fazer uma regressão da minha estada neste mundo. Cada momento que sentia tristeza, os anjos transportavam-me para reviver, as alegrias do passado.

"O tempo foi bastante suficiente para não deixar passar despercebido, tudo registrado desde a minha infância, ainda na companhia da minha querida mãe e do meu estimado pai.

"Mas, estou escrevendo tudo isto não para deixá-lo ainda mais sofrido, quero sim avivar a sua memória para os momentos felizes que passei ao seu lado. Desde o primeiro dia em que te vi, confesso: Trouxe-me somente alegrias.

"Você, Jorge, conseguiu salvar-me do mundo das drogas. Lembras? Como foste capaz de transformar uma vida, que estava perdida e fazê-la sentir novamente a vontade de viver. Fez-me deixar para trás o rastro da escravidão do vício.

"Você se lembra, meu amor? Da luta que enfrentastes, para tornar a Selsium nesse império que existe hoje? Você, Jorge, fez muito

mais que isso. O seu zelo por mim e meu pai. Cuidou de nós até os últimos dias das nossas vidas.

"Lembro-me perfeitamente dos momentos felizes que vivemos, nossa cumplicidade nas horas difíceis.

"Ah! Como recordo das noites frias quando voltava da fábrica. Cansada e com dores por todo o corpo, sentávamos no sofá e colocava meus pés no seu colo, para receber aquela massagem que somente você sabia fazer. Todas as minhas dores partiam, tenebrosas dos poderes mágicos das suas mãos.

"Como era bom sentir na sua pessoa uma sensação de segurança e proteção. Suas ações sábias e coerentes eram a certeza de bons resultados. Nunca aceitou falhas ou retrocessos, seus passos firmes e certeiros, sempre nos levava para bons caminhos. Ah! Se eu pudesse viver outra vez, mas, como diz o ditado popular "Deus deu uma vida a cada um". Não lastimo, pelo contrário: Agradeço ao Criador por ter-me concebido e trazer você para partilhar da minha vida.

"PS: Percebendo a iminência da minha morte, inspirei-me na atitude do meu pai em deixar registradas algumas lembranças. Encarreguei a amiga enfermeira Julieta pela postagem desta missiva, alguns dias após minha morte."

Aos poucos, fui tornando-me uma pessoa sem grandes serventias para o Grupo Pesonni. Mesmo ainda com bastante saúde e disposição, fui literalmente dispensado de qualquer responsabilidade nas empresas. Salvatore e Vitorio, mesmo sabendo que eu tinha pelo menos dez anos, para exercício de qualquer atividade, acreditaram que já era peça obsoleta no mundo moderno dos negócios. Principalmente Salvatore. Dizia que hoje, no mundo globalizado, temos que ser ousados para tomar decisões rápidas e inteligentes, para não ficarmos à margem das oportunidades. Assim sendo, empenhavam-se para que eu desfrutasse das coisas boas da vida, viajando pelos lugares frequentados por todos, que tinham saúde e recursos financeiros para arcar com qualquer coisa supérflua. Conhecer os cassinos sofisticados de Las Vegas ou mesmo hospedar-se em hotéis de luxo, espalhados por toda a Europa, onde são encontrados com facilidades astros do cinema ou celebridades da música contemporânea.

Queria sentir a minha felicidade, estampada em meu rosto, como se ainda fosse jovem, aproveitando o tempo que ainda me restava.

Mas, para mim, não era isso que faltava na minha vida. Esse conforto material não comprava a minha consciência. Esta angústia, que há muito me persegue, não será curada com gambelos e extravagâncias. Quem sabe, talvez exista um lugar bem distante, uma cidadezinha pequenina, habitada por pessoas como eu, descartadas da sociedade. Pessoas que fossem solidárias e comprometidas em zelar pelo bem-estar da comunidade, para que todos pudessem desfrutar de uma vida diferente, de todos os padrões sociais existentes. Queria encontrar essa cidadezinha, onde seus moradores me recebessem com carinho, como se fosse um andarilho estropiado, faminto e desgastado pelas maldades, que o mundo moderno lhe impõe. Tenho vontade de fugir de tudo. Fugir desta minha vida de mentiras. Fugir para bem longe deste homem de dois nomes e sem uma identidade definida. Quero deixar de ser um blefe, nesse jogo da vida que o destino me impôs. Talvez nesse lugar eu consiga despir-me deste manto, que cobre as falácias que me tornaram o covarde que sou. Será que morrerei, carregando este fardo sobre meus ombros, velhos e cansados? Resta de mim, hoje, um pobre homem rico, que não possui a riqueza da coragem, para revelar o seu passado.

Ah! Que vontade de encontrar nessa terra almejada a máquina do tempo. Nela eu embarcaria sem dúvidas para voltar ao meu passado. Queria programá-la para levar-me nessa viagem maravilhosa, passando pelos momentos felizes que tive nas aventuras vividas. Da sua pequena janela, poderia enxergar a doce figura da minha amada Saiury. Também não poderia passar despercebida a minha permanência na Comunidade, lugar de extrema pobreza, porém rico em solidariedade, trazida pela desgraça de cada um. Ali, todos encontravam amizade, respeito, zelo e cumplicidade pela sobrevivência. Ali, encontramos tudo o que a sociedade havia negado a cada um, de maneiras diferentes.

Queria continuar naquela máquina maravilhosa, até chegar ao meu destino almejado. Deveria ficar atento, para quando da passagem do dia anterior ao meu embarque rumo a Amsterdam, deveria fazê-la parar, pois não deveria em hipótese nenhuma, aceitar o bilhete, para embarcar no voo 1303. Pode ter certeza, jamais o faria, pois o seu destino era o inferno. Às vezes fico a pensar: seria melhor que eu, o único sobrevivente, não tenha sido bastante egoísta, em não segui-los para a moradia eterna em outra vida? Somente a Deus cabe julgar aquela minha decisão de abandoná-los. De que valeram todas as minhas aventuras e mentiras?

Estou farto. Farto de tudo e do todos. Será que não conseguem enxergar, que ainda sou bastante forte para prestar algum tipo de trabalho?

Pobres diabos. Não são capazes de perceber que ainda sou um homem com vigor bastante para ocupar o meu tempo com coisas mais importantes, que seguir as pegadas desses idiotas ricos, esbanjadores de dinheiro? Eu posso, sim, servir para alguma coisa de mais valor.

Deixem vocês, Bando de idiotas! Sumirei, da mesma maneira que apareci. Vou para bem longe daqui. Procurarei outras plagas, onde poderei de verdade ser útil a alguém, em algum lugar. Partirei o mais breve possível. Porém, não antes de doar todo o dinheiro de que disponho no banco (que não é pouco) para uma nobre ação. Hoje mesmo, irei procurar meu amigo, Dr. D'Lugue.

Tudo que me é disponível deverá ser revertido em melhoramentos na clínica que ele sustenta com muitas dificuldades desde o início, pois abraçou a profissão de médico, com o único objetivo: tratar de todas as pessoas dependentes que o procuram. Desde o mais abastado financeiramente, como aquele infeliz que não tem condições de sustentar nem o seu próprio vício.

Já se passaram alguns dias, depois da minha decisão de partir. Doravante, não necessitarei mais de dinheiro algum. Partirei ainda esta semana para a selva amazônica. Estarei à disposição do convento dos Padres Jesuítas, encravado em plena Selva, a serviço de Tribos Indígenas. Acredito que lá, serei útil e meu trabalho será reconhecido e valorizado. Quero provar a mim mesmo que ainda sirvo para alguma coisa. Estou sentindo-me como uma vassoura velha, em desuso e gasta pelos serviços prestados, agora jogada e esquecida pelos cantos da casa. Às vezes até servindo de tropeço e atrapalhando, aqueles que têm pressa para correr atrás de coisas que até mesmo não sabem que querem para saciar suas ganâncias por bens materiais.

FIM

Em apoio à sustentabilidade e à preservação ambiental, a LER Editora declara que este livro foi impresso com papel produzido de florestas cultivadas em áreas não degradadas e que é inteiramente reciclável.